LUXÚRIA

RAVEN LEILANI

Luxúria

Tradução
Ana Guadalupe

2ª reimpressão

Copyright © 2020 by Raven Leilani

*Grafia atualizada segundo o Acordo Ortográfico da Língua Portuguesa de 1990,
que entrou em vigor no Brasil em 2009.*

Título original
Luster

Capa
Mel Four/ Departamento de arte da Picador

Foto de capa
©Alex Sarginson/ Trunk Archive

Preparação
Giu Alonso

Revisão
Valquíria Della Pozza
Marise Leal

Dados Internacionais de Catalogação na Publicação (CIP)
(Câmara Brasileira do Livro, SP, Brasil)

Leilani, Raven
  Luxúria / Raven Leilani ; tradução Ana Guadalupe —
1ª ed. — São Paulo : Companhia das Letras, 2021.

  Título original: Luster
  ISBN 978-65-5921-341-2

  1. Ficção norte-americana I. Título.

21-73155   CDD-813

Índice para catálogo sistemático:
1.Ficção : Literatura norte-americana 813

Maria Alice Ferreira – Bibliotecária – CRB-8/7964

[2022]
Todos os direitos desta edição reservados à
EDITORA SCHWARCZ S.A.
Rua Bandeira Paulista, 702, cj. 32
04532-002 — São Paulo — SP
Telefone: (11) 3707-3500
www.companhiadasletras.com.br
www.blogdacompanhia.com.br
facebook.com/companhiadasletras
instagram.com/companhiadasletras
twitter.com/cialetras

Para minha mãe

1.

Da primeira vez que transamos, ambos estamos de roupa, sentados diante das nossas mesas em horário comercial, mergulhados na luz azul da tela dos computadores. Ele está em Uptown Manhattan processando um novo lote de microfichas, e eu estou em Downtown batendo as emendas de um novo livro sobre um labrador detetive. Ele me conta o que comeu no almoço e pergunta se consigo tirar a calcinha na minha baia sem ninguém perceber. As mensagens que ele me manda têm pontuação impecável. Ele tem um carinho especial por palavras como *sabor* e *revelar*. O campo de texto vazio oferece inúmeras possibilidades. É óbvio que tenho medo de o pessoal da TI entrar no meu computador pelo acesso remoto, ou de o histórico do navegador acabar me rendendo mais uma conversa séria com o RH. Mas é que o risco. O frisson de um terceiro par de olhos ocultos. A possibilidade de alguém da empresa, em pleno otimismo pós-almoço, dar de cara com essas mensagens e ver a ternura com que eu e Eric construímos esse universo íntimo.

Na primeira mensagem, ele comenta que meu perfil tem

alguns erros de digitação e me conta que o casamento dele é aberto. Suas fotos são desprendidas e espontâneas — uma meio pixelada dele dormindo na areia, outra, tirada por trás, enquanto faz a barba. É esta última que mexe comigo. O azulejo sujo e o desfoque delicado do vapor. O rosto sério no espelho em concentração silenciosa. Eu salvo a foto no meu celular para olhar depois no metrô. Mulheres espiam por cima do meu ombro e sorriem, e eu deixo acreditarem que ele é meu.

Fora isso, não tive muito sucesso com os homens. Não se trata de autocomiseração. São apenas fatos. Eis um fato: tenho peitos ótimos, que inclusive entortaram a minha coluna. Mais fatos: meu salário é muito baixo. Tenho dificuldade para fazer amigos, e os homens perdem o interesse por mim quando abro a boca. No começo tudo sempre vai bem, depois eu falo da minha torção ovariana ou do valor do meu aluguel de um jeito explícito demais. Eric é diferente. Duas semanas depois de começarmos a conversar, ele me conta do câncer que destruiu metade da sua família materna. Ele me conta de uma tia que ele amava e que fazia poções com pelo de raposa e cânhamo. Que ela foi enterrada com uma boneca de palha de milho que tinha feito inspirada em si própria. Apesar disso, ele descreve com um tom carinhoso a casa onde cresceu, as terras agrícolas que pipocam entre Milwaukee e Appleton, os piscos-de-papo-amarelo e os cisnes-pequenos que apareciam no quintal da casa dele procurando alpiste. Quando falo da minha infância, só falo da parte boa. A fita VHS de *O mundo das Spice Girls* que ganhei no meu aniversário de cinco anos, a Barbie que derreti no micro-ondas quando não tinha ninguém em casa. O contexto da minha infância — as boy bands, os lanches industrializados no recreio, o impeachment de Bill Clinton — só serve para realçar o abismo geracional entre nós, disso não há dúvida. Eric não gosta muito de falar da própria idade e da minha, e faz um esforço considerável para lidar com a diferença de vinte e três anos. Ele me segue no Instagram e deixa comentários verborrágicos nos meus posts. Uma mistura de gírias de internet que ninguém usa mais com observações sinceras sobre a forma como a luz bate no meu rosto. Em comparação às cantadas incompreensíveis dos homens mais novos, é um alívio.

Passamos um mês conversando até nossas agendas baterem. Tentamos nos encontrar antes, mas sempre acontece algum imprevisto. Esse é só um dos aspectos em que a minha vida é diferente da dele. Existem pessoas que dependem e às vezes precisam dele com urgência. Entre uma e outra ocasião em que ele cancela o encontro do nada, eu percebo que também preciso dele. Tanto que meus sonhos acabam se transformando em expressões delirantes de sede — um imenso deserto amarelo, catedrais cingidas de musgo pendente. Quando enfim conseguimos marcar o primeiro encontro, eu teria topado qualquer coisa. Ele quis ir ao parque Six Flags.

Decidimos sair numa terça-feira. Quando ele chega dirigindo o Volvo branco, eu ainda estou no meio do meu ritual pré-encontro, na parte em que tento descobrir a risada mais adequada. Experimento três vestidos antes de escolher o ideal. Amarro minhas tranças num rabo e passo delineador nos olhos. Tem louça na pia e um cheiro de peixe impregnado no apartamento, e não quero que ele pense que eu tenho alguma coisa a ver com isso. Coloco um conjunto de lingerie que está mais para um monte de fios do que para calcinha e sutiã e fico em pé diante do espelho. Penso comigo mesma: *Você é uma mulher interessante. Você não é um punhado de hamsters embrulhados num invólucro de pele.*

* * *

Lá fora, ele estaciona em fila dupla. Ele se apoia no carro e continua na mesma posição quando eu saio de casa; os olhos brilham e não se mexem. O cabelo dele é mais escuro do que eu imaginava, um tom de preto tão opaco que parece azul. O rosto é simétrico de um jeito quase assustador, apesar de uma das sobrancelhas ser mais alta que a outra, o que faz seu sorriso parecer um pouco metido. Estamos no segundo dia do verão, e nenhum dos poderes da cidade o atinge. Procuro a mão dele, tentando não engolir a língua, e sinto alguma coisa estranha. Sem dúvida o nervosismo pesa. Ao vivo ele é um coroa gostoso, com uma expressão atenta e rígida que só as leves entradas na testa suavizam um pouco. Mas essa sensação estranha não tem nada a ver com isso, não tem nada a ver com minha tentativa de ignorar a boca sensual e o nariz levemente torto dele para procurar algum sinal de que ele está tão nervoso quanto eu. É só que são oito e quinze e eu estou feliz. Não estou na linha L sentindo o cheiro da marmita azeda de alguém e querendo morrer.

"Edie", eu digo, esticando a mão.

"Eu sei", ele diz, acomodando os dedos longos entre os meus com uma delicadeza excessiva. Eu queria ser mais atirada, puxá-lo para um abraço simples e extrovertido. Mas o que acontece é esse aperto de mão flácido, essa fuga dos meus olhos, essa previsível e imediata rendição de poder. E então a pior parte dessa história de encontrar um homem em plena luz do dia, que é vê-lo vendo você, decidindo nesse milésimo de segundo se o provável sexo oral futuro será feito com entusiasmo ou desdém. Ele abre a porta, e há um dado azul de pelúcia pendurado no retrovisor. Um pacote de jujubas Jolly Ranchers pela metade no banco do passageiro. Na internet ele tem sido honesto, sempre com aquela sinceridade hesitante. No entanto, como já contamos as histórias que todo mundo conta num primeiro encontro, é mais difícil começar. Ele comenta sobre o calor e a gente começa a falar do aquecimento global. Depois de um tempo falando basicamente sobre morrer queimados, chegamos ao parque.

É difícil não pensar na diferença de idade quando você se vê rodeada pelos mais extravagantes símbolos da infância. Balões do Piu-Piu, os olhos de plástico e sem alma da pessoa fantasiada de Taz, sorvete em forma de bolinhas. Quando entramos pelo portão, sinto que o sol açucarado do parque é uma afronta. Aqui é lugar de criança. Ele me trouxe para um lugar de criança. Procuro no rosto dele algum sinal de que isso que é piada ou uma manifestação muito reveladora do nervosismo que ele sente quando pensa nos parcos vinte e três anos que eu passei no mundo.

A diferença de idade não me incomoda. Homens mais velhos têm uma vida financeira mais estável e uma percepção diferente do clitóris, mas, para além disso, o desequilíbrio de poder é uma droga muito potente. Assim como se ver no limbo doloroso que separa o desinteresse e a perícia da outra pessoa. O pavor que a pessoa sente da indiferença crescente do mundo. A revolta e o fracasso da vida adulta, canalizados para o esforço de reduzir o corpo de alguém, e nesse caso o seu, a partes brilhantes e elásticas.

No caso dele, no entanto, parece que isso é novidade. Não só sair com alguém que não é a mulher dele e que é algumas décadas mais jovem, mas também sair com uma mulher que por acaso é negra. Eu percebo pela extrema cautela com que ele diz *afrodescendente*. Pela forma como ele jamais fala a palavra *negra*.

Via de regra, eu evito tirar *esse* cabaço. Eu me recuso a ser a primeira mulher negra com quem um homem branco se relaciona. Não tolero as tentativas trêmulas dos brancos de cantar rap underground, a óbvia insistência na linguagem coloquial, a empáfia do homem cor-de-rosa que usa tecido estampado de Gana. Quando nos dirigimos aos guarda-volumes, vemos um pai e um filho vomitando atrás de um totem do Pernalonga. Abro meu guarda-volumes e tem uma fralda lá dentro. Eric percebe e chama um zelador. Ele se desculpa, e não parece se referir só à questão da fralda, mas muito mais à sua escolha de local e seus desdobramentos. Eu me sinto mal. Eu me sinto mal porque meu instinto inicial é lidar com os sentimentos dele, e não sugerir algum outro lugar. E porque nós dois vamos precisar tolerar, ao longo desse encontro, minhas tentativas de provar que Eu Tô Achando Legal! e que Não É Culpa Sua!

Um mês é tempo demais para se falar pela internet. Nesse tempo em que ficamos conversando, minha imaginação correu solta. Considerando seu uso generoso do ponto e vírgula, eu simplesmente deduzi que o encontro correria bem. Mas na vida real é tudo diferente. Primeiro porque eu não sou tão sagaz. Não há tempo para pensar no que vou responder ou para bolar uma resposta inteligente no iOS Notes. E também tem a questão do calor corporal. Tudo que é difícil de articular quando se está perto de um homem, aquela coisa doce e animalesca escondida sob o perfume, a impressão momentânea de que ele não tem branco do olho. A loucura profunda e adrenal do homem, o autocontrole tão tênue. Eu sinto isso em mim e dentro de mim, como se estivesse sendo possuída. Quando conversávamos pela internet, ambos fazíamos algum esforço para preencher as lacunas. E as preenchíamos de maneira otimista, com aquele tipo de desejo que ilumina e distorce. Compartilhávamos jantares imaginários elaborados e falávamos sobre as consultas médicas que tínhamos medo de marcar. Agora não há mais lacunas, e quando ele passa protetor solar nas minhas costas é ao mesmo tempo pouca coisa e coisa demais.

"Tudo bem?", ele pergunta, o hálito quente na minha nuca.

"Aham", eu digo, tentando não transformar esse contato em algo maior do que já é. As mãos dele são incríveis, porém. São mornas e largas e macias, e faz meses que eu não transo. Por um instante tenho certeza de que vou chorar, o que não é incomum, porque eu choro o tempo todo e em qualquer lugar, e principalmente com um comercial específico do restaurante Olive Garden. Peço licença e corro para o banheiro, onde me olho no espelho e digo para mim mesma que existem coisas mais importantes do que o momento que estou vivendo. O *gerrymandering* nos Estados Unidos. Conglomerados de pesquisa genealógica que vendem amostras da minha mucosa da bochecha para o governo.

Isso sem falar na dificuldade de tentar ficar bonita enquanto está sendo catapultada pelo céu. Como boa parte das pessoas brancas que resolvem comer feijão na floresta sem se atentar ao cocô fresco que comprova a presença de um urso faminto, Eric considera sua mortalidade e seu corpo carnudo e macio uma coisa banal, um mero detalhe. Eu, por outro lado, tenho uma consciência aguda de todas as maneiras como posso morrer. Então, quando o funcionário adolescente entediado do parque trava a minha barra de segurança e vai se arrastando até o painel de controle, eu penso em tudo o que comecei e não terminei — o pote de gelato de pistache no congelador, a siririca e meia que o meu vibrador aguenta antes de morrer, meu boxe da série *Mister Rogers*.*

A empolgação de Eric é contagiante. Depois dos dois primeiros brinquedos eu começo a me divertir, e não só porque se morrer não vou precisar pagar minha dívida do financiamento estudantil. Ele entrelaça os dedos nos meus e me puxa para a frente, porque pelo visto ele leva a experiência do parque tão a sério que pagou a taxa extra que dá direito a furar fila. Eu saio para amarrar o cadarço e quando volto o vejo falando com alguém fantasiado de Gaguinho sobre vagas de emprego no arquivo para pessoas sem experiência.

"A gente sempre precisa de bons profissionais de atendimento ao público", ele diz, depositando seu número de telefone na luva de feltro cor-de-rosa do Gaguinho. Embarcamos na montanha-russa mais alta do parque pela terceira vez e ele grita como se fosse a primeira. Ele grita mesmo, de verdade. No começo acho brochante, mas quando estamos subindo a última parte dos trilhos percebo que estou gostando. Estou gostando muito. Não consigo decidir se é a contradição, o contraste entre o volume do corpo dele e aquela atitude pouco viril, ou a inveja que sinto do deslumbramento dele — o deleite misturado ao medo, a disposição para vivenciar de um jeito novo o que já é conhecido. Seu prazer é tão genuíno que eu sinto que posso abrir o zíper da minha roupa de pele e mostrar para ele toda a gosma lá dentro. Mas ainda não. Tem uma tristeza no entusiasmo dele, porque parece levemente

---

* *Mister Rogers' Neighborhood* foi um programa infantil norte-americano. Transmitido de 1968 a 2001, ficou conhecido por estimular o respeito à diversidade através do lema "Gosto de você como você é" e por contar com um importante personagem negro, Mr. Clemmons. (N. T.)

forçado, como se quisesse convencer alguém. Ele olha para mim quando chegamos ao topo. O vento folheia seu cabelo. Por trás de seus olhos, eu me vejo fraturada. De repente é doloroso ser tão comum, me abrir tanto assim para ele, enquanto ele me olha e finge que eu não sou só uma versão mais barata de um carro esportivo.

"Eu queria que todo dia fosse assim", ele diz quando chegamos à parte mais assustadora da montanha-russa, quando o brinquedo te deixa suspenso no ar por um instante e te obriga a ansiar pela queda. Lá embaixo, o parque acende as luzes. Eu só quero que ele consiga o que quer. Eu quero ser descomplicada e pouco exigente. Eu quero que não haja nenhum ruído entre a fantasia dele e a pessoa que eu sou na vida real. Eu quero tudo isso e nada disso. Eu quero que o sexo seja corriqueiro e medíocre, que ele não consiga ficar de pau duro, que eu fale mais do que deveria sobre minha síndrome do intestino irritável, de forma que criemos um laço baseado no consolo mútuo. Eu quero que a gente brigue em público. E quando a gente brigar em particular eu quero que, talvez por acidente, ele me dê um soco. Eu quero que tenhamos uma longa e fértil incursão pela observação de pássaros, e depois eu quero que a gente descubra que tem câncer exatamente no mesmo dia. Aí eu me lembro da mulher dele, a montanha-russa começa a descer e a gente se entrega e cai.

Por mais que eu tente me controlar, passei o dia inteiro pensando na mulher dele. Eu me pego torcendo para que ela seja uma participante muito ativa do grupo de vigilantes do bairro. Também seria um alívio se ela fosse do tipo que fica imóvel durante o sexo. E há a chance de ela ser descolada. Talvez ela realmente não se incomode com o marido saindo com uma menina que tem dezesseis vezes mais óvulos viáveis que ela. Talvez ela tenha o corpo flexível, saiba tudo sobre Vênus retrógrado e prefira usar desodorante natural. Uma mulher que se sente tão pouco ameaçada por todas as mulheres de Nova York que deu a bênção por atacado para o marido trepar com esse bando de gostosas.

Depois de mais alguns brinquedos, Eric e eu vamos para um saloon falso decorado com uma quantidade absurda de vime. É o único restaurante no parque que vende bebidas alcoólicas, e acima do bar se vê uma versão em neon do bigode do Eufrazino. Uma garçonete com um chapéu de caubói avantajado larga dois cardápios engordurados na mesa. Ela lista os pratos do dia de forma a não deixar dúvida de que, se depender dela, a gente tem mais é que tomar no cu. Até esse momento, nós dois vínhamos encarando o dia lado a lado. Olho para ele de frente e quase dói. Parece que a atenção total dele irradia calor.

"Tá achando legal?", ele pergunta.

"Sim, acho que sim."

"Porque eu vou ser sincero, não estou conseguindo te sacar muito bem, e normalmente sou bem bom nisso." Eu termino minha cerveja e tento não demonstrar a imensa alegria que sinto em saber que não deixei transparecer minha carência e minha aversão. "Você parece meio distante", ele diz, e todas as crianças empilhadas embaixo do meu sobretudo comemoram. Distante é um interesse relaxado, é uma escolha. Não é uma menina em Bushwick lambendo o atum até ver o fundo da lata.

"Eu sou um livro aberto", digo, pensando em todos os homens que acharam o livro ilegível. Eu errei com esses homens. Eu pulei para segurar suas pernas quando eles tentaram sair da minha casa. Eu os persegui pelo corredor com uma garrafa de Listerine e disse *Eu consigo virar um livro leve, um livro de ler na praia, é só me livrar dessas frases todas, por favor, só me deixa fazer uma revisão.*

* * *

Por isso eu me esforço ao máximo para ser indiferente. Enquanto consigo, tento passar a impressão de que o meu silêncio é perspicaz, e não consequência do meu medo de falar alguma coisa ridícula.

"Você está saindo com mais alguém?", ele pergunta.

"Não. Isso faz você me querer menos?"

"Não. Eu ser casado faz você me querer menos?"

"Me faz te querer mais", eu digo, me perguntando se comecei a falar demais, se foi um erro contar que ele é o único. Ninguém quer o que ninguém quer. Tem um cheiro de maconha-banheiro-pipoca impregnado no ar e um homem chorando baixinho no balcão, ao lado de um urso de pelúcia gigante. Pela primeira vez me ocorre que Eric pode ter escolhido este lugar para evitar que a gente encontre alguém conhecido na cidade. "Eu gostei quando você perguntou se eu estava achando legal", digo.

"Por quê?" Ele faz uma careta, e eu percebo que já a vi antes, que depois de algumas horas já estou começando a conhecer as expressões faciais dele. Quando penso que daqui para a frente não tem volta, que a gente nunca mais vai voltar ao relativo anonimato da internet, tenho vontade de deitar em posição fetal. Odeio pensar que eu repeti uma ação, que ele olhou para mim, percebeu um padrão e decidiu em silêncio se acha suportável vê-lo de novo ou não. Não tem nada que eu possa fazer para equilibrar as coisas. Alguns homens pelo menos têm a decência de mostrar tudo o que têm de ruim logo de cara. Mas tudo o que já vi em Eric quero ver de novo. Tipo essa careta meio paternal de velho, essa delicada reprovação.

"Porque eu senti que você queria mesmo ouvir a minha

resposta, que não foi uma dessas perguntas que a gente faz esperando que a resposta seja sim", eu digo.

"Me dá um exemplo de uma pergunta dessas."

"Por exemplo: você gozou?"

"E aí você fala que sim, mesmo se a resposta for não?"

"Óbvio."

"Nossa, mas então você é uma mocinha mentirosa, hein?", ele diz, e eu quero dizer *Sou. Sou mesmo.*

"Você nunca mente pra poupar a outra pessoa?"

"Nunca."

"Interessante", eu digo. É óbvio que não é interessante que ele tenha o privilégio de viver com franqueza. Não é interessante que ele não consiga imaginar qualquer outra possibilidade. Ele deduziu que a minha amplitude de movimento é igual à dele. Ele nem cogitou as mentiras que as pessoas contam para sobreviver, a bondade do fingimento, que inclusive estou demonstrando agora, enquanto como esse cachorro-quente infecto. É a primeira vez que eu meio que entendo Eric. Ele acha que somos parecidos. Ele nem imagina o esforço que estou fazendo.

"Você pode ser você mesma comigo, viu?", ele diz, e tenho que me segurar ao máximo para não rir na cara dele.

"Obrigada", respondo, mas sei que ele não está falando sério. Ele quer que eu seja eu mesma como uma leoa pode ser quem ela é no zoológico municipal. Inerte, esperando ser alimentada. Não livre na natureza, com tendões enfiados nos dentes.

"E se eu não te fizer gozar, quero que você me fale", ele diz, pedindo a conta com um gesto.

"Então a gente vai transar? O encontro foi bom?"

"Você não achou?"

No caminho até o carro começa a chover. É uma chuva fina, mas inesperada, e o parque já está soltando os fogos de artifício que anunciam o horário de fechamento. Ficamos no estacionamento esperando o grand finale. Ele me abraça quando começam a estourar os fogos que parecem flores brancas. Enfio o rosto na camiseta dele e sinto a umidade de suor e cloro. Passei o dia inteiro sem conseguir me secar. Ele toca a minha nuca e seus dedos ficam grudados.

Quando entramos no carro, as janelas estão úmidas do lado de dentro do vidro. Ele liga os limpadores de para-brisa e tira a camiseta. Nessa hora ele sorri de um jeito que faz parecer que está inseguro, e eu fico com vontade de sentar na cara dele. Eu vim preparada. Coloquei esse vestido porque é fácil de tirar. Mas aí ele dá a partida e de repente estamos na estrada. Eu fico olhando as luzes giratórias da rodovia refletidas no rosto dele. O caminho de Jersey até a cidade está sem trânsito, o que é incomum. Ele deixa o braço pendurado para fora da janela e canta junto com o rádio com uma voz suave e confiante. Está tocando "Could Heaven Ever Be Like This", do Idris Muhammad. Essa música foi lançada em 1977, quando Eric tinha três anos. Eu canto junto do jeito menos estranho que consigo, que ainda é bem estranho.

"Como você conhece essa música?", ele pergunta, e eu quero ser descolada. Quero responder que achei o disco numa loja, misturado por engano na pilha de rock progressivo de filme de terror. Não que ouvi um sample dessa música em outras duas músicas diferentes e fiquei de 2003 a 2006 tentando descobrir o nome dela em uns fóruns toscos. Eu quero contar que "Spring Affair", da Donna Summer, foi a única coisa que me fez sobreviver ao ano de 2004, mas omiti os acontecimentos desse ano na nossa correspondência on-line.

"Eu adoro música disco", digo, e ele sorri e aumenta o volume. É assim que voltamos para a cidade, nas alturas do fim dos anos 70. Ele dirige devagar, só com uma mão no volante, e eu sei que estou quase chegando em casa quando o ar começa a feder. Quando paramos ao lado do meio-fio, ele diminui o volume e pergunta de novo se eu achei legal.

"Achei", respondo, ainda com os ouvidos cheios do vento da estrada.

"Não mente pra mim, hein?", ele diz, e a mão dele segura a minha coxa. Agarra a minha nuca. É impossível discernir um padrão entre um toque e outro, e Eric é tão silencioso que nem consigo ouvir sua respiração. Fora isso, estou consciente de todas as variações atmosféricas dentro do carro: a estação dessintonizada no rádio e o chiado baixo da FM pegando mal, de forma que por trás dos círculos preguiçosos dos dedos dele de vez em quando tem uma voz que sai do alto-falante com aquela verve enjoativa de locutor e fala *você está ouvindo*; a luz do teto; a auréola escurecida ao redor da cabeça dele; seus olhos, grandes e brilhantes.

"Eu quero ver você chupar meu dedo", ele diz.

"Tá", eu digo, e coloco um dedo na boca. Depois dois. Depois três. E aí, de repente, ele faz um gancho com os dedos e me puxa para perto dele pelos meus dentes de baixo.

"Sua putinha", ele diz, e em seguida me solta.

"Sobe um pouco."

"Hoje não. Deixa eu te levar pra passear na quinta."

"Beleza", eu respondo, mas fico constrangida. Fiquei o dia todo esperando a hora de pular em cima de Eric. Limpei meu quarto e comprei três caixas de pílula do dia seguinte Plan B. Saio do carro e dou um tchauzinho quando ele liga o carro e vai embora. Enquanto subo a escada do meu prédio, já decidi que vou faltar no trabalho amanhã e passo a noite toda assistindo *Top Chef* e me masturbando com verdadeira fúria.

* * *

Infelizmente, meu vibrador morreu. Tento achar pilhas, mas não encontro nenhuma AA. Tento usar a mão, mas uma barata atravessa o teto quando estou quase gozando. Quando me olho no espelho, um dos meus cílios postiços sumiu. Espero que isso tenha acontecido há pouco tempo e que eu não tenha passado o dia todo com um olho triste e cheio de cola. Tudo o que preparei para a visita dele me deixa constrangida. A escova de dentes a mais, os ovos e a água com gás LaCroix que comprei para o nosso brunch pós-coito. Faço uma omelete e como no escuro. Penso na expressão que ele fez quando estava com os dedos na minha boca. No esgar, suspenso no escuro azulado.

Procuro minhas tintas e quando as encontro estão quase solidificadas. Faz dois anos que não pinto nada, mas, num ato de otimismo, sempre deixei uma sacola de materiais à mão. Tem um rato morto na sacola, e não faço ideia de quanto tempo o bicho passou ali. Porque faz dois anos que, pouco a pouco, venho escondendo meus materiais artísticos. Já sonhei que minhas mãos estavam escorregadias de tinta a óleo e terebintina, mas acordo e perco a inspiração antes de terminar de escovar os dentes. Da última vez que pintei eu tinha vinte e um anos. O presidente era negro. Eu tinha mais serotonina e menos medo de homem. Agora o ciano e o amarelo saem duros. Preciso de água quente para conseguir misturá-los. Trabalho a tinta e deixo secar, e quando dá errado eu refaço tudo. Me atenho o máximo possível à escala. Misturo treze tons de verde, cinco tons de roxo de que não preciso. Minha espátula quebra no meio. Quando são quase cinco da manhã, chego a uma reprodução até que razoável do rosto de Eric. A inclinação do nariz dele na suave luz vermelha do painel do carro. Enxáguo os pincéis e vejo o dia amanhecer na sua versão metropolitana e fumacenta. Em algum lugar de Essex County, Eric está deitado com a mulher dele. Não que eu queira isso, ter um marido ou um sistema de alarme que passe nosso casamento inteiro sem disparar nem uma vez. É que há momentos cinzentos e anônimos como este. Momentos em que me desespero, em que passo fome, em que sei como uma estrela se torna um vazio.

2.

Na manhã de quinta-feira a água quente acaba e tem mais um rato na ratoeira. Eu e a menina que mora comigo estamos sustentando uma família de ratos há seis meses. Testamos uma variedade de ratoeiras e gritamos uma com a outra em uma Home Depot, discutindo sobre o que configura uma morte digna. Minha roommate queria tacar veneno em tudo, mas nenhuma das janelas abre. Então colocamos umas ratoeiras comuns de cola que são projetadas para ter cheiro de manteiga de amendoim. A questão é que, para soltar o rato, eu preciso ir lá fora e colocar óleo de canola nas patas dele. Sim, sempre aparecem túneis no meio do meu pão. Sim, a dona do meu apartamento, que tem vinte e três anos, é uma influencer safada de chá detox seca--barriga no Instagram e herdou o prédio do avô, tem ignorado meus e-mails. Mas todo mundo precisa botar comida na mesa. Então, quando estou lá fora tentando soltar o rato desesperado e meio careca da ratoeira enquanto o gato gordo fica olhando da mercearia do outro lado da rua, parece que a infestação de ratos e eu estamos no mesmo barco. Depois que volto para dentro, penso que o rato pede tão pouco. Penso na gordura de frango e na manteiga de amendoim. Penso que antes da hora do almoço um dos gatos do mercadinho vai pular de uma caixa de sabonetes Irish Spring e acolher o rato na boca.

Dentro do apartamento, coloco meu vestido menos amassado. Eu me olho no espelho e treino o sorriso, porque me mudaram para uma mesa em que minha gerente consegue ver meu rosto, e já percebi que a preocupação dela vem crescendo. A gerência alega que me mudaram de lugar para eu ficar mais próxima da equipe, mas sei que é por causa do Mark. Nos meus primeiros dois anos nesse emprego, eu sentava no canto do escritório, bem onde o selo infantil acaba e o departamento de e-books românticos começa. Lá eu tinha a sorte de ficar de frente para uma parede, num lugar onde podia assoar o nariz sem ninguém ver. Agora eu sou sociável. Mostro os dentes para os colegas e finjo surpresa quando alguém reclama de mais um atraso do metrô. Tem um lado meu que se orgulha de se envolver nessas pequenas interações que confirmam que estou aqui e que sou semivisível e que Nova York cagou na cabeça de mais gente também, mas tem outro lado que peleja para sobreviver a esse teatro kabuki, tentando estender a mão e sair do roteiro.

Ainda faltam cerca de dez horas até meu encontro com Eric, ou seja, preciso comer o mínimo possível. É impossível prever as reações desproporcionais do meu estômago, então, se acho que existe alguma chance de transar, por menor que seja, eu tenho que fechar a boca. Às vezes o sexo faz o esforço valer a pena, às vezes não. Às vezes rola uma ejaculação precoce e são onze da noite e só me restam vinte minutos para chegar ao primeiro

McDonald's com uma máquina de sorvete funcional que eu encontrar. Levo uma lata de azeitonas pretas de almoço. Passo batom, na esperança de que a manutenção da cor diminua minha vontade de comer.

Quando enfim consigo me enfiar no metrô aos empurrões, o sol já começou a assar todo o lixo de Manhattan. O trem fica parado em Montrose, Lorimer e Bedford aguardando a liberação da via, e as paredes escuras do túnel transformam as janelas em espelhos. Desvio o olhar do meu reflexo e vejo um homem se masturbando por baixo de um pedaço de lona. Quase perco o lugar para uma mulher que entra na Union Square, mas por sorte a gravidez a deixou mais lenta. Chego ao trabalho dezoito minutos atrasada, e os assistentes editoriais já começaram a transferir a avalanche de telefonemas para o departamento de comunicação.

Eu sou a coordenadora editorial do nosso selo de literatura infantil, ou seja, de vez em quando eu mando os assistentes editoriais pesquisarem como é a digestão do peixe barrigudinho. Marco reuniões nas quais chegamos à conclusão de que os ursos saíram de moda e que as crianças agora só querem ler sobre peixes. Os assistentes editoriais não me convidam para almoçar. Eu tento me mostrar acessível. Eu tento entender a minha turma de niilistas lacônicos, todos nascidos no finalzinho da geração Z. Tem só uma assistente que eu tento evitar, e é justo ela que se aproxima da minha mesa nova e central no primeiro horário desta manhã de quinta-feira.

"Não sei como esses jornalistas estão conseguindo ligar direto no nosso ramal. Você viu o Kevin por aí?" A Aria é a assistente editorial mais sênior da equipe. Ela também é a outra única pessoa negra do nosso departamento, e isso força uma comparação entre nós que nunca me favorece. Como se não bastasse ela sempre estar disposta a contar uma curiosidade inédita sobre o Dr. Seuss, ela também é linda. Linda de um jeito que só as mulheres de Manhattan são; a pele dela mais parece um material sintético aquecido. Enfim, ela faz sucesso na empresa, com aqueles olhos espelhados e maçãs do rosto de tobaguiana, sempre forçando um jeitinho envergonhado de quem não faz mal a ninguém para agradar os brancos bem-sucedidos. O que eu quero dizer é que ela é boa nesse jogo. Melhor do que eu. E quando ficamos sozinhas, mesmo quando nos encaramos por entre expressões emprestadas, a gente se enxerga. Eu vejo a fome dela, e ela vê a minha.

"Não sei, de repente o pessoal da Heritage Foundation enfim abduziu o Kevin", respondo, pegando meu café.

"Eu não acho graça nisso", ela diz. No geral, já deixei de ter medo de que ela esteja listando os motivos pelos quais merece ficar com o meu emprego, porque agora não se trata de descobrir se ela vai roubar o meu emprego, e sim de quando isso vai acontecer. A única coisa que me incomoda é que eu ainda quero ficar amiga dela. Em seu primeiro dia, ela chegou à empresa toda meiga e linda, prontinha para ser transformada em token.* E como nos acostumamos a fazer — porque sempre fomos a única "outra" no recinto, porque nos agarramos, sabe-se lá por que, à esperança de que o próximo recinto possa ser diferente —, ela olhou ao redor, me procurando. Quando me achou, quando nos olhamos daquela primeira vez, finalmente libertas da nossa respectiva condição de token, eu senti um alívio absurdo.

---

* Conceito relacionado à promoção ilusória, simbólica ou insuficiente de representatividade ou direitos de grupos minoritários, especialmente em ambientes onde há poucas ou nenhuma pessoa não branca. (N. T.)

* * *

E depois eu me equivoquei. Mostrei raiva demais cedo demais. Muito esses brancos não têm jeito mesmo. Muito fuck the police. Nós duas estudamos na escola do Dobro de Qualidade pela Metade do Mérito, mas pelo jeito ela ainda acha que vale a pena pagar esse preço para entrar no clube. Até hoje ela se ajeita toda, esperando que a escolham. E vão escolher. Porque é uma arte — ser negra, perseverante e inofensiva. Ela é tudo isso e fica constrangida porque eu não sou.

Eu gostaria de pensar que só não sou mais perseverante porque sei que não adianta. Mas às vezes eu olho para ela e me pergunto se é possível que o problema não seja ela, e sim eu. Talvez o problema seja eu ser fraca e sensível demais. Talvez o problema seja o fato de eu ser a piranha da empresa.

"Eles nunca vão te dar o poder que você quer", eu digo porque tenho inveja, e é interessante observar como ela fica em dúvida, oscilando entre sua máscara e esse convite à conspiração. Ela se debruça e lá está aquele cheiro doce que já virou marca registrada da menina negra — óleo de jojoba, hidratante cor-de-rosa, creme para pentear.

"Mas como você sabe? Você ainda é coordenadora editorial, e trabalha aqui há três anos", ela diz, e eu poderia dar uma carteirada e mostrar que sou mais sênior que ela, mas seria constrangedor. A diferença entre os nossos salários anuais não passa de uma parcela mensal do meu financiamento estudantil.

"Acabamos de receber um monte de provas daquela série que a gente vai fazer sobre a hora do banho. Você pode cuidar disso?", eu digo, dando as costas para ela. Olho meu celular, torcendo para ter recebido uma mensagem de Eric. Alguma confirmação de que o nosso primeiro encontro foi bom mesmo, ou algum sinal de que ele está empolgado para me ver hoje à noite. Penso em mandar a lista completa das coisas que ele pode fazer comigo, para estarmos bem alinhados, mas quando começo um rascunho percebo que meu tom está meio Helga Pataki, de *Hey Arnold!*. Tento mais um pouco, depois desisto e saio à procura de Kevin, que adquiriu os direitos do livro que se tornou o pivô da atual crise da assessoria de comunicação, uma história ilustrada para as crianças conservadoras, uma meditação lírica sobre o radicalismo da grande mídia e o martírio dos estados rurais.

Se me pedirem uma opinião neutra, a arte desse livro tem seu valor. Os pores do sol dramáticos em tinta guache sobre os acampamentos dos confederados. O balão de pensamento meio murcho de Lincoln quando ele contempla o futuro, decepcionado com a situação de seu partido. O fotorrealismo das representações da criminalidade urbana. Encontro Kevin andando pela sala dele com uma meia só, falando no celular enquanto esse panfleto político com classificação livre vende sem parar. E aí eu vejo Mark. Não me orgulho do que faço nesse momento, e o que faço é me esconder na escada e prender a respiração. De todos os homens do trabalho com quem eu transei, esse foi o que mais me custou. Aquela coisa de onde se ganha o pão não se come a carne só vale quando pagam o suficiente para você comer. Em geral, essa tem sido a melhor parte desse emprego.

Processo de imersão com Mike, seus dedos pequenos e o palavreado de assistente de RH nível júnior que ele repete enquanto eu tento convencê-lo a tirar a roupa. Jake, da TI, subindo a escada às seis em ponto com seu molho de chaves, fungando no meu pescoço e falando dos privilégios de administrador enquanto atende o chamado que abriram para o meu monitor quebrado. Hamish, do departamento jurídico, no berçário, com aquela mecha grisalha no cabelo e as coxas peludas, me pedindo com tanta doçura para chamá-lo de Senhor. Tyler, editor de produção dos livros de comportamento e autoajuda, com aquelas revistas caras que ele nunca leu e as meias bem esticadas nas canelas, empurrando minha cabeça para baixo enquanto fala por telefone com alguém do escritório de Dublin. Vlad, do setor de entregas, que fala um inglês macarrônico, os flocos de isopor em volta da gente no chão. Arjun, da distribuidora britânica, com aquele cabelo preto penteado com gel e braços de vilão de desenho animado, irritado porque a editora concorrente quer roubar os funcionários mais produtivos da equipe dele. Jake, da TI, de novo, porque esses computadores são uma bosta e ele tem o pau mais lindo que eu já vi. Tyrell, da produção, com aquele meio-sorriso na cabine do banheiro na festa de Natal, as luzinhas pendentes transformadas num eco fractal em seus olhos escuros e espelhados. Michelle, do jurídico, sentada na copiadora, a meia-calça pendurada no pescoço, as lâmpadas fluorescentes tremulando no teto. Kieran, da área de romances históricos eróticos, me comendo por trás e falando sem parar em arrancar meus braços e pernas, e eu rindo sem parar e sem saber por quê. Jerry, que compra todos os romances young adult em que o protagonista tem câncer, fazendo uma fortuna e amorzinho comigo na sala de conferências com vista aérea do 30 Rock e eu chorando sem parar e sem saber por quê. Joe, dos livros baseados em crimes reais, que nem gosta de ler e goza rápido e geme alto e me chama de preta, depois de mãe. Jason, dos livros técnicos de exatas, que quer que eu chore igualzinho fiz com Jerry, o que de fato me faz chorar, só que em casa. Adam, do departamento de eróticos cristãos, gozando no meu rosto e eu sem sentir nada. E depois Jake, mais uma vez, porque o meu teclado deu tilt, mas não é o Jake, e sim o John da TI que vem até a minha mesa, enfiando a mão debaixo da minha blusa, me dizendo que o Jake sofreu um acidente de carro muito grave e não está nada bem.

E em algum lugar no meio disso tudo, Mark. Mark, diretor do departamento de arte, onde o ar cheira a papel morno e todo mundo é feliz. Onde há resmas sedosas de papel dezoito por vinte e quatro polegadas e as impressoras suspiram no calor que elas mesmas geram, cuspindo tons de pretos profundos e azuis líquidos sem parar como ponteiros de um relógio, as provas da capa e contracapa nítidas como água, tão saturadas que se você passar a mão nelas logo que saem dá para sentir que estão úmidas. O pessoal do departamento de arte anda pelo prédio em grupos sorridentes, sempre carregando algum esboço junto ao peito. No elevador, conversam com entusiasmo sobre altos-relevos, Verdana, Courier New. Trabalham num horário diferente e se vestem de um jeito diferente, todos naquele meio do caminho entre a elegância e a estranheza que sempre caracterizou o estudante de artes. E o que eu mais quero é fazer parte da turma deles. Eu quero pedir comida no restaurante de dumplings do outro lado da rua e ficar no escritório até as dez, corrigindo o cenário atrás do Frank, a Raposa, de ultramarino para cerúleo para ciano. Eu me candidatei três vezes. Fiz duas entrevistas. E nas duas me pediram para melhorar minhas técnicas de desenho anatômico. Mark me disse que iam guardar meu currículo para outras oportunidades, e aí eu consegui a proeza de ser reprovada num curso noturno que eu não tinha dinheiro para pagar, sabotada pelas covinhas da musculatura humana e principalmente pelos metatarsos do pé. Resolvi ficar no grafite sobre papel, esperando que, ao contrário da tinta, esse material me oferecesse mais controle, mas minhas figuras humanas continuaram sendo borradas pelas costas da minha mão.

Quando se trata desse assunto, não consigo deixar de sentir que fui atingida por uma oscilação que começou com uma única borboleta. Ou seja: com meio grau de diferença eu poderia ter tudo o que eu quero. Sou boa, mas não boa o bastante, e isso é pior do que só ser ruim. É quase. É a diferença entre estar presente na hora em que o acidente acontece e sair exatamente a tempo de ver a notícia sobre ele no jornal. Ainda assim, não consigo deixar de sentir que no multiverso mais próximo existe uma versão de mim que está mais gorda e mais feliz, sorrindo num ateliê só meu com tinta grudada atrás da orelha. Mas todas as vezes que tentei pintar nos últimos dois anos eu fiquei paralisada.

E Mark não é nenhum pintor de afrescos, muito menos tem o charme platinado de um Andy Warhol. Mark é um homem adulto que usa casaco longo e decora o escritório com orquídeas de verdade, coleciona brinquedos de polipropileno e faz releituras de *O sonho da mulher do pescador* num estilo meio Matt Groening. E um dia estava chovendo às oito da noite e nós dois pegamos o mesmo elevador. Ele me mostrou uma arte de um polvo chupando uma mulher, e o capricho com que ele tinha feito aquilo me deixou de queixo caído e de quatro no pau dele. Mas é diferente dos outros — do êxtase do cio, do éter gostosinho do vácuo. É mais uma questão de precisar dele, mesmo. Porque tem homens que são uma resposta a uma imposição biológica, que eu mastigo e engulo, e tem homens que guardo na boca até dissolverem. Muitas vezes esses homens são figuras de autoridade. E por isso Mark foi muito gentil, me levou para sair e ampliou o meu paladar e pediu aquele monte de vinho. Ele me levou para o apartamento dele, aquele tipo de imóvel de Nova York que nem parece possível, um exagero de iluminação e metragem que só pode ser uma mentira criada para passar na televisão.

O sexo é razoável, mas meio que não importa, porque no estúdio ele tem baldes de lápis Prismacolor, canetas Copic e tintas a óleo. Rolos de telas para pintura, latas de gesso empelotado e terebintina. Pincéis Filbert chanfrados e chatos feitos de pelos macios de camelo. E, apesar de flertar com o libertarianismo, ele não me chama para fazer nenhuma atividade ao ar livre, então acaba ficando elas por elas. Passamos fins de semana na cama, saindo muito rápido da fase dos primeiros toques nervosos e adentrando o reino em que as reviravoltas do id não nos impedem de nada. Mas sem dúvida meu fracasso pesa sobre nós. Ele é infinitamente mais talentoso que eu na coisa que mais quero fazer, e parece que ele prefere que seja assim. Isso demora tanto para me passar pela cabeça que chega a ser bobo, as iscas que ele joga por puro tédio, a descontração com que ele pega a bola e finge que joga para eu pegar. Eu me reconheço nas mulheres que correm atrás dele, nas tipógrafas sonhadoras, nas ex-alunas da Escola de Design de Rhode Island com peitinhos empinados. Ainda assim, de vez em quando eu vou até a casa dele e imploro para ele olhar o meu trabalho. Eu me ajoelho, mostro meu caderno de desenho e digo adeus ao apartamento dele e às aquarelas vigorosas que ele às vezes me mostra às três da manhã.

Tem uma pintura da Artemisia Gentileschi que eu amo, *Judite decapitando Holofernes*. Nela, duas mulheres decapitam um homem. Elas o seguram enquanto ele tenta empurrar a lâmina para longe. É uma obra-prima tenebrista brutal, banhada em sangue da carótida. Gentileschi a pintou depois que seu mentor, Agostino Tassi, foi condenado por tê-la estuprado. Enquanto me dedico a um projeto inspirado nessa pintura, meu pai morre. Eu o enterro ao lado da minha mãe e passo semanas sem conseguir dormir, e os ratos comem todas as frutas da casa. Mark envia um cartão de pêsames, mas depois para de me ligar. Ele envia os desenhos que deixei na casa dele num envelope em que só se lê coisas, e mando alguns áudios que em resumo afirmam que ele é um picareta que só sabe desenhar mãos com quatro dedos, que ele é um babaca ridículo que deveria ser proibido de chegar perto de mulher e mandado pro espaço, e algumas vezes, é verdade, fico parada na frente da casa dele no meio da noite. Eu rascunho uns e-mails que não envio e fico perambulando pelos corredores da empresa com tudo o que eu quero falar na cara dele. Mas quando o vejo agora, quando volto para a escada ao lado da sala de Kevin e vejo que Mark continua idêntico, que ele tem uma mulher de cada lado e está seguindo sua vida com a maior alegria, eu perco a coragem.

À noite eu encontro Eric num bar de vinhos no Village, e o homem que encontro me esperando nos fundos do bar não parece o homem que conheci dois dias antes. Ele está vestindo a mesma pele, mas ficou mais justa, como se algo imaterial e supermassivo o tivesse cuspido na boca do bar e ele estivesse só aceitando essa condição, esperando que eu o obrigue a abrir o jogo.

"Você chegou atrasada", ele diz, depois de pedir uma taça de Côtes du Rhône para si mesmo e um gim-tônica para mim. Ele fala com tanta frieza que não sei se ele espera uma explicação ou se essa versão austera dele é piada. Ele está diferente e parece ainda mais velho, o blazer pendurado no encosto da cadeira. O vestido que eu estou usando, em contrapartida, é 80% lycra.

"Desculpa."

"Eu gosto de ser pontual, só isso."

"O metrô ficou parado", eu digo, e ele dá risada.

"Não tenho nenhuma saudade dessa fase."

"Você não anda de metrô?"

"Não ando, não", ele responde, e eu gosto dele menos e mais ao mesmo tempo. Menos porque agora ele ficou parecendo cheio de frescura, e mais porque ele pode se dar ao luxo de ser assim. "Você está bonita", ele diz, fazendo questão de mostrar que está me olhando de cima a baixo, e é bom ser consumida desse jeito, ter me enfeitado especialmente para ele, e é bom vê-lo sentado do outro lado da mesa desembrulhando o presente.

"Você também. Como foi o trabalho?"

"Não quero falar de trabalho. Você quer falar de trabalho?"

"Sei lá, acho que não."

"Onde esse vinho foi parar?", ele pergunta, e de repente uma garçonete aparece se debruçando entre nós para servir um tiquinho de vinho na taça dele, que ele gira e da qual bebe com um ar de irritação, retesando os lábios.

"Tá bom", ele diz, observando atentamente enquanto ela serve o resto. Ele a manda embora com um aceno e bebe um gole longo e generoso. "Estou um pouco nervoso, então desculpa se pareço…" Ele bebe mais um gole e concentra toda a atenção no meio do meu rosto.

"Não tem problema", eu digo, mas meu tom acaba sendo um pouco condescendente. Ele me lança um olhar feio e termina o vinho, no que pode ser considerado um grande feito, porque era uma taça bem cheia. A garçonete volta e fita Eric com olhos grandes, admirados. "Posso pedir mais um?", pergunto quando vejo que só tem gelo no meu gim-tônica.

"Boa ideia", Eric diz, e a gente começa a beber gim-tônicas a sério. Assim ficamos relaxados o suficiente para falar de política, mas quando ele começa a falar eu já me preparo. Eu sei que concordamos nas questões ideológicas mais amplas e menos polêmicas — mulher é ser humano, racismo é ruim, a Flórida vai estar submersa daqui a cinquenta anos —, mas ainda temos tempo de sobra para ele resolver falar que adorou A *revolta de Atlas*. Até com homens legais a gente sempre fica esperando a surpresa chegar. Eu peço mais um drinque, e ele para de falar e ri.

"Quer mudar de assunto, talvez?"

"Por quê?"

"Você está parecendo um pouco tensa", ele diz, esticando o braço para encostar no meu joelho por baixo da mesa.

"Você reparou no jeito que a garçonete está te olhando?"

"Não reparei", ele diz, e enfia a mão por baixo do meu vestido. Nossa mesa não é muito escondida, mas não quero que ele pare. Começo a beber mais um drinque enquanto ele apoia as costas da mão na parte interna da minha coxa. "Então chegamos ao segundo encontro."

"Pois é."

"E você quer continuar?"

"Quero", eu digo, apesar de não saber direito o que ele quer dizer com isso.

"Eu quero botar as cartas na mesa", ele diz, afastando a mão. "Eu tenho a vida feita. Sou casado com a mesma mulher há treze anos e nossos túmulos ficam lado a lado."

"Entendi." Eu me dou conta de que agora estamos falando de um assunto sério, mas não tive nem tempo de baixar o meu vestido. Ele pega um pedaço de papel e o estica na mesa.

"Então, para trazer uma coisa nova para a minha vida, para essa", ele olha rapidamente o papel, "estrutura conjugal, a gente precisa estabelecer alguns limites."

"Com certeza."

"E esses limites precisam ser estabelecidos logo no início. Porque", ele pega minha mão, e esse parece um gesto ensaiado, "eu acho que a gente deveria continuar. O que você acha?" Eu acho que esses treze anos fora da pista o deixaram tão vulnerável que me aproveitar dessa situação parece antiético. Mas.

"Acho que sim, sem dúvida."

"Então, as regras", ele diz, encarando o papel. Eu dou uma olhada, pego o papel, e essa é a primeira vez que entro em contato com a mulher dele.

"Sua mulher escreveu isso", eu digo, passando os olhos pelo que parecem ser pontos diante do que parecem ser palavras. O papel está macio e muito amassado, como se tivesse sido dobrado e desdobrado com frequência.

"A letra dela é horrível, né?", ele diz, e, quando eu baixo o papel e olho para ele, eu o vejo, o homem que me levou ao parque. Ele sorri, e essa maldadezinha fica no ar, entre nós dois. E, embora eu perceba que ele se sente meio mal por ter falado isso, ele parece aliviado quando aceito participar.

"Nem parece escrito em inglês", eu digo, e eis um breve relato do mês que passamos seguindo as regras à risca: primeiro, para minha profunda decepção, o segundo encontro não acaba em sexo. Eu passo a noite inteira esfomeada, à base de gim e pedacinhos de pão, e a gente sai cambaleando no escuro e dá uns beijos no parque. O fato de os dois sermos sombras propicia uma honestidade compulsiva, e eu conto para ele que aos fins de semana eu às vezes fico deitada no mesmo lugar e não me mexo até precisar ir ao banheiro ou ao trabalho, e ele me conta que é estéril, e a gente ri porque a regra número um diz que não podemos transar sem camisinha. Mas depois que a gente ri ele fica murcho, distante de um jeito que só o álcool sustenta, e ficamos olhando uma mulher de vestido de noiva flutuar pela Washington Square à meia-noite, o tule e o tafetá azuis na luz diáfana, e penso na mulher dele e me pergunto se ela é destra, se ela tem vergonha da própria caligrafia ou é tão bonita que não precisa disso. E quando Eric se vira para me olhar, qualquer que seja o tecido conjuntivo que segura os globos oculares dele no lugar evaporou com a bebida, e por causa do vento eu meio que consigo ver onde ele está começando a ficar careca, e alguém do outro lado está tocando "Mary Had a Little Lamb" em tom menor no violão quando parece que ele alcança um único momento íntegro de sobriedade e concentra essa violência na minha boca, que não encaixa direito na dele e faz o nosso beijo ficar assíncrono e molhado, apesar de estarmos com os lábios secos de tanto beber.

No terceiro encontro, tenho certeza de que a gente vai transar. Raspo tudo, passo a gilete nos braços e nas pernas, seguro a lâmina a um ângulo de trinta graus enquanto meu bairro passa por um corte de energia programado, e quando chego à clínica ele me dá um beijo no pescoço e fala alguma coisa no meu ouvido e nós dois fazemos exames de DSTs. As lâmpadas fluorescentes o empalidecem, mas nessa ocasião ele está no auge da neurose e me conta que não gosta de hospitais, porque sempre fedem a urina e a gardênias de plástico, e também que ele tem pavor de morrer, e teoricamente eu também tenho, mas, teoricamente, e se eu não tiver?, porém dizer isso em voz alta é maldade, por isso eu falo que sim, viver é o que eu quero continuar fazendo, com certeza, até agora foi ótimo. Mas o que mais faço é pensar tomara que eu não tenha clamídia, e por isso não presto atenção em boa parte do que ele está me falando sobre ter medo de morrer, e vejo um folheto com a foto de um bebê branco e, depois que os resultados dos nossos exames mostram que não temos nada e saímos para comer hambúrguer, eu não como nada porque ainda quero transar, mas ainda estou pensando no bebê, na possível maciez da cabeça do bebê, e, enquanto penso no aborto que fiz aos dezesseis anos, a mulher dele liga, porque estamos no dia 3 de julho, e falta muita coisa para o churrasco, e uma das regras é que se ela telefona ele tem que ir. Durante essa interação pelo telefone, um traço da voz dela se desprende no ar, sem fio e suave, e ele diz *Rebecca, por favor, Rebecca*. E entre os encontros quatro e seis eu tento desesperadamente encontrá-la na internet, mas Rebecca Walker é um nome comum demais, e Eric, apesar de se dedicar à digitalização de negativos de vidro descascados em sua vida profissional, não quer se render à inevitável digitalização dos próprios pensamentos, refeições e idas e vindas, talvez por ser um ludita arrogante ou só por ser velho mesmo, ou seja, não consigo encontrá-la por meio dele, e passo a noite acordada e analiso os perfis de Twitter de uma dúzia de mulheres brancas genéricas, procurando pistas e só encontrando resultados intercambiáveis entre si. Chegamos ao encontro sete e ainda nada de transar, e já comecei a ficar ofendida, mas estou disposta a me humilhar para conseguir o que quero e por aí vai até chegar ao nosso nono encontro, quando faz um mês que estamos nos encontrando pessoalmente, e tenho feito o que posso com pirulitos e bananas e puxado Eric para dentro do banheiro pela gola da camisa, quase chegando perto de ameaçá-lo, e ele dá risada e fala *para com isso* em voz baixa, porque ele é meio antiquado e acha meu comportamento constrangedor, e, como o meu constrangimento geralmente dá a volta e vira raiva, eu o empurro para longe e fico surpresa no bom sentido quando ele me empurra de volta. Ele faz questão de mostrar na mesma hora que se arrependeu, mas eu já registrei a expressão que ele fez, o vislumbre dos dentes, o deleite com que ele exerce sua força. E quando ele me ajuda a levantar do chão o peso da sua mão é o contato físico que vai me sustentar por cinco dias porque uma das regras é que a mulher dele pode mudar as regras e uma das novas regras é que nós dois só podemos nos encontrar aos fins de semana. E por isso, infelizmente, no domingo ele sobe a escada do meu prédio, porque esse é o único lugar privativo que eu conheço onde eu talvez possa obrigá-lo a tirar a roupa. O cheiro de peixe desapareceu, mas a menina que mora comigo está no sofá cortando as unhas dos pés com aquela máscara facial de vitamina C assustadora que ela usa, e até esse momento eu tinha conseguido esconder o tamanho da minha pobreza. Mas agora ele vai ver o piso de linóleo rachado e os refratários juntando água no banheiro. Ele vai saber que, mais do que me levar para jantar fora, ele tem me fornecido as calorias de que tanto preciso, e quando sobe a escada ele está com o rosto brilhante e incrédulo, como se tivesse passado por uma experiência horrível, mas ainda estivesse impressionado o suficiente pela novidade para insistir um pouco mais. Ele entra e fecha a porta, e a minha roommate levanta a sobrancelha por trás da máscara, porque nem na minha casa eu consigo fugir desse olhar, dessa confirmação da nossa assimetria, que até em Nova York confunde garçonetes e taxistas, e Eric nunca percebe nada, nem quando preciso confirmar o tempo todo que sim, a gente vai para o mesmo lugar, e não, não precisa dividir a conta. Como é necessário passar pelo banheiro para chegar à cozinha, e pela cozinha para chegar ao meu quarto, ele meio que faz o tour completo da casa e lida com a situação toda de um jeito tão gentil que nem menciona a embalagem de macarrão pré-pronto que minha roommate deixou em cima da descarga. Na verdade, quando eu fecho a porta do quarto, ele parece achar tudo uma grande aventura, mas quando ele pensa que não estou olhando eu percebo que ele está preocupado. Eu percebo que ele está revisando a imagem que tinha de mim, tentando conciliar o fato de eu ser uma pessoa adulta com os seis lances de escada e os parâmetros do meu quarto, que só me dão direito a um futon e um pôster do MF Doom. Enquanto fico em pé de costas para a porta e ele se acomoda no meu futon com movimentos cautelosos, como se estivesse com medo de a estrutura não aguentar o peso, eu tenho certeza de que ele enfim se deu conta da dissonância. E, embora eu nunca entre em nenhum cômodo sem pensar nas adaptações pessoais necessárias, é estranho ver algo parecido acontecer com esse homem branco e simpático do Meio-Oeste. É estranho vê-lo percebendo coisas que sempre percebo nele — o otimismo, a soberba, essa realidade alternativa exclusiva na qual não há nenhum lugar em que ele não se sinta à vontade. Ele examina o ambiente com um horror delicado nos olhos, como se só nesse instante lhe passasse pela cabeça — ao ser apresentado a essa dimensão econômica — que há um desespero mútuo na tentativa de unir duas pessoas que vivem em lados opostos. E logo depois ele vê minhas tintas e uma tela em branco e eu corro para fechar a porta do armário, mas não dá mais tempo. Ele quer saber por que eu nunca toquei nesse assunto, e se sou boa. E não sei se é porque a noite toda foi humilhante, mas digo que sim, que sou bem boa, mas isso também é um erro, porque é óbvio que ele quer que eu faça um retrato dele. Aí eu tiro uma garrafa de vodca Stoli de debaixo da cama e sirvo um pouco na única caneca limpa que tenho e a gente bebe se revezando, murchando de calor e deixando de lado o abismo entre nós por tempo suficiente para tirar pelo menos parte da roupa, e ele não é o melhor modelo do mundo, todo corcunda, mudando o ângulo da cabeça toda hora, mas à medida que ele vai relaxando, já quase sem roupa, com aqueles braços compridos e as sardas clarinhas e um caos de cabelos cacheados um pouco grisalhos, eu me lembro do meu corpo e começo a ficar atenta ao dele, e à quantidade de ar cada vez menor no quarto, e o jeito que ele me olha enquanto eu escolho a paleta de cores, como se não estivesse só tentando me agradar. Como se estivesse me levando a sério. E, embora eu valorize essa seriedade, começo a ficar enjoada. Ela estraga a beleza dele, transformando-a numa série de meios-tons entre dobras de pele. O lilás e o azul-cobalto, a potência de um pouco de branco-titânio, e a vodca que faz a língua dele enrolar quando pede desculpa por ter me empurrado, e eu pergunto se ele ficou arrependido mesmo e ele fala muito arrependido e eu falo então implora pra eu te perdoar, e ele de fato implora enquanto eu chupo o pau dele, enfim, pela primeira vez, meu quarto num silêncio mortal, a não ser pelos pedidos de desculpa baixinhos, ofegantes, que desconfio que talvez sejam sinceros e que ele repete enquanto afasta meu cabelo com cuidado, embora depois eu limpe a tinta acrílica da coxa dele e fale que, na verdade, eu ia gostar que ele me empurrasse de novo. Ele pensa que é brincadeira, e quando percebe que não é seu rosto fica sério e ele diz que não se sente à vontade com isso. Essa é a última vez que ele vai ao meu apartamento. Quando saímos para comer alguns dias depois, percebo que ele tem consciência de que está me alimentando, assim como eu tenho consciência de que existe uma grande parte da vida dele que não vejo, uma casa em Jersey com garagem e caixa de correio e toalhas de banho para visitas, um lugar que existe só na minha imaginação, porque uma das regras é que eu sou proibida de entrar na casa dele. E imprevistos acontecem. Um de nós fica doente, eu fico sem forças para buscar a correspondência ou lavar o cabelo, ele viaja a trabalho ou vai a uma festa com Rebecca, e quando enfim nos encontramos de novo já não nos lembramos do nosso encaixe. Vivemos num estado de regressão constante, a distância torna os detalhes escorregadios e confusos. Então, numa noite de quinta-feira, no dia cinquenta e dois desse cortejo tão recatado que beira o insuportável, ele me liga e me diz para encontrá-lo numa casa noturna no SoHo e para usar uma roupa curta.

Eu obedeço, embora já tenha desistido da possibilidade de transar, porque, no fim das contas, talvez ele seja o único amigo que tenho. Então eu como metade de um bolo de chocolate e vou para o lugar de shortinho e tênis, com tanta vontade de trepar que quando uma pessoa qualquer encosta em mim no metrô eu faço um barulho bizarro e involuntário. Eric sai de dentro da discoteca no meio de uma nuvem de fumaça e me puxa para dentro com sua mão grande e úmida, e me vejo rodeada pelos detalhes mais cafonas do ano de 1975. Ele me leva para o meio da pista, me puxando pelas pontas dos dedos, e o ar é uma mistura de névoa, suor e golfadas de neblina artificial, resultado de uma parceria entre o estroboscópio e a máquina de fumaça, que cospem umas facas gordinhas e alaranjadas, e eu espirro na dobra do cotovelo e faço contato visual com um cachorro que está sentado num canto, mordendo a sapatilha de cetim de alguém, e isso me deixa incomodada, como sempre acontece quando acho que um bicho está num lugar em que não queria estar. Um verdadeiro desfile de tecidos sintéticos avança em uníssono sob a luz líquida como um cardume de peixes prateados, e nesse momento um cartaz que diz *Embalos* se descola do teto e me passa pela cabeça que esse é um daqueles lugares que se propõem a recriar uma década por noite, porque o aviso perto da porta informa que em algumas semanas serão os anos 90. Mas, por enquanto, o holograma de Chaka Khan que deu pra fazer toma o lugar de Gloria Gaynor e seus cachos balançantes, e Chaka geme com sua famigerada calcinha rasgada, agacha e cumprimenta as pessoas no canto do palco, flexiona as coxas negras e dá um sorrisinho maroto para o público, mesmo que a música que de fato está tocando seja "That's the Way", de KC and the Sunshine Band, e eu me sinto meio espectral, como acontece em noites como essa nos momentos em que as luzes param de piscar por um instante e você vê a cerveja e o glitter no chão, a reanimação de uma coisa morta reembalada e etiquetada como nostalgia, e essa intenção sincera de viajar no tempo misturada ao sarcasmo, porque quando olho ao redor quase todo mundo está dançando, mas com uma participação meio desconexa que apresenta toda essa situação como piada, tipo, que nada a ver, tipo, até que eu curto isso aqui, mas nem tanto assim. Mas a beleza da música disco é esse exagero, é o naipe de metais e a breguice, e aí eu e Eric entramos juntos no banheiro com um saquinho de plástico e tem uma pessoa descalça chorando no reservado ao lado, e a gente sai e vai lá para o meio, e Eric é um homem branco com bastante coordenação, mas que sempre acaba repetindo os mesmos passinhos de dança, o que tudo bem, e depois de um tempo estamos no carro dele com o ar-condicionado no máximo, correndo em boa velocidade pelo Túnel Holland, e ele me entrega o celular e me pede para recusar uma chamada da mulher dele, e eu me sinto péssima, não por qualquer lealdade à Rebecca, mas porque parece que a noitada acabou criando um mal-estar conjugal maior do que o esperado, embora eu me delicie recusando a chamada, é evidente, assim como me delicio com o som das cigarras que movimenta o ar quando paramos em frente à casa dele, que de fato tem uma caixa de correio com uma bandeirinha vermelha e *Walker* escrito na lateral em uma fonte amarela alegre, e quando subimos a escada e chegamos ao quarto dele todas as fotos estão viradas para baixo, o que demonstra um nível de premeditação que me deixa pensativa, mas no fim acaba me ajudando a tirar a roupa, porque para fazer tudo isso ele tinha que saber que eu ia dizer sim, ele tinha que se considerar capaz de aperfeiçoar o sim inicial até transformá-lo no sim conclusivo com tanta exatidão que eu chegaria a ir para Jersey, e pensar que ele sabe que tem controle total sobre a situação é o que acaba comigo. Não existe preliminar. Ainda estou de meia, tentando absorver do papel de parede alguma conclusão sobre o tipo de casamento que leva a isso, a esse homem tirando uma camiseta que diz *Disco é uma merda* e me puxando para o colo dele e pedindo desculpa pela demora porque são treze anos com a mesma mulher, ele diz, treze anos, e todas as regras mudaram, e aí eu tento ajudá-lo a tirar a calça, mas ele ainda não tirou o sapato, sapatos com cadarços que nós dois encaramos por um instante antes de desistir e abaixar a calça dele só o necessário, a expressão séria e urgente no rosto dele, o corpo retesado e salpicado de pelos ásperos e cacheados. Ele me segura e me encaixa devagar no pau avantajado e um pouco inclinado para a esquerda, e por um instante eu chego a repensar meu ateísmo, por um instante eu contemplo a possibilidade de Deus existir como um mal caótico e amorfo que criou as doenças autoimunes mas nos deu órgãos genitais milagrosos para compensar, e eu meto desesperadamente, movida pela força dessa epifania, e Eric é falante e safado, mas tem uma insanidade no rosto dele, uma contorção cor-de-rosa que evidencia o branco dos olhos de um jeito que me faz ter medo de ele falar alguma coisa de cujo impacto não conseguiremos nos recuperar tão cedo, então cubro a boca dele e falo cala a boca, cala essa boca, porra, mais agressiva do que eu normalmente seria a essa altura mas que dá conta do recado, e se você estiver precisando de uma felicidade na vida eu recomendo fortemente que você faça um homem branco de cadelinha, só que do nada começo a entrar em pânico por não ter usado camisinha e olho para o quarto que é uma suíte, e no banheiro tem o que parecem ser toalhas extras, e isso me deixa tão emocionada que ele para e de repente o anfitrião preocupado que existe dentro dele interrompe o violento frenesi sexual e desacelera o processo ao território perigoso do contato visual e lábios e língua onde se cometem erros e você esquece que cedo ou tarde tudo morre, então não é culpa minha se nessa conjuntura eu chamo Eric de pai e com certeza não é culpa minha se isso faz Eric gozar tão rápido que ele fala que me ama e nós dois caímos para trás num estado de saciedade e horror, e ficamos sem falar nada até que ele chama um táxi para mim e diz se cuida de um jeito meio vai embora por favor, e quando o carro começa a se afastar ele fica parado na varanda usando um robe de seda florido que obviamente é da mulher dele, menos com cara de quem teve um orgasmo e mais como quem passou por um exorcismo muito cansativo, e tem um gato sentado aos pés dele, totalmente concentrado nas tábuas corridas brancas e no gramado verdejante, o que me faz odiar esse gato enquanto a cidade se avulta ao meu redor num buquê de poeira, fuligem industrial e abóbora madura demais, insistindo na própria enormidade como certos livros de ficção pós-modernista pica grossa e ainda tão linda, apesar de conhecer a si mesma, mesmo que os últimos dias cruéis de julho deixem grandes trechos da cidade murchos e vazios.

E depois Eric passa uma semana sem responder minhas mensagens, nem meus e-mails, nem minhas ligações, e eu continuo sorrindo no meio do escritório sem paredes, folheando um novo livro que vamos lançar sobre as vantagens de se compartilhar as coisas. E agora eu sei onde ele mora, então dez dias depois de trepar com ele na cama que ele compartilha com a mulher eu apareço bem na porta deles e a encontro destrancada, e não tem ninguém ali, então ando pela casa e pego uns limões frios no balcão e fico brincando com eles, e abro a geladeira e bebo um pouco do leite e subo com a caixa até o quarto, onde uma porta se abre e revela um closet com uma variedade de roupas femininas e eu sinto a seda e a lã e a caxemira nas mãos e de repente surge uma voz, e eu me viro e em pé na soleira da porta do banheiro da suíte, com luvas de borracha amarelas e uma camiseta que diz *Yale*, está a mulher dele.

3.

Eu fiz o aborto no terceiro ano do ensino médio. Houve um breve momento em que cogitei seguir com a gravidez, em que tentei cortar um grão de areia ao meio e me adaptar à sua ambição de produzir um par de pulmões. Naquela época eu trabalhava em um shopping quase falido. Dezoito horas por semana ajeitando calças de sarja e seguindo clientes grosseiras que vinham de Quebec para o norte de Nova York para se aproveitar das nossas tentativas baratas de salvar a loja. Só havia quatro lojas abertas no shopping. Uma farmácia na qual as bolachas recheadas ficavam ao lado das duchas vaginais, uma loja de roupas femininas chamada Deb, que vendia pacotes de calcinhas de cintura alta por cinco dólares, uma loja de armas e a minha loja, uma butiquezinha meio largada de roupas sociais femininas. Eu era uma vendedora mal-humorada dada a desabafos sobre os meus problemas enquanto tentava empurrar o cartão fidelidade da loja, mas era de grande ajuda contanto que trabalhasse o suficiente para que as vendedoras mais antigas tivessem mais tempo para socializar. Durante o horário de almoço eu cuidava da loja sozinha, e por um instante as duas outras vendedoras deixavam de se preocupar com a minha falta de tato com as clientes e iam almoçar numa das unidades do restaurante Boston Market. O fato de eu não ser convidada para esses almoços parecia mais uma gentileza do que uma desfeita. Elas me tratavam bem, às vezes me traziam um pouco de creme de espinafre e macarrão aguado, que eu comia ao lado de uma agência bancária desativada com caixas eletrônicos que viviam cheios de colmeias de abelhas. Nessa fase eu não sabia se gostava de ficar sozinha ou se só suportava aquilo porque não tinha outra opção.

Eu não era popular, nem era impopular. Para despertar admiração ou escárnio, primeiro é preciso ser visto. Por isso a história da célula que certa vez se dividiu dentro de mim e de sua consequente destruição também é a história do primeiro homem que me viu. O homem que era dono da loja de armas, Clay, um metaleiro que cuidava dos dentes de maneira patológica. Ele foi a sétima pessoa negra que conheci em Latham. Miscigenado, um quadro de Punnett caótico de genes dominantes coreanos e nigerianos, e portanto uma pessoa de etnia tão ambígua que dependendo da luz parecia ser outro homem. No dia em que nos conhecemos, ele estava fumando um cigarro numa máquina de Dance Dance Revolution na frente do cinema fechado. Ele me contou que estava endividado e que ele e o irmão tinham parado de se falar, e de cara me pareceu tão familiar que relaxei e contei como a minha mãe tinha morrido. Que eu a encontrara com um sapato ainda no pé. Que eu vivia pintando aquele momento e nenhum formato me parecia correto. Que só tinham se passado cinco meses desde a morte dela e que meu pai já estava saindo com outra pessoa. Essa era a contradição que viria a me definir por anos, minha tentativa de garantir solidão integral e minha imediata disposição a abandonar essa intenção assim que um homem interessado aparecia. Eu fingia não me preocupar com as consequências do meu isolamento. Mas sempre que conversava com alguém eu me via fazendo o dobro do esforço para compensar minha atrofia social.

Fiquei contente em ser incluída em alguma coisa, mesmo que fosse, acima de tudo, um diálogo unilateral com um homem do dobro da minha idade. Nos encontrávamos no meu horário de almoço e ele me comprava sorvete. Eu ficava sentada na perua dele e o observava carregando e descarregando seu revólver. Eu me debruçava sobre o mostruário de facas de bolso e deixava que ele passasse a mão no meu cabelo. Quando perguntou quantos anos eu tinha, menti. Quando contei que meu pai não voltava para casa havia semanas, ele fez questão de me dar dinheiro para comprar comida, e às vezes ligava e me obrigava a dizer o que eu tinha comido. Mas ainda assim havia momentos em que eu percebia sua cautela, sua surpreendente caretice ao não falar palavrão, suas perguntas nada sutis sobre a idade dos namorados imaginários dos quais eu falava.

No nosso quinto encontro no horário de almoço, ele tirou uma faca de caça do mostruário e a colocou na palma da minha mão, e a conhecida coletânea de death metal sueco que tocava na loja se tornou um sussurro em contraste com o peso da madeira e do aço. Mesmo quando ele tentava proteger meu lado que ainda parecia intocado, às vezes eu tinha a impressão de que ele tentava me assustar. Como toda criança, eu me sentia especialmente estimulada por esse desafio, e estava decidida a demonstrar resiliência e disposição. Então compramos Red Bull na farmácia e ele furou minhas orelhas usando um Zippo e uma agulha passa linha fácil. Fomos até a casa dele, um trailer duplo em Troy, e ele fritou um bife para mim e me mostrou sua coleção de armas antigas. Ele tinha algo de máquina, um movimento perpétuo casual, a inevitabilidade de uma arma nas mãos e o preparo inconsciente da arma para que ela faça o que deve fazer, a atenção muito longe dali enquanto ele inseria a munição no carregador e puxava o ferrolho. A forma como ele falava sem que ninguém pedisse ou estimulasse, como se esperasse desesperadamente uma audiência cativa. Mas havia momentos que dissipavam o meu medo, momentos em que ele passava pela loja enquanto eu endireitava a arara de ofertas, e pairava no ar um entendimento mútuo de que ambos estávamos procurando alguma coisa para destruir, de que éramos pessoas não brancas numa cidade que não tinha cor, e entre nós havia uma linguagem em construção, que não chegava a ser romântica, mas que ofegava com o peso de uma conspiração compartilhada. Então, quando ele colocou a faca de caça na minha mão, eu concluí que isso significava que, aos olhos dele, eu tinha me tornado uma pessoa. Ele tinha me observado e percebido a forma calculada como eu agia, meu sistema nervoso central, a possibilidade de que, mesmo no meu pequeno universo adolescente, eu tivesse motivo para matar.

Em casa, encostei a lateral plana e fria da faca na minha coxa. Assisti a trinta e oito minutos de pornografia no computador da família e depois peguei um ônibus até a casa de Clay. Ele não perguntou nada. Só abriu a porta e me puxou para dentro. Aconteceu no escuro. Eu o segui até o quarto, e tudo cheirava a cordite e cinzas. Ele tinha o corpo pesado e tremeu quando gozou. Senti que eu tinha poder porque o prazer dele tinha um som agudo e desesperado. Senti que eu tinha errado porque pensei que aquilo não significaria quase nada. Não contei que era virgem porque não suportaria ser tratada com ternura. Eu não queria que ele fosse cuidadoso. Eu queria acabar logo com aquilo. Então quando doeu e eu fui orgulhosa demais para falar para, e por isso disse vai, eu acreditava, como uma Católica ou uma Artista Sofredora, que o mérito de um compromisso é diretamente proporcional à dor suportada nesse processo. Fui embora da casa dele e sangrei na intimidade da minha casa, feliz por ter feito a coisa que todo mundo tem que fazer. Eu pensava que a sensação seria melhor, mas eu era inexperiente. Iniciada e flexível, como se tivessem cortado todo o meu cabelo e me levado para um cômodo secreto e iluminado. A cada vez que a gente transava havia menos palavras, momentos em que uma escuridão repentina e inescrutável invadia o quarto enquanto ele me imobilizava na cama. Eu não sou uma pessoa ruim, ele dizia enquanto eu calçava os sapatos. E aí eu engravidei. Aí meu pai voltou para casa, o carro amassado de um lado. Eu não perguntei por onde ele tinha andado e ele não perguntou quem tinha me engravidado. Quando contei, eu disse que tinha sido um cara da escola. Sem falar nada, ele me levou de carro até a clínica, e quando tudo terminou me levou de volta para casa. Ele me trouxe chá e ibuprofeno, depois ficou mais uma semana fora de casa. Durante essa semana, houve mais sangue do deveria. Houve uma vaga sensação de ter evitado uma coisa absurda. E houve a coleção de discos da minha mãe. Eu não entrava no quarto da minha mãe havia meses, mas desenterrei Four Seasons of Love, da Donna Summer, e coloquei para tocar. Abri as janelas e deixei entrar um pouco de ar, e uma risada brotou e prontamente morreu atrás dos meus dentes. Um momento no qual um triste reflexo vindo da garganta me deu esperança de que um dia pudesse haver outro riso.

* * *

Quando eu me viro e vejo a mulher do Eric, uma corrente de ar passa por uma janela aberta, uma perfeita amostra dessa primavera embolorada — a poeira e o vinil, o interior da perua do Clay salpicado de cinzas, minha calcinha cheia de sangue no fundo da lixeira —, e um som surge no quarto, um grito que percebo ser minha própria risada.

Minha risada, a verdadeira, é uma coisa feia e robusta que já chegou a derrubar, de susto, o drinque das mãos de um pretendente. Então ponto para ela, porque seu rosto só revela o mínimo sinal de que me ouviu. Eu fico parada com a manga da blusa de seda amassada na mão e penso que seria muito estranho dizer o nome dela, mostrar que sei quem ela é, apesar de todos os cuidados que ela e Eric tomaram para garantir a distância entre nós. Parece impossível que esse espectro disforme de Essex County que não existe nas redes sociais esteja em pé diante de mim e que seu nome seja Rebecca.

Tento encaixar a mulher que eu imaginei na mulher que está diante de mim, mas são muitas informações, e sem alarde muitas das minhas conjecturas se tornaram certezas. Faço correções a contragosto, surpresa com a beleza dos pés dela. Fora isso ela é demasiadamente normal, tudo nela tão genérico que quase chega a ser macabro, a auréola de cabelo louro-escuro ao redor do rosto envelhecido pelo sol, a postura meio masculina, a transição invisível de coxa para panturrilha e uma sensação difusa de que se ela tirasse a roupa seu corpo seria tão liso e tão indistinto quanto um monte de limo.

* * *

Eu me afasto do closet para ficar de frente para ela, que está tirando as luvas. Por um instante penso que ela está prestes a me dar um soco. Ela anda na minha direção, a postura tão ereta que seria engraçada se a óbvia premeditação não a tornasse tão perturbadora. E não é que eu esteja com medo, mas pensar em formar frases inteiras e ouvir as frases inteiras dela nesse quarto com uma cama desarrumada que certa vez eu ajudei a desarrumar me parece insuportável, e por isso me viro e desço a escada correndo, e olho por cima do ombro e vejo que ela está vindo atrás de mim, o cabelo refletindo um feixe de luz do sol, e a humilhação do que estamos fazendo me revira o estômago quando atravesso a cozinha e chego ao quintal, onde ela tropeça em um aspersor de jardim e seus pés escorregam na grama.

Teoricamente o pior já passou, mas eu me viro e vejo os joelhos dela sujos de terra. Vejo um menino observando tudo de sua piscina suspensa na casa vizinha e fico constrangida, oprimida pelo clima tranquilo da ruazinha sem saída. As gardênias e as bicicletas soltas e eu, ofegante por causa da mulher de um cara. Então eu volto e seguro suas mãos úmidas, depois a ajudo a se levantar.

"Eu sei quem você é, mas não quero falar disso, se você concordar", ela diz, se limpando. "É que eu queria te olhar mais um pouco. Eu não imaginava que você fosse tão jovem. Que horror."

"Horror?"

"É, pra você", ela diz, e o menino da casa vizinha sai da piscina e volta correndo para sua casa.

"Está tarde. Você deveria jantar com a gente", ela diz, apalpando um hematoma que está se formando no braço, e não é exagero dizer que eu preferiria fazer qualquer outra coisa, mas aí percebo a expectativa dela, e sinto que ela não está só fazendo uma pergunta, e sim me dando tempo para confirmar uma conclusão óbvia — que por sua concessão, por sua reação tão tranquila ao que acabou de acontecer, ela merece algo em troca. Ela me leva para uma suíte de hóspedes, me olha de cima a baixo e diz *muita umidade, né*, e isso é uma indireta para me alertar sobre uma coisa de que já estou ciente — esse vale-tudo sudoríparo que está acontecendo embaixo da minha roupa. Eu me olho no espelho e meu rosto está brilhando. Ela aponta para as toalhas e sugere que eu tome banho. Quando saio do chuveiro, tem um vestido estendido sobre a cama, um modelo azul-centáurea que na mesma hora percebo que eu nunca teria dinheiro para comprar, um símbolo de um reino em que o preço da etiqueta é uma informação supérflua, um reino tão abstrato que, quando imagino o que eu precisaria fazer para adentrá-lo, só consigo pensar nas minhas dívidas, uma agente indignada dos empréstimos Sallie Mae em pé diante da minha cama enquanto durmo.

No momento em que tento colocar o vestido, desconfio pela primeira vez que ela está tentando me humilhar. É tão pequeno que, ao me enfiar nele, perco noventa por cento da mobilidade. Essa possível crueldade é tão específica, e tão parecida com uma simples gentileza mal-ajambrada, que me sinto obrigada a levar na esportiva. Cogito sair pela janela e ir embora, mas em seguida vejo que há vários carros parados lá fora e um fluxo contínuo de convidados entrando na casa. Parado no meio dessa onda de convidados está Eric, que acaba de chegar do trabalho e cumprimenta todos diante da porta. Ele olha o relógio de pulso e faz uma careta. São sete da noite, e pelo visto é nesse horário que as festas de adulto começam. Tento relembrar que eu queria demonstrar minha seriedade, mostrar para ele que me recuso a ser ignorada, embora eu entre em pânico quando de fato penso em confrontá-lo. Vendo-o pela janela, entretanto, me sinto ofendida por sua violenta normalidade. Penso: *eu também consigo ser normal.*

Então desço a escada meio cambaleando, e cada grau de movimento é uma ameaça à integridade do único zíper que separa meus peitos de todas as pessoas presentes no recinto. Eu gostaria de ter sido avisada de que tanta gente viria, e o fato de Rebecca ter omitido essa informação faz com que eu me pergunte se ela está, afinal, zoando com a minha cara. Não há dúvida de que ela é uma espécie de feiticeira: no pouco tempo que levei para tomar banho e me vestir, a casa foi transformada numa versão muito decorada da folia adulta, e, em contraste com a batida fraca da música new age, os confetes e os balões metalizados e estampados são uma mistura atordoante. Mas não se vê a mulher da casa em lugar nenhum.

Eu me preparo para ser vista por ele, me esforço para parecer descontraída e tranquila, mas ainda assim procuro o branco de certo olho no meio da multidão. Eu exploro os detalhes, as decisões conscientes — as naturezas-mortas dignas de consultório de dentista, as prateleiras cheias de cristais, a foto do Eric e da Rebecca com expressões sérias nas ruínas de Pompeia — e tudo o que fermenta por baixo, o lixo flácido na cozinha, uma marca de mão ainda úmida na TV. Pego um canapé de caranguejo de uma travessa só para manter as mãos ocupadas. Quero comê-lo para que o meu estômago tenha algo a fazer além de revirar a bílis que não para de me subir para a boca, mas fora isso sinto que comida já não me importa mais, que as vulnerabilidades do meu trato intestinal já não me importam mais, e isso é tão inédito que não chego a me irritar com o fato de que todas as bebidas disponíveis aparentam ser não alcoólicas.

O convidado que está em pé ao meu lado parece chegar a essa mesma conclusão, e sua expressão se transforma numa careta quando ele pega uma Sprite. Ele se vira e eu sinto que ele me avalia, tenta entender onde me encaixo, a composição da festa tão homogênea que é inevitável que todos percebam minha presença. Numa situação normal eu não me incomodaria em ser observada dessa forma, mas estou completamente sóbria, e o vestido dificulta minha respiração.

"De onde você conhece o casal?", ele pergunta, e nesse momento uma coisa do outro lado do cômodo me chama atenção. Uma criança negra de peruca pink e blusinha curta, fumando um cigarro de chocolate.

"Quem é aquela?"

"Porque eu nunca te vi aqui."

"O quê?", eu digo, examinando o corpo de fantoche do homem em busca de alguma explicação, e em seguida me viro e vejo que a menina sumiu.

"Você não estudou em Yale, estudou?", ele pergunta, e eu não deixo de reparar em sua escolha de palavras. Não sei dizer por que eu sempre me senti obrigada a impressionar até homens com quem não quero trepar, mas fico constrangida só de pensar que ele pode ter pena de mim, esse homem que não conheço e que provavelmente nunca mais vou ver. Então não conto que larguei a faculdade de belas-artes depois de mandar uns poemas sem sentido escritos em Comic Sans para o chefe de departamento. Não conto que me matriculei numa faculdade comunitária desconhecida, joguei fora a maioria das minhas pinturas e me formei em uma graduação que deve ser ainda mais inútil que a primeira.

"Eu trabalho com a Rebecca", eu digo, e essa, de todas as mentiras disponíveis, é que acho mais insuportável. Penso ter visto Eric do outro lado do cômodo, mas é só uma luminária.

"Então você mexe com gente morta."

"Quê?"

"O trabalho sujo sempre sobra pra alguém, né?"

"É, pois é."

"Nem acredito que eles chegaram aos catorze anos de casados."

"Quem?"

"Ué, a Rebecca e o Eric." Ele aponta para o alto, acima de mim, e quando olho percebo um detalhe que eu não tinha notado. Um cartaz em que se lê: Bodas de renda. "Uma boda meio estranha de se comemorar. Mas acho que é uma conquista. Já olhou pra esses dois juntos? Parecem duas espécies diferentes", ele diz, e nós nos entreolhamos enquanto me dou conta do que estamos falando. Estamos falando o que sempre se fala sorrateiramente a respeito da felicidade de alguém — os sussurros de descrença, de inveja. Isso me acalma. Eu sorrio para ele e me misturo aos convidados.

Festas nunca foram o meu forte. A música, sempre uma seleção preguiçosa dos maiores sucessos de todos os tempos ou a curadoria de alguém que acha que descobriu Portishead, todo mundo esperando a transição para as baladas de fim de noite ou o karaokê meio tímido, olhando ao redor para tentar calcular o volume ideal de participação nas atividades, "Don't Stop Believin'" ou "Push It", tudo tão inevitável quanto uma colonoscopia de rotina. As coisas que chegam muito perto e são muito molhadas — alguém gritando na minha cara, a baba de um desconhecido embaixo da minha pálpebra, no meu copo, o vinho que escorre por entre os dedos quando tento fugir da pessoa que vai fazer de tudo para não ser vista sozinha na festa. Não há nenhuma dúvida de que vou deixar uma ou duas pessoas muito magoadas por causa de algo que eu falar ou de uma cara que eu fizer, e com certeza vou pensar nisso quando estiver voltando para casa de metrô, e para sempre, na verdade, mesmo que eu tenha tentado me divertir e não falar de temas pesados, ainda que eu não consiga dormir nem cagar e alguém esteja quase morrendo, mas aquela música manda você dar um passinho pra esquerda e você não tem outra opção senão obedecer.

Eu me posto à margem desses grupos profissionais e engomadinhos e tento seguir o arco narrativo do currículo de uma pessoa que não conheço. Depois, enquanto um dos convidados descreve em detalhes a reforma da área externa de uma casa e ao mesmo tempo faz um sermão sobre sermos gratos ao trabalho da polícia, a criança de peruca pink sobe a escada e seu rosto de Fofolete negra se ilumina quando ela se vira e me olha bem nos olhos. Na mesma hora fica nítido que o contato visual aconteceu por engano, que ela tinha olhado para os convidados e não esperava que eu estivesse olhando. Mas a surpresa em sua expressão é efêmera, e logo ela se acalma e dá as costas, continuando a subir a escada. Em seguida Rebecca aparece, como se surgisse do nada.

"Você podia me ajudar com uma coisa", ela diz, me puxando pelo cômodo até chegarmos à cozinha. Uma vez lá dentro, eu me afasto dela e tento reconquistar minha dignidade.

"Feliz aniversário de casamento", eu digo enquanto ela chacoalha a gaveta e procura alguma coisa.

"Obrigada", ela diz, olhando o relógio de pulso e arqueando uma sobrancelha. Eu a observo. Ela é, penso eu, tão sensual quanto um triângulo pode ser sensual, o ponto equidistante entre os vértices A, B e C, o corpo e o rosto que não quebram nenhuma regra, que se sucedem de forma lógica e sucinta. É óbvio que em movimento, quando ela se vira e se inclina para abrir o forno, a geometria fica mais estranha. Ela tira o bolo e fecha a porta com o pé. Abre um pote de cobertura, tira a lateral da fôrma do bolo e pega uma quantidade generosa de cobertura com a espátula.

"Meu marido anda bebendo?"

"O quê?", eu pergunto, vendo-a tentar decorar o bolo, que ainda está quente demais para receber a cobertura.

"O Eric bebe quando sai com você?"

"Não", eu minto, arrumando meus seios. Encosto a palma da mão na minha testa e percebo que está oleosa.

"Ele não deveria estar bebendo."

"Por quê?", eu pergunto, limpando as mãos no vestido, e assim descobrindo que o tecido, essa segunda pele tão lisa, não absorve umidade. Rebecca levanta a cabeça e olha para mim por entre as mechas de cabelo, uma gota de suor brotando no topo da testa e rolando até um de seus cílios postiços caros. Quando Rebecca enfia a mão nua num saco de açúcar de confeiteiro, eu penso no rosto corado do Eric, na vez que ele me empurrou no chão. Em como eu queria que ele fizesse isso de novo.

"Eu sei que você já veio aqui." Ela coloca uma camada em cima da outra, o recheio escorrendo pelas laterais. Ela olha bem na minha cara, e essa é a primeira vez que percebo que os olhos dela são cinza.

"Você entrou no nosso quarto", ela diz. "Eu senti. Estava tudo tão organizado." Ela coloca a mão no meu ombro. "Eu sei que você não entende. Dá pra ver que você nunca teve nada seu", ela diz, e logo recua e fala que chegou a hora de levar o bolo. Quando olho para ele, penso que talvez seja a coisa menos apetitosa que já vi na vida. Ela ajeita o bolo num prato grande e o leva para a festa. Quando vou atrás dela, vejo que há uma porta ao lado da despensa, e do outro lado dessa porta há uma rua lateral escura, banhada num halo de luz de um poste e escorregadia por causa da chuva. Ela está quase no outro cômodo, e há uma espé-

58

cie de exaustão entre nós que me faz ter certeza de que ninguém se incomodaria se eu fosse embora. Não sei por que não vou.

E lá está ele, em pé no centro da sala, e as luzes ficam mais baixas quando Rebecca lhe entrega o bolo. Ele segura o prato meio sem jeito e faz uma careta quando o flash de uma câmera brota do fundo da sala e aumenta o contraste, evidenciando cada detalhe da cena. Rebecca tira uma vela de detrás da orelha e pede um isqueiro para os convidados. Quando lhe entregam, ela se vira para mim e o coloca na minha mão. Ainda se esforçando para equilibrar o bolo, Eric me vê. O que acontece com ele nesse momento, um súbito e rapidamente suprimido chilique que lhe rouba toda a cor do rosto, está longe de ser a delícia que eu imaginei que seria. Ele está com a braguilha aberta, e essa nova versão, esse corte de cabelo delicado e fresco... Não sei dizer ao certo o que é, mas de repente tenho a sensação de que esse é o seu estado mais verdadeiro, e isso me tira do sério.

Então eu acendo a vela e volto para as sombras no momento em que outro flash corta a sala e Rebecca começa a cantar num microfone em cujo fio um convidado que está voltando do banheiro quase tropeça, seu cabelo platinado pelo flash no momento em que todos notam que Rebecca não escolheu um clássico meloso do Beach Boys ou do Boyz II Men, mas uma música do Phil Collins, talvez a única música do Phil Collins, a cappella, numa versão que consegue de alguma forma superar a gravação original em termos de espaço negativo e cuja interpretação arrastada revela que ela vai seguir à risca o andamento da música, que, num ambiente em que ninguém fala, meio que acaba virando um martírio, levando a plateia angustiada a se perguntar se depois de cada breve pausa sua voz vai dar conta daquelas notas tão conhecidas. Sua voz é quase sempre dissonante, e, devido à música escolhida e ao aperto da sala, todo mundo percebe os muitos erros que ela comete ao cantar a letra. Não dá para saber muito bem se ela está cantando para alguém, embora Eric se esforce muito para ser uma boa plateia, exibindo um sorriso cansado para quem quer que sejam as figuras caóticas que continuam tirando fotos com flash. O bolo quase cai do prato quando ele se vira para me olhar, e eu me viro para olhar para Rebecca, que é, apesar de tudo, a pessoa que está mais à vontade nesse ambiente. Ela levanta o braço quando a música chega a *it's no stranger to you and me*, e, como não poderia deixar de ser, depois desse verso a sala inteira se prepara para a virada de bateria, à qual Rebecca reage com uma pausa tão longa que ouço alguém do outro lado da rua gritar Cadê o cachorro?, e em seguida Rebecca termina seu cover, volta a acender as luzes e começa a aplaudir a si mesma, um gesto que nós, obedientes, imitamos.

Durante esse tempo todo Eric não parou de olhar para mim, e em meio a sua confusão há uma promessa de vingança que acho interessante — na minha experiência esse é o tipo de frisson que é mais gostoso no início, quando a fúria de um homem é só uma ideia, quando ele restringe o impulso porque pensa que com ele é diferente, mas você sabe que é igual. Quando Rebecca enfia a mão no bolo e depois na boca do Eric, o riso toma conta da sala e eu me viro e subo a escada, em parte para ir ao banheiro, em parte para ficar sozinha. Eu olho o que tem dentro dos armários deles, e é surpreendente que isso seja tão pouco prazeroso, não só porque todos os remédios que encontro são genéricos e vendidos sem receita, mas também porque cheguei àquela parte da noite em que me vejo incapaz de qualquer emoção maiúscula, e todos os circuitos responsáveis pela minha regeneração celular já começaram a soltar fumaça.

É assim que termina a maioria das festas a que compareço, e ficar um pouco sozinha no banheiro costuma ajudar, embora a inevitável presença de um espelho complique as coisas. Mesmo que eu tenha feito todo o jiu-jítsu mental para me convencer de que pareço um ser humano normal, há situações em que a ida ao banheiro para me recompor pode acabar virando aquela feitiçaria meio casa dos espelhos que acontece nas fotos três por quatro e nas imagens de longa exposição de crianças da Era Vitoriana. Quando olho no espelho de outra pessoa sempre tem alguma coisa ali, alguma coisa que me fornece mais informações do que eu queria. Nos últimos três anos tenho tentado transformar limão em limonada ao repetir antigas frases motivacionais do Tumblr na frente desses espelhos, mas não tem adiantado.

Pego um frasco de xarope contra tosse no armário e bebo um gole longo. Olho no espelho e não odeio a minha cara, e nunca cheguei a odiar, apesar de eu geralmente não ser a pessoa mais linda do recinto. Meu grande problema quando me olho no espelho é que às vezes o rosto que vejo não parece meu.

"Estou feliz por estar viva. Estou feliz por estar viva."

"O que você tá fazendo?", uma voz pergunta, e eu me viro e encontro a menina de peruca comendo uma fatia de pizza.

"Você existe."

"Óbvio, né", ela diz. Há situações em que interajo com crianças e me lembro com carinho do meu aborto, momentos como esse, em que cruzo com uma criança que é um pé no saco e nem tenta disfarçar.

"Óbvio", eu digo, rosqueando a tampa do xarope contra tosse.

"Eu nunca tinha te visto."

"Deve ser porque a gente não anda com a mesma turma, mocinha."

"Não tem pessoas negras nesse bairro", ela diz, e eu vejo meu reflexo de soslaio e sinto um aperto no peito.

"Como é o seu nome?"

"Akila."

"Sério que não tem pessoas negras nesse bairro?", eu pergunto, no exato momento em que Eric aparece atrás dela.

"Vai para o seu quarto, por favor", ele diz, e Akila dá de ombros e some pelo corredor. Ele espera a porta do quarto dela se fechar e em seguida avança na minha direção, e quando levanto a cabeça e o encaro tenho uma nova percepção de quem ele é. Sua altura impressionante, a intensidade do olhar, a vaga impressão de que ele é um homem que nunca dorme. De certa forma, eu precisei revisá-lo toda vez que nos encontramos, mas dessa vez parece diferente. A última vez que o vi foi a primeira vez que o vi gozar, um milésimo de segundo elástico feito para pintar, de certa forma similar à expressão que ele está fazendo enquanto tenta encontrar as palavras, a boca abrindo e fechando sem som. Gosto dessa parte. Eu tento me lembrar disso quando noto que estou nervosa, quando percebo como parece absurdo que ele esteja com tanta raiva, e que não posso prever como essa raiva vai se manifestar.

"O que você está fazendo na minha casa?"

"Parabéns pelo aniversário de casamento."

"O que deu em você?"

"Tudo", eu digo, no exato momento em que Rebecca aparece. Ela para e olha para nós.

"Estava pensando em jogar Trivial Pursuit", ela diz, e agora que olho entre eles e penso nos dois como uma unidade, eles de fato parecem pertencer a espécies diferentes: Rebecca é um pássaro solitário e carnívoro; Eric, um mamífero vegetariano que vive uma vida curta e aflita.

"Eu vou levar ela pra casa", ele diz.

"É a nossa festa."

"É, eu sei." Ele procura as chaves no bolso, agarra o meu braço e começa a me conduzir escada abaixo.

"Tá, então chama um táxi", Rebecca diz.

"A capital do Kansas é Topeka. Rosebud era o trenó", ele diz antes de me puxar pela escada e me guiar porta afora, depois me enfia no carro. Não há nada diferente no interior do carro. Continua um pouco úmido, ainda cheira um pouco a fritura, ainda é velho, e isso tem menos a ver com as maçanetas das janelas e mais com o barulhinho do volante quando o carro segue pela estrada aos solavancos, sofrendo tanto na transição de Jersey para Nova York que quase dá para sentir o combustível indo embora. Não consigo deixar de pensar na noite em que fizemos o caminho contrário, em que o nome de Rebecca surgiu na tela de LED, meu dedo pairando sobre o botão *Recusar*. Quando estávamos chapados e vacinados contra o constrangimento, o carro torto no meio-fio quando ele me puxou escada acima. Mas quando você vive noites como aquela, uma anomalia com a qual todos os astros colaboram, e não está fingindo, nem um pouco, a coisa mais correta a fazer é nunca mais tocar no assunto. Eric coloca a mão no porta-luvas e pega um cantil de uísque.

"Você entende que isso não é legal? É a minha família", ele diz, bebendo um gole demorado. Eu o observo, contando os segundos que ele passa de olhos fechados. Por um instante o carro desvia para o acostamento. "Eu não te devo nada. Eu fui bem claro. Eu tenho uma vida, um trabalho, uma esposa…"

"Uma filha. Uma filha que é negra."

"O que tem a ver ela ser negra?"

"Você poderia ter falado."

"Eu não falei porque não faz diferença. A minha família não é da sua conta."

"E a sua mulher, meu Deus…"

"Ela não era assim antes."

"Como assim? Não vem defender a sua mulher pra mim."

"Casamento é difícil", ele diz sem nenhuma convicção, como se fosse uma frase ensaiada.

"Tão difícil que você não pode responder uma mensagem?"

"Esse é o problema da sua geração. Tudo tem que ser para agora. Antigamente a gente não podia entrar em contato com todo mundo o tempo todo."

"Minha vida pode não ser tão séria quanto a sua. Mas eu sou uma pessoa."

"Você é uma pessoa pra mim na mesma medida em que sou pra você."

"Quê?"

"Estou dizendo que eu sou *útil* pra você. Eu te levo pra passear, e você se poupa de precisar arranjar assunto com um menino da sua idade por mais uma noite."

"Eu não preciso de você."

"É óbvio que não, é exatamente disso que eu estou falando, porra", ele diz, virando errado numa rua de mão única. Por sorte o trecho é curto, e entramos no meu quarteirão, o prédio se avultando em meio à névoa de poluição.

"A gente adotou a Akila há dois anos. Tem sido muito difícil pra ela, e eu não sei o que fazer", ele diz quando paramos ao lado do meio-fio. Eu penso em Akila — naqueles olhos grandes e desconfiados. Na forma como ela percorreu a festa, uma menina invisível.

"Desculpa", eu digo, e ele olha para mim, o rosto corado.

"Desculpa por eu ter dito que te amava. Eu me sinto péssimo por isso."

"Não tem problema. Eu não levei a sério."

"Fazia muito tempo que eu não vivia nada disso." Ele para de falar e tira a chave da ignição. "Esse vestido é da minha mulher."

"É. Você acha estranho?"

"Não é estranho, só que…" Ele passa o dedo por uma costura do vestido com ar pensativo, e a mim parece estranho pensar que ele entende esse vestido melhor que eu. "Eu sinto que quero te fazer mal", ele diz de repente, esfregando a gola do vestido.

"Como assim?"

"Eu queria bater em você."

"Tudo bem."

"Como assim?"

"Tipo, tudo bem", eu digo, e a forma como ele arregaça as mangas é estranha, o ar premeditado, o alongamento protocolar da mão que dá a entender que ele já planejou tudo. E nenhuma diretriz chegou a ser estabelecida, mas de alguma maneira sei que devo oferecer o rosto e fechar os olhos. Quando o primeiro golpe vem, sinto nos ouvidos antes do que em qualquer outro lugar, as raízes dos meus globos oculares se encolhendo, a vaga impressão de que minha cabeça está equilibrada sobre um só eixo, como uma coruja. Eu levo a mão à bochecha, quase esperando que a dor esteja concentrada ali, mas, de certa forma, ela está em tudo.

"Bate de novo", eu digo, e dessa vez é mais forte. Dessa vez fico de olhos abertos e admiro a concentração dele, seja a consideração por mim ou a completa falta dela que o impele a usar tanta força. Porque é, sim, um pouco deselegante a prontidão com que ele atende a esse pedido. Sem instante de dúvida ou delicadeza inicial, só essa mão larga e bruta e o centro líquido dos meus dentes. E passamos esse tempo todo com o cinto de segurança, mas ele desafivela o dele e eu desafivelo o meu, e eu olho ao redor para ver se não tem nenhum policial na rua e deslizo até sentar no colo dele, e ali eu puxo a alavanca e reclino o banco dele até o fim, esse carro velho e todos os seus detalhes pensados principalmente para acabar com qualquer clima sensual, o nariz dele no meu olho quando o banco se abaixa num instante e vai dos noventa aos cento e oitenta graus, o gemido dele quando eu levanto o vestido ridículo da mulher dele, faço ele gozar e me catapulto do carro na mesma hora. Abro o zíper do vestido antes de subir a escada, de forma que quando chego à minha porta já tirei metade. Sento pelada no meu quarto e como metade de um frango assado com as mãos. Olho meu celular e vejo um áudio de um número que não conheço. Embora eu esteja preparada para descobrir que é a voz dela, não estou preparada para a intimidade dela. Não estou preparada para ouvi-la falar meu nome, o leve ruído de fundo distorcendo sua voz quando ela diz, com delicadeza, *gostei de te conhecer, vamos nos ver de novo.*

4.

Eis como minha mãe conheceu o homem que eu chamo de pai.

Minha avó era uma moça comportada e superprotegida da classe alta de Kentucky. Aquele tipo de mulher moreninha* que acreditava que seu tom de pele provinha da intromissão de algum gene indígena, mas que era, como muitas de nós, prova viva do progresso americano, das sementes de algodão e dos navios e do terrorismo sexual corriqueiro que colocaram um tiquinho de leite no café e tornaram sua família fiel ao famoso saco de papel pardo.**

Em outras palavras, minha avó tinha receio de se relacionar

---

* No original, *high yellow*: termo racista usado nos Estados Unidos do final do século XIX e início do XX para descrever pessoas negras de pele clara, que eram vistas como superiores às de pele escura na hierarquia social. (N. T.)
** No chamado "teste do saco de papel pardo", imposto a pessoas negras dos Estados Unidos, um saco de papel era usado para determinar que apenas indivíduos de pele considerada clara tivessem acesso a direitos básicos. (N. T.)

com homens negros retintos. Mas aí ela arranjou um emprego como datilógrafa no Queens e conheceu meu avô, um cafajeste caribenho que tinha acabado de chegar aos Estados Unidos. Era um talentoso pianista com hipermobilidade articular e um imitador nato cuja formação clássica era um mero detalhe, um garrancho num certificado manchado de chá emitido nas ilhas que lhe rendeu o privilégio de descer do navio com residência aprovada pelo governo. Um dia ele viu minha avó saindo de uma unidade das lojas Woolworth e pronto. Contrariando a vontade da família, ela escureceu a linhagem e deu a ele onze filhos. Minha mãe foi a sexta, bem no meio de uma escala que ia dos meninos altos e de pele mais escura às meninas corpulentas de cabelo crespo.

Quando se tratava do meu avô, motivo de preocupação era o que não faltava, e o mais grave deles era o charme absurdo do Bom e Velho Homem Trinidadiano. A lenda muda um pouco dependendo da ilha, mas a sabedoria popular afirma que não existe homem melhor para acabar com a vida de uma mulher. Por "acabar", entenda-se (a.ca.bar) verbo 1. Destruir os seus sonhos até não sobrar nada, causar um verdadeiro massacre (vide Pompeia) ou 2. A impossibilidade de qualquer outro homem chegar aos seus pés (Ex.: pra mim o Don Omar acabou com os outros caras. Ex.: Homens pretos em geral!). Os homens de Trinidad não só têm cílios para dar e vender, como também têm uma coisa menos óbvia que só se revela de fato quando já se tornou explosiva e você se vê presa com onze filhos em Jamaica, no Queens, enquanto ele acaricia as teclas brancas do piano em um circo itinerante.

Em outras palavras, o vovô se mandou. Minha mãe teve a melhor infância que alguém com dez irmãos pode ter, dormindo em três em cada beliche, enfiando um monte de gatos de rua em esconderijos que a vovó nunca conseguia descobrir, sendo parte de uma imensa estirpe caribenha que, ano após ano, mostrava ter puxado mais ao lado do meu avô, no sentido de que todos tendiam a flertes desastrosos com as artes e com as coisas que fazem a precariedade financeira das artes valer a pena — o sexo e as drogas.

Aos dezesseis anos, meu tio Pierre morreria num cortiço em Crown Heights com seu trombone no colo. Aos vinte e três, minha tia Claudia sairia de uma pequena seita do Harlem falando sobre núcleos galácticos ativos e os benefícios dos cristais do Himalaia e acabaria tropeçando e caindo nos trilhos da linha D do metrô. Os outros teriam uma vida razoável, se mudariam para a Suécia e para a Cidade do Cabo para cantar ópera e fazer arte erótica em madeira, mas minha mãe tomaria outro rumo. Ela decidiria pegar o próprio corpo — uma coisa negra, poderosa, curvilínea — e usá-lo como bem entendesse pela cidade inteira. Depois que vovó a expulsou de casa pela sua promiscuidade e insolência generalizadas, minha mãe passou a vender drogas de má qualidade de norte a sul no Brooklyn, endurecendo os calos dos pés chatos e grandes com eventuais viagens até Connecticut, onde moravam um fornecedor e uma amiga que não gostava de ficar chapada sozinha. E, graças a essa amiga, aos poucos minha mãe foi vendendo cada vez menos e usando cada vez mais até ficar viciada, sobrevivendo à base de refrigerante e homens gregos. Porque, por mais descuidada que fosse, ela ainda não era louca a ponto de sair com um caribenho.

Até o meu pai aparecer. Um ex-oficial da Marinha grosseirão com cabelo grisalho alisado e restaurações de ouro nos dentes. Um homem que viu minha mãe num bar e bancou um tratamento numa clínica onde ela encontrou Jesus e largou as drogas. Foi só depois que se mudaram para o norte do estado de Nova York e passaram a frequentar um pequeno templo da Igreja Adventista do Sétimo Dia que minha mãe percebeu que tudo nele era calculado. Como ele se punha diante do espelho e treinava o sorriso. Como era metódico e vaidoso, detalhista desde a forma como repartia o cabelo até as pregas das calças. Enquanto se vestia para ir à igreja, ele ensaiava o testemunho por entre os dentes. Avaliava cada palavra e procurava os momentos em que a ênfase causaria mais impacto. Como um comediante, ele chegava preparado para satisfazer os caprichos da plateia, que, na igreja, era repleta de mulheres. Elas se inclinavam na direção do meu pai, admiradas com seus terríveis relatos de guerra. Competiam entre si pela atenção dele, e ele tinha prazer em favorecer as mais vulneráveis. A essa altura minha mãe nem parecia mais a mesma pessoa, e eu tinha sete anos e já era como sou hoje e sempre serei, ou seja, uma pessoa que parece ter só uma mãe biológica, como se meu pai não tivesse feito parte da minha criação, coisa que, de certa forma, é verdade.

Quando acordo de manhã, eu me olho no espelho e só vejo o rosto da minha mãe. Mas nossa semelhança já é tão manjada que voltar a me dar conta dela parece estranho, uma coisa freudiana demais, um resquício de um sonho do qual ainda não acordei. Quando ela morreu, é evidente que me peguei analisando meu rosto no banheiro dos restaurantes Friendly's, ou evitando meu rosto nos provadores da Macy's, para que experimentar calças jeans não se tornasse ainda mais humilhante do que de costume. Mas agora já faz sete anos e em alguns dias nem penso nela, mas nesses dias uma sirene sempre chega chorando do final da DeKalb Avenue e são três horas da manhã e uma nuvem do lado de fora da minha janela se comprime, ganhando a forma de um pulmão, e eu ouço a voz dela.

Hoje de manhã me olho no espelho e encontro um hematoma que torna a semelhança ainda maior, e isso deixa o meu intestino meio tímido. Eu volto para o meu quarto, onde mato algumas baratas, tiro algumas fotos do meu rosto e faço uns estudos rápidos com tinta acrílica. Nunca consegui terminar um autorretrato, mas, nesses estudos, nos tons terrosos e purpúreos que deveriam ser o meu rosto, consigo ver os hematomas com nitidez, e isso me deixa aliviada. No metrô eu ouço o áudio da Rebecca várias vezes seguidas. Quando chego ao trabalho já decorei as modulações da voz dela. Meu plano para o dia de hoje é confirmar a data de publicação de um novo livro sobre uma girafa fútil e depois cair no maravilhoso buraco virtual das Rebecca Walkers que ressuscitam os mortos.

Minha rotina é sempre a mesma. Saio correndo do metrô e imediatamente lavo as mãos no banheiro da empresa. Não regulo no creme hidratante que a editora começou a distribuir de graça depois que se descobriu que as mulheres da empresa (nada menos que 87% do quadro de funcionários) ainda ganham menos que os homens. O hidratante melhorou um pouco o ânimo das funcionárias, embora a qualidade seja similar ao daquela manteiga de cacau demoníaca que você compra em farmácia e deixa sua boca mais seca do que era antes. Tuíto uma piada sobre a linha L, e deleto porque ninguém curte. Ouço uma assistente de marketing que ficou grávida há pouco tempo vomitando (tem acontecido sempre entre 9h03 e 9h15) em uma das cabines do banheiro e ajeito meu rabo de cavalo. Mato uma barata na cozinha, pego um copo de café frio e sento diante da minha mesa, onde, antes de começar a trabalhar, rolo a timeline e vejo as fotos dos amigos que estão se dando bem melhor que eu, depois uma reportagem sobre um adolescente negro que foi morto na rua 115t por portar uma arma que mais tarde descobriram ser um chuveiro, depois uma reportagem sobre uma mulher negra que foi morta na Grand Concourse por portar uma arma que mais tarde descobriram ser um celular, depois eu chafurdo na seção de comentários e compro umas coisas pela internet, e com isso quero dizer que coloco quatro vestidos na cesta de compras como exercício puramente teórico e depois deixo a página expirar.

Depois eu começo a trabalhar. Vejo quais são os lançamentos da terça-feira, aprovo o texto de capa, faço uma triagem na minha caixa de entrada, separando os e-mails desesperados de assistentes de produção e editores que estão tentando acalmar autores e autoras ansiosos que pedem correções rápidas no sumário e no índice. Detalhes tão insignificantes que chegam a ser absurdos, um traço m, o uso de aspas inglesas ou francesas, uma substituição de última hora de um agradeço à minha esposa por agradeço ao meu cachorro, mas, e talvez isso seja uma surpresa, eu sou boa nisso tudo. Alguns diriam que é difícil ser ruim, mas, quando uma pessoa começa a fazer tarefas mecânicas já esperando ser humilhada, ela consegue desviar das armadilhas da esperança e canalizar essa energia para ficar coçando o saco. Ela pode se tornar o ombro amigo de um autor que vive telefonando para papear sobre as belezas da ictiologia que ele menciona em sua série de livros sobre um linguado que sofre bullying, e pode comprar a briga contra grandes fornecedores que têm algoritmos que detectam erros nos arquivos dos livros, mas são incapazes de compreender o léxico especulativo da ficção científica, e ela pode falar o seguinte: isso não é erro; isso é humano; isso é estilo.

Hoje o clima está estranho na empresa. Da minha mesa, sinto que tem alguma coisa diferente. Os olhos da minha gerente, de que, por conta do escritório sem paredes, nunca consigo fugir, desviam depressa de mim. Os assistentes editoriais estão muito alertas, compenetrados em fingir que trabalham. Depois Aria aparece com uma caixa de donuts. Isso seria motivo de comemoração, mas Mark é quem a ajuda a abrir a porta. Vejo a mão dele, aquelas unhas carcomidas e aquelas juntas grandes, e desvio os olhos e encaro a face escura do meu celular, que reflete uma versão machucada do meu rosto. Nessa hora me ocorre que eu deveria ter disfarçado o hematoma, mas ainda mais urgente que isso é essa realidade na qual Aria e Mark de repente começaram a ter aquele tipo de conversa que transborda para outros ambientes, porque eu tenho certeza de que eles não têm nada em comum nem tarefas de trabalho que exijam colaboração.

Entreouço o que eles estão falando, o que, no caso de uma empresa sem paredes, é muito mais uma questão de se conformar com seu papel sem falas na conversa coletiva, e o assunto é uma graphic novel que não conheço, e Mark está fazendo aquela coisa de introduzir cada um dos seus comentários com é que você tem que entender que, e a reação ofegante da Aria a esse pedantismo é tão pura e meiga. Quando ele vai embora, tento trocar um olhar eloquente com Aria, mas ela não me concede esse prazer. Tento encontrar Rebecca na internet, mas vejo um novo e-mail do RH. Geralmente é no início de agosto que as avaliações de funcionários começam, e eu já ensaiei um jeito diplomático de dizer que abomino todo mundo aqui, mas o e-mail não parece ser sobre isso. É uma mensagem meio reticente me convocando para uma reunião às quatro da tarde.

Vou lá fora e fumo um baseado, e tem estagiários por todo lado, todos radiantes e bem-vestidos demais e muito felizes por não terem salário e ganharem em experiência. Eu me pergunto se eu estava com uma cara muito triste na mesa, se esqueci de usar uma guia anônima quando entrei no SugarBabees.com. Com as devidas orientações, qualquer pessoa seria capaz de fazer o meu trabalho, e se eu caísse da escada rolante da Forever 21 da Times Square e fraturasse a coluna ninguém do trabalho ia nem sequer comentar.

Pego um donut e chego à reunião dois minutos adiantada. O funcionário do RH sorri para mim e me pede para fechar a porta. Minha chefe, uma editora esquisitinha que começou a carreira no departamento comercial e sempre fica perambulando atrás da minha mesa depois de ir ao banheiro para tentar espiar a minha tela, está sentada ao lado dele. Eu sorrio para ela e tento fingir que ela não é antiaborto. Eu me inclino para a frente para mostrar boa vontade e tento invocar o espírito do Funcionário Grato por ser Contratado pelo Programa de Diversidade. Eles começam com alguns elogios, que eu aceito com prazer. Sim, eu deixei o arquivo digital certinho. Sim, eu fiz um ótimo trabalho com as biografias da Maya Angelou e da Frida Kahlo direcionadas às crianças nos primeiros anos escolares, nas quais o abuso sexual e o acidente de ônibus foram omitidos porque um grupo de pais de Provo, em Utah, não estava preparado para que os filhos vissem o sangue que as mulheres têm que derramar para fazer arte.

"Mesmo assim, você passou por dois períodos de experiência", o funcionário do RH diz, tentando não olhar para o hematoma no meu rosto.

"Eu caí da bicicleta no Central Park", eu digo, e isso só parece chamar mais atenção para o hematoma. Minha chefe e o funcionário do RH se entreolham. "E, sim, já passei por dois períodos de experiência, mas da segunda vez foi meio que um mal-entendido. Tinha alguns e-books para o público de oito a doze anos com um link para o site GarotasComCavalos.com, mas é normal os domínios mudarem depois com o tempo. Um pai ligou para falar que havia conteúdo adulto, e eu resolvi fazer uma avaliação de risco por conta própria", eu digo, e minha chefe tosse, mas é uma daquelas tosses cínicas e performáticas que a maioria das pessoas deixa de fazer aos doze anos. Não consigo pensar em nenhuma ocasião sequer em que ela tenha sido franca e direta comigo, e mesmo nesse momento ela muda de assunto usando palavras como tolerância e inclusão, até que o funcionário do RH decide ir direto ao ponto e diz que alguns homens e mulheres da empresa acham que minha conduta sexual é inadequada. Os dois estão fazendo um certo drama, e é evidente que estão preocupados com a situação e com o impacto que isso causa na imagem da empresa, porque usam uma linguagem tão neutra e cautelosa que, de certa forma, fico com pena deles. E a situação é que estou sendo demitida. Existem e-mails. Fotos enviadas através dos servidores da empresa. Reclamações cujos detalhes eles não têm permissão para divulgar.

Há algumas ocasiões que me passam pela cabeça, proezas anatômicas inovadoras que sem dúvida ocorreram em horário de expediente. Colegas com fantasias detalhadas e transgressoras que eu só consegui realizar porque estava suficientemente morta por dentro. E não dá pra esquecer do Mark. Quando tento explicar, minha voz fica trêmula. Tento recobrar a compostura, mas até o poder de figuras de autoridade que desprezo mexe comigo. Fecho os olhos e me esforço para não chorar, mas eu estava chegando tão perto de poder gastar onze dólares no almoço. Só me resta tirar o donut da bolsa e enfiar tudo na boca de uma vez. Eu me levanto, sabendo que não vai demorar para o choro chegar, e vou ao banheiro, me tranco numa cabine e vomito.

Mas a vontade de chorar desapareceu. Imagino o trânsito que vou pegar no caminho de volta e tento botar o choro para fora enquanto tenho privacidade, mas nada acontece. Quando chego à minha mesa, uma conversa animada acaba de repente enquanto eu pego as minhas canetas, tiro a lâmpada da luminária de mesa e coloco na minha bolsa. Pego uns post-its cor-de-rosa, a pantufa que eu usava no escritório e um caderninho em que comecei a escrever a história de um lobo que não consegue escolher uma armação de óculos. Alguém deixou uma sacola vazia para mim, uma gentileza tão grande que por um instante fico sem ar. Mas, enquanto guardo minha garrafa térmica de Tanqueray na sacola, penso no dia em que cheguei à empresa, em Tom me ensinando a bater o ponto e explicando como funcionava o banco de horas, e em como no final do dia voltei para casa por um caminho bonito, o sol de um lado, a lua no outro, eu com uma vontade de cobrir a lente da câmera de um turista e falar Para, não perde tempo com isso.

* * *

Sinto que todas as pessoas naquela sala veem duas versões de mim, tipo um antes e depois. No depois, eu estou mais gorda ainda. Quero falar alguma coisa antes de ir embora, mas despedidas nunca foram o meu forte e a pressão me deixa nervosa, então falo Me convida pra almoçar qualquer dia para a única assistente de que gosto. Quando estou saindo, penso que queria muito retirar o que eu disse.

Volto para o banheiro e tento chorar de novo. Como nada acontece, ouço o áudio de Rebecca e aperto o hematoma no meu rosto. Penso na expressão flácida e afoita de Eric, no frisson que foi afastar meu corpo do dele e bater a porta do carro, que talvez seja a mesma sensação de quem consegue ter a última palavra. Quero acreditar que está sendo insuportável para ele, mas não me procurou mais. Mando uma mensagem dizendo saudade, e quando vejo as reticências no meu celular sei que ele leu e está começando a responder. Mas aí ele não responde, então bebo um bom gole de gim e vou para a sala do Mark.

Mesmo com a lubrificação necessária, me pego paralisada na escada, pensando em motivos para não subir até o andar dele. Eu me pego pensando com cada vez mais carinho no que vou deixar para trás, no cheiro de Lysol e tinta, na pilha dos zines caseiros que alguém fez e deixou na pia, e nesta mesmíssima escada, na qual tantas vezes implorei para estenderem o prazo do pagamento do financiamento estudantil e marquei exames ginecológicos. Eu me despedi o suficiente na vida para saber que as partidas têm o poder de florear experiências que são, no máximo, vagarosas mortes cotidianas, mas mesmo assim eu sempre penso em o tudo que vou perder.

Quando entro na sala dele, Mark passa um tempo agindo como se eu não estivesse ali. Folheia uma pasta cheia de provas, anota alguma coisa na mesa digitalizadora Wacon e se reclina na cadeira com um sorriso desanimado. Ele está sendo blasé, e isso é muito incomum. É diferente de seu ritmo normal — um comportamento nada blasé que a qualquer sinal de interesse se torna efusivo de um jeito que beira a agressividade, um nerd de marca maior tão empolgado com os nichos obscuros de colecionáveis dos anos 80 e da iconografia pan-asiática que sua sala, assim como seu apartamento, é uma coleção claudicante de xícaras, brinquedos e estatuetas atarracadas de deusas da fertilidade. O esforço nessa atuação deveria me acalmar, mas na verdade me magoa. E não era isso que eu esperava sentir. Fecho a porta e pego a *katana* que ele deixa pendurada na parede.

"Lembra quando a gente foi passear em Brighton Beach? Acho que foi a única vez que nós dois saímos na rua juntos."

"Coloca de volta, por favor. É uma espada cerimonial."

"Tinha uma camisinha usada na areia. E estava chovendo. Eu escorreguei no calçadão e fiquei com vergonha. Você não sabe, mas eu tinha feito mil coisas pra me preparar no dia anterior. Porque até então você só tinha me visto no escuro."

"Era Muromachi", ele diz, e atrás dele há uma grande reprodução de A *grande onda de Kanagawa*, a onda maior envolvendo seu cocuruto brilhante. Quando eu tiro a lâmina da bainha, o barulho é tão agradável que faço de novo.

"Fui demitida hoje."

"Quê?"

"Não faz isso. Não finge que não foi você."

"Você acha que eu fiz você ser demitida? Edie, minha linda…"

"Eu nunca te disse não. Pra nada. Aquele documentário sobre os fantoches da Noruega tinha três horas de duração."

"Olha, eu estou em período de experiência há séculos, tá? Não tenho nada a ganhar contando para as pessoas o que aconteceu entre a gente", ele diz, e eu viro a *katana* girando o pulso. O peso fica concentrado perto do punho, e por um momento eu perco o equilíbrio. De repente a cor e a textura da sala ficam muito nítidas, e eu noto a cicatriz antiga que ele fez se barbeando, debaixo da boca, ao mesmo tempo que percebo a seriedade da lâmina, que imaginei que seria cega.

"Eu fiz tudo o que você pediu. Até aquela coisa com a máscara *tengu*."

"Meu amor, esse é o problema da sua geração. Satisfação instantânea", ele diz, e considerando que ele demorava, em média, quarenta e três minutos para gozar, que eu usei as orelhas e o rabo e decorei a letra de "Painting the Roses Red" de trás para a frente, que bebi mais ou menos vinte litros de suco de cranberry ao longo da nossa relação, e que por um ou dois dias precisei usar bengala, eu discordo muito do que ele chama de instantâneo. Embora ainda exista um lado meu que é abalado pelo jeito descontraído com que ele fala meu amor, expressão que, quando estávamos juntos, surgia do nada no final da frase quando ele pedia para eu atender a porta ou passar o controle remoto. "Vocês acham que merecem ganhar o que querem, quando querem, e não é assim que a vida funciona. Também não é assim que a arte funciona, e é por isso que você não é tão boa quanto poderia ser", ele diz, e ele me dirigir esse insulto como se fosse um conselho prático, aparentemente sem maldade, é uma coisa que sinto nos recônditos mais profundos das minhas entranhas. Pode até ser que ele não seja o culpado pela minha demissão repentina. Essa possibilidade abre espaço para dezenas de novos culpados, casinhos passageiros espalhados pela empresa inteira, mas são muitos para analisar nesse momento, então eu pego a *katana*, posiciono a lâmina entre os dedos e a pressiono contra a carne. Logo depois do ato vem uma lucidez tão definida que parece aumentada, a sala tão inflada que o grito dele me alcança com atraso enquanto fecho o punho e vejo o sangue se acumular entre os meus dedos. E mesmo assim não sinto nada. Mas quando olho para o carpete a mancha que ficou é excelente, é uma prova, e vai se espalhando até formar um sorriso.

Desço de elevador com dois funcionários do marketing, minha mão enfiada na pantufa que eu usava no trabalho. Estão analisando uma lista de datas de publicação e falando sobre a cópia antecipada em torno da qual gira a terceira grande polêmica do ano. É um pesadelo editorial belíssimo, produzido por um selo pequeno que só faz edições de luxo e está começando a lançar livros de receitas moderninhos — antes especializado em culinária prática e livros de receitas de tortas que contavam com a expertise de uma figura chamada Vovó Evangélica. Para reposicionar a marca, eles convidaram um chef celebridade muito conhecido por seu inovador sorvete de nitrogênio líquido para escrever um livro. Só que depois a mulher dele desapareceu e alguém encontrou um dos pés dela num freezer.

No lobby, estão distribuindo brindes da editoria de diversidade. Vou até a mesa e dou uma olhada nos livros, e tem algumas novidades: uma narrativa de escravidão sobre uma criada miscigenada que luta para conseguir parte dos bens do pai; uma narrativa de escravidão sobre uma fugitiva e sua amizade com a professora branca que faz a bondade de ensiná-la a ler; uma narrativa de escravidão sobre uma mulher que personifica o clichê da "mulata triste" e ressuscita os mortos com suas tortinhas mágicas de tripa de porco; um drama doméstico sobre uma empregada negra que, tal qual o gato de Schrödinger, está viva e morta ao mesmo tempo, uma presença invisível e afetuosa que só existe dentro das quatro paredes da casa do patrão; um romance "urbano" no qual todo mundo morre em conflitos entre gangues, e um livro sobre um restaurante cantonês, que pode ou não ter sido escrito por uma mulher branca de Utah e que se fia principalmente nos pratos à base de arroz para descrever seus personagens. Eu pego o livro da mulher branca e saio, e do lado de fora vejo Aria apoiada na fachada do prédio, fumando um cigarro. Ela lança um olhar de tédio na minha direção, enfia a mão na bolsa e tira de lá outro cigarro. Eu pego e aceito o isqueiro dela.

"Vão me dar o seu cargo", ela diz, soltando a fumaça pelo nariz.

"Eu sei", respondo, mas é só nesse momento que olho para o perfil delicado e negro da Aria e sinto que fui trocada por um modelo mais bonito e mais obediente.

"Eu sei o que você está pensando", ela diz, e há resíduos de rímel velho em volta dos olhos dela, e isso, em contraste com seu cardigã branco impecável de sempre, me choca mais do que o morador de rua que está mijando perto da gente. "Você está pensando que eu sou uma preta que gosta de agradar branco."

"Não acho." É óbvio que é isso que eu acho, mas agora que ela disse isso em voz alta e estou vendo a cara dela, me sinto mal.

"A gente podia ter ficado amiga. Eu precisava muito de uma amiga aqui", ela diz, virando-se para jogar o cigarro no chão. Vejo os grampos que seguram seu rabo de cavalo de aplique sintético no lugar. Embora eu tenha passado por uma fase em que maltratei tanto meu cabelo que precisei raspar a cabeça para não ficar careca, tenho vontade de pegar o rosto dela com as duas mãos e apontá-lo na direção de uma boa loja de perucas. Eu preferiria estar chateada com ela, mas minha mão está se esvaindo em sangue, e esse é exatamente o charme dela, é por isso que os brancos poderosos da empresa falam abertamente com ela sobre o próprio conservadorismo fiscal — por causa do rostinho lindo de boneca negra, da boca carnuda e do olhar gentil e propositalmente vazio.

Não sei se existe algum jeito de admitir meu desejo sem parecer uma louca, porque esse cenário hipotético em que somos amigas nunca foi só hipótese para mim. Na verdade, levei meses de e-mails escritos pela metade para superar nossa amizade, que mal nasceu e já foi pras cucuias. Porque é impossível ver outra mulher preta subindo na vida, é impossível ver aquele origami poliglota e feito com tanto esmero e, sendo uma mulher preta também, não se apaixonar um pouquinho. Mas a gente não tinha nada em comum.

"Por favor. Eu era um risco pra você", eu digo, segurando a fumaça no fundo da garganta.

"Era mesmo." Ela acende outro cigarro e sorri. "Mas não do jeito que você pensa."

"Você vai me falar o que eu penso de novo?"

"Você acha que ficar coçando o saco e não saber se controlar é, tipo, empoderamento negro. Uma coisa de se vingar do homem branco, sei lá. Mas você acaba sendo exatamente o que eles esperam. Tipo, eu entendo a ideia de não baixar a cabeça. Mas eles podem se dar ao luxo de ser medíocres. Nós não."

"Medíocres?"

"Eu não posso me vincular a isso. Tipo, tem uma janela, um breve momento em que eles ainda não sabem até que ponto você é negra, e você tem que aproveitar enquanto dá tempo. Você tem que dar um jeito de entrar na sala. E, se precisar, eu vou falar tudo o que eles querem ouvir e vou fingir que não é comigo até essa sala ser a mais importante de todas."*

É só quando estou debaixo da terra que as artérias da minha mão de fato começam a vazar. É um desses dias do início de agosto em que o oxigênio do ar está desacoplado, carregado de perfume Drakkar Noir, pólen velho e fiambre requentado. É um desses dias em que a linha M está cheia de turistas italianos muito empolgados depois de passar o dia todo na Banana Republic, e três estações depois o meu suor vira o suor deles, e os poros do pescoço do Federico derramam seu conteúdo na minha boca. Tem sangue para todo lado, e pelo menos posso confiar que a minha cidade não vai reparar em nada, mas tem um bebê perto da porta que começa a apontar para mim, então dou as costas e tento parecer compenetrada no meu celular. Depois, no breve intervalo em que o celular tem sinal entre Manhattan e o Brooklyn, Eric me manda uma foto de um frade fugindo de um babuíno. Ele escreve: *tô numa conferência de arquivologia em toronto e vi essa iluminura. as páginas estão inchadas, a encadernação não tem mais jeito. esse negócio está quase no fim da vida. quase dá pra sentir o cheiro podre.*

Como eu já estava começando a arquivar Eric, a enterrá-lo junto dos outros homens que evaporaram depois de pulverizar o meu colo do útero, eu fico aliviada e, sim, com vergonha. Quero falar que eu não sou igual às outras mulheres. Portátil, que se

* Uma das origens da expressão *shuck and jive*, que consta do original, remonta à prática de escravizados negros falarem e agirem de forma específica diante de seus opressores, como estratégia de proteção e resistência. (N. T.)

contorce toda por um cara inacessível e que provavelmente nem tem interesse nela, mas e se eu for? Tem coisa muito pior que isso — agricultura industrial, rock gospel e a animação 3-D do Mr. Clean, um homem branco e careca que vende produtos de limpeza. Porque talvez eu não queira ser blasé. Talvez eu queira ser multiúso. Talvez não consiga fingir que sou indiferente com homens que me tratam com indiferença. Então eu mando duzentas palavras com tudo o que sei sobre babuínos e volto a ouvir o áudio de Rebecca com essa interação ainda fresca na memória.

Quando chego em casa não consigo esticar os dedos, e o chão se mexe quando abro a porta. O que eu estou querendo dizer é que tem barata e elas se espalham quando eu começo a procurar a água oxigenada e a gaze. Mas é óbvio que a gente não tem nada disso. A gente não tem nem alarme de incêndio. A gente tem, por exemplo, um pote de remédios sortidos em que guardamos comprimidos velhos de ibuprofeno, Frontal e aspirina, temos óleo de coco para fritar bacon e passar no cabelo, e, quanto a talheres, três facas de manteiga, sendo que uma delas vive aparecendo dentro do chuveiro. Nem eu nem a menina que mora comigo somos muito equipadas, e é por isso que a gente se dá bem e depois briga feio quando de fato acontece alguma emergência, em geral sobre: ratos.

Aí eu enxáguo a mão depois de passar um pouco de sabonete Irish Spring e procuro papel higiênico, que acabou. Procuro uma camiseta para enrolar na minha mão, mas não tem nenhuma roupa limpa e estou usando biquíni no lugar da calcinha para adiar o dia de lavar roupa. Aí eu acho umas telas em branco no fundo do meu armário, enrolo na mão e levo as minhas pinturas para fora junto com o lixo.

Passo no mercadinho da esquina, gasto 5,65 dólares num pacote de papel higiênico de qualidade, macio, e 3,89 dólares num bolo de cenoura grande de fabricação própria. Penso em comprar uma caixa de Band-Aid, mas até a marca genérica custa mais do que quero pagar. Fico só de biquíni e paro na lavanderia, onde pago 3,25 dólares numa lavagem simples com secagem e faço algumas ligações relacionadas ao meu financiamento estudantil. Anoto o que vou fazer com os últimos pagamentos da empresa nas costas da mão com uma canetinha durante o ciclo de enxágue, e de alguma maneira essa aritmética se espalhando pelo meu braço me faz sentir que vou conseguir dar um jeito. Quando volto para casa, um rato já começou a comer meu bolo de cenoura, então faço um pouco de mingau de aveia instantâneo e vou para o meu quarto, de onde escuto minha roommate e o namorado feminista transando de um jeito muito meigo e comunicativo.

Atualizo o meu currículo, acrescento uma experiência num cargo de marketing meio indefinido numa empresa que vende xampu livre de parabenos para cachorro e, para mostrar que sou uma pessoa íntegra, me atenho aos fatos na hora de descrever o mês em que trabalhei na Murray's Cheese, onde vendi uma vasta gama de queijos cremosos. Coloco umas mentiras descaradas no meio, mas faço questão de que as inconsistências sejam poucas, para eu poder desconversar quando já estiver dentro da empresa e munida de informações suficientes sobre meu entrevistador, porque assim posso ou discorrer sobre a cultura corporativa da empresa ou implementar meu plano de explorar qualquer reserva de culpa branca que a pessoa ainda tenha. Eu me saio bem em entrevistas, apesar do nervosismo, e, por mais que eu queira acreditar que o mérito é meu, só consigo manter a forma humana e causar uma boa impressão graças à cor da minha pele. As expectativas que as pessoas têm a meu respeito nesses cenários são tão baixas que seria impossível não as superar. Mando alguns currículos, enrolo a mão num pedaço novo de papel higiênico e, por algumas horas, consigo dormir.

Sonho que os ossos do meu crânio derretem e, quando acordo e vejo meu cesto de lavanderia, alguma coisa na inevitabilidade da roupa suja, do sebo e do corrimento e do número finito de moedas me faz entrar em pânico. E não é tão ruim assim. Há noites em que fico acordada e o céu mostra toda uma anatomia que me faz perder a esperança e às vezes me faz sentir que tem uma aranha andando no meu rosto, mas essa noite parece diferente. Essa noite estou suspensa num transe hipnagógico muito vívido em que o chão sempre se aproxima de repente, o demônio japonês acocorado no meu peito se estica até ficar em pé, arreganhando suas nádegas longas e revelando um olho que funciona perfeitamente.

Penso nos meus pais, não só porque sinto saudade deles, mas porque às vezes você vê uma pessoa negra de mais de cinquenta anos andando na rua e sabe que essa pessoa já aguentou muita merda. Você sabe que essa pessoa é mestre da dupla consciência, do gerenciamento da fúria discreto sob a rígida vigilância e a violência casual do mundo externo. Você sabe que essa pessoa estava sangrando e agradeceu, e, apesar das baratas e do mingau instantâneo e do hematoma no rosto, você ainda tem mais sorte do que essa pessoa jamais teve, tanto que perder um subemprego no mercado editorial não é só uma besteira, é um ultraje.

Na manhã do dia seguinte nenhuma empresa entrou em contato, mas recebi uma mensagem do Eric com uma foto de um serafim de pau duro. Ele escreve: olha só essa grama. o nome dessa cor é verdete, pra fazer eles ferviam cobre no vinagre, e eu não respondo porque não tenho forças para fazer nada além de levantar e ir no banheiro, e até isso eu preciso me convencer a fazer, porque não fiz xixi na cama nem uma única vez na vida adulta e acho que essa hora pode ter chegado. Alguns dias depois, encho um copo de água e bebo, e Eric me manda uma foto de uma quimera que tem a língua em forma de estrela. Ele escreve: *na tradição do grotteschi. a arte do grotesco.* Mas o mais legal é que no começo grotteschi só significava ornamentado, e eu mando mais alguns currículos e tomo banho. Começo a raspar as pernas, mas na segunda perna o banheiro fica sem luz e eu fico lá no escuro com a lâmina na mão, sentindo que o universo está tentando insinuar alguma coisa. Eric me manda mais fotos de gárgulas e vaginas dentadas e nenhum emprego me responde, apesar de eu revisar meu currículo todos os dias e gastar 28,09 dólares num terninho da Marshalls.

Quando enfim me sinto capaz de contribuir com a nossa conversa, fica óbvio que não é uma conversa. Fica óbvio que ele não pretende comentar o soco que deu na minha cara, nem a noite horrível e reveladora que passei na casa dele. As mensagens são intermitentes e chegam sem que eu precise dizer nada, embora Eric geralmente mande alguma coisa por volta do meio-dia e da meia-noite, o que me diz que ele lembra de mim durante o almoço e talvez quando está deitado na cama. Entre uma mensagem e outra, tenho vontade de perguntar o que ele está comendo. Tenho vontade de perguntar por que ele está acordado. Mas aí eu fico com medo de ele lembrar que estou do outro lado e parar de mandar mensagem. Era desse jeito quando nosso relacionamento só existia na internet. Contávamos um ao outro coisas tão medonhas que por necessidade assumíamos uma postura de só usar piadas, embora tivéssemos nos dado ao trabalho de criar uma linguagem, e esse esforço por si só já revelasse que estávamos levando tudo a sério. E aí nos encontramos. Aí eu entrei no carro dele e precisei me readaptar, dar ao Eric cílios e veias sob as mãos e uma pintinha no queixo, e de repente pareceu indecente mencionar qualquer coisa que tínhamos dito antes. E por isso, quando ele manda uma foto de um sátiro sendo esfolado e fala *saca só o acabamento em açafrão e folhas de ouro. a gente usa um composto sintético para alisar a superfície,* eu não falo nada.

Alguns dias depois me chamam para uma entrevista em uma grande empresa em Long Island City, mas quando chego lá é só uma agência de recrutamento, e a mulher com quem falo me diz que tem um cliente que está procurando um colaborador para uma empresa de gestão de resíduos. Quando chego ao depósito de lixo, o calor de meados de agosto está tão intenso que as pregas que eu passei a ferro na minha calça derretem. Quando enfim chego à sede administrativa eu já retrocedi ao estado líquido, e meu entrevistador pergunta quantos quilos eu consigo carregar, ao que respondo superestimando uns vinte quilos, e o clima do lugar é meio Ku Klux, até que eu vou ao banheiro e vejo que passei a entrevista inteira com o rímel borrado e que ainda tem lágrimas grandes e pretas escorrendo pelo meu rosto. Essa é uma coisa que eu queria contar para Eric, mas, por causa da imensa disparidade de renda entre nós, não sei me expressar sem dar a entender que estou pedindo ajuda.

Aí eu envio o meu documento de identidade para um e-mail vinculado a uma startup do Vale do Silício que criou um sistema de delivery muito conhecido. Em três dias eles me mandam um boné e uma bolsa de transporte com proteção térmica para manter a temperatura das entregas. A empresa me dá acesso a um mapa que mostra as regiões da cidade em que a demanda é mais alta. Regiões mais populosas aparecem em vermelho-escuro, e regiões menos populosas quase sempre continuam cor-de-rosa, pelo menos até a hora do almoço, quando a demanda é alta até nos recônditos mais sonolentos do Queens. Vou de bicicleta até um endereço no Sunset Park, e quando abre a porta a cliente arranca o saco de batata frita da minha mão e não dá gorjeta. Fico quase o tempo todo no Brooklyn. Já vou despachando os primeiros pedidos de suco de laranja sem gominhos e champanhe. Faço algumas paradas para buscar pods de cigarro eletrônico Juul de baunilha, pedidos pequenos de água com gás LaCroix e fraldas Pampers. Escolho o cemitério Holy Cross como minha base, porque assim consigo me hidratar com relativa tranquilidade, e também porque fica bem no meio de Flatbush, e os pedidos vêm de todo lado. Na teoria, não posso transportar nada que possa ser categorizado como droga, mas tem uns alunos de escola preparatória que precisam de bubble tea e maços de Marlboro, passeadores de cachorros que precisam de caixas de vinho e dão instruções detalhadas sobre o exato lugar no Prospect Park em que devo fazer a entrega, mães que descartam o leite do peito e saem da feira Grand Army loucas por um gim. Todo mundo fica animado quando me vê, e eu meio que fico animada ao ver essas pessoas, os moradores de Bensonhurst que sempre pedem McFlurry, os ricaços da geração X que por algum motivo usam o app para pedir pizza, os moradores de Coney Island que querem se presentear com um brunch que veio de longe e ficam felizes só por você ter se despencado até lá, as comunidades de caribenhos da Eastern Parkway e seus pedidos em dinheiro de pães de akee e coco, gorjetas generosas nos dias em que uso o boné da empresa e chego antes do previsto, embora de vez em quando eu atravesse a ponte e pegue umas entregas perto da Canal Street, onde tento proteger pratos com lula do sol direto.

Mas, por mais entregas que eu faça, elas nunca passam do oi. Tento ir além dos comentários descontraídos sobre o tempo e, nas poucas vezes em que as pessoas são receptivas, entre meus horários de trabalho rígidos e as horas de sono, me dou conta de que não tenho forças para oferecer mais do que isso. Então eu escuto a NPR no caminho para tentar arranjar assunto. Acabo ouvindo um trecho de um programa sobre uma jornalista que recebeu uma série de e-mails violentos em 2009. A jornalista lê parte de um e-mail e dá risada. Ele me escrevia no primeiro dia de cada mês, e falava umas coisas tipo *sua vagabunda* <trecho suprimido> *não sei como que tem homem que acha a tua* <trecho suprimido>, e eu ficava pensando que não eram nem críticas construtivas. Se você acha o meu trabalho como jornalista ruim, tudo bem. Aí eles chamam o cara que mandou os e-mails para falar ao vivo e ele diz *eu peço desculpas, eu estava numa fase complicada.*

Se vou para casa, normalmente é para usar meu banheiro tão amado, mas tem um restaurante de uma família tailandesa em Gravesend que conta com um excelente sanitário, e eles ficam tão agradecidos pelo tanto de geng kheaw wan gai que eu entrego que me deixam usá-lo de graça. Tento não pegar entregas com alta probabilidade de terem sopa, e tento obedecer às leis de trânsito, embora às vezes haja algum casamento, desfile ou assassinato que me obriga a correr e deixar minha bicicleta num lugar proibido. Com minha nova dieta à base de papinha de nenê sabor pera e macarrão instantâneo Top Ramen, quase consigo ganhar o suficiente para viver, mas parte disso se deve ao acerto da editora. Aí recebo a notícia de que o aluguel vai subir. A notícia chega dentro de um envelope pardo e engordurado, e, como só recebo correspondência de golpes relacionados aos financiamentos estudantis e provedoras de cartão de crédito com aprovação imediata que usam rappers velhos para atingir o público negro de baixa renda, eu quase não o abro. A menina que mora comigo me chama para conversar enquanto estou na rua, caindo da bicicleta e indo parar em cima do cheesecake de um cliente, e mal acabei de subir a escada quando ela aparece com uma mala, falando que vai se mudar para um prédio todo reformado no Harlem com o namorado, e ao mesmo tempo me manda uma foto da sua buceta piscando na tela do meu celular.

Enquanto vejo a minha roommate indo embora, pensar que tenho uma buceta parece absurdo. Ando pelo apartamento e tento conciliar a existência do clitóris com o cheiro de brócolis que a minha roommate deixou para trás. Limpo o cheesecake que sobrou no meu cabelo e volto para a minha rota, na qual os homens parados na rua me fazem lembrar que em teoria, sim, eu tenho buceta, e que vou ter que conviver com o terror de proteger essa buceta para o resto da minha vida. Mas, depois de um pedido grande de especiarias no Halal Food, eu vou e tiro logo uma foto dela no banheiro de um Au Bon Pain. Depois volto para o meu recém-esvaziado apartamento, procuro no Google quartos para alugar com contas inclusas no Bronx e introduzo soro fisiológico no ânus. Vejo *Seinfeld*, fuço o ɪᴍᴅb do Jason Alexander e vou para Manhattan para ganhar mais um pouco de dinheiro. Atravesso a Queensboro Bridge de bicicleta e seco o rosto e as axilas no banheiro de um Pret A Manger. Vejo o mapa de entrega e Uptown já está vermelho-escuro, uma faixa que vai do Harlem à rua 59 e à Lex Avenue e brilha com a demanda de matchá, leite vegetal e cânhamo oferecida pelas gigantes do café, sejam elas tradicionais, moderninhas ou completamente cínicas, as ciclovias de Manhattan já aterrorizantes às onze da manhã, lotadas de entregadores e entregadoras que se lançam no trânsito carregando arroz frito e sem motivo pra viver, ao lado dos abdomens ambulantes que pedalam por diversão, dos pedestres estrangeiros que param bem no meio do caminho, tirando selfies e checando se as pombas não cagaram nas malas.

No que depende do Eric, não existe reciprocidade genital. Ele manda uma foto dele segurando um frasco de prata em pó, e, apesar de ele lidar com a arte da selfie com um jeito de velho e de estar usando uma luva estranha de arquivista, eu morro de tesão por ele. Venho esperando um motivo para revogar essa minha atração. Nas duas semanas que passamos separados, eu torci para conseguir ser neutra e encontrar algum defeito nele. Mas depois desse mês eu só quero alguém pra me beijar. Peço que os clientes confirmem meu nome, às vezes para ver se estou no endereço certo, mas na maioria das vezes é só para ouvir o som dele.

Cinco maços de couve para alguém no oitavo andar de um prédio sem elevador no Flatiron. Um frasco de água de rosas no Greenwich Village para o dono de um labradoodle que tenta transar com a minha perna enquanto desço a escada. Band-Aid e cigarrilhas para uma mulher que sai correndo da livraria Strand com um salto agulha em cada mão. Chipotle pra todo lado e sempre sem feijão. Três perucas pretas feitas de cabelo virgem da Malásia para uma pessoa metade humana, metade turquesa na Bowery Street, mulheres que trabalham entregando correspondência no Chelsea, sempre encharcadas, com aqueles olhos cansados e errantes, traficantes brancos de sapatênis que dão tchauzinho para a polícia, entregadores devidamente afiliados a pizzarias e floriculturas, todos ligados à intuição periférica que não deixa a gente cair nos milhares de bueiros abertos da cidade. Embora neste momento eu esteja andando sobre uma grade de metrô e a possibilidade de ela ceder me pareça empolgante, porque, apesar do carrossel vertiginoso e multilíngue da cidade, apesar dos executivos que chegam marchando e entram no meu caminho e da agressão elíptica de vidro e aço e trenzinhos de madeira bizarros nas lojas de brinquedos do Upper East Side, eu não sinto que estou me mexendo nem quando estou em pé, subindo e descendo e entrando e saindo e enfiando uma fatia de pizza de um dólar direto no meu intestino grosso, tomando cada vez menos cuidado na hora de parar a bicicleta à medida que os pedidos aumentam, um, dois, seis, até que saio de uma quitinete deprimente em frente ao Central Park às 12h53 e descubro que minha bicicleta não foi exatamente roubada, mas teve ambas as rodas subtraídas. Então pego minha cestinha e minha buzina e carrego tudo no colo na linha F, e na L, e no peido póstumo que é o ônibus B60, já dormindo antes de cair na cama e aí levantar com a dona do meu apartamento de roupa de ioga e chupando um pirulito inibidor de apetite diante da minha porta, me dizendo para pagar o aluguel ou sair fora, sem esquecer do namastê, antes de eu tomar um banho frio e alugar uma daquelas bicicletas gigantescas da Citi Bike, que em geral não são feitas para mulheres com menos de 1,57 de altura e por isso tendem a complicar a tentativa de fazer entregas pontuais e de evitar despencar no gaspacho de alguém ou se espatifar num cruzamento, prestes a abrir mão daquela única parte sua que o mariachi da linha M ainda não matou.

Acordo e descubro que tem uma equipe de eslavos carrancudos de Elmhurst colocando minhas coisas na calçada e me pego, às sete da manhã, envolvida em uma discussão sobre o meu forninho elétrico que me obriga a chamar um Lyft e ir a uma empresa de locação de depósitos no Bedford Park. A cidade está aparecendo cor-de-rosa no meu mapa, sem demanda apesar de uma chuva torrencial que esvaziou as ruas. Uma única mulher sai do metrô correndo, cobrindo a cabeça com um saco plástico, um vendedor de guarda-chuva dá uma olhada por cima de sua mesa e estala os lábios e um rio invade a Great Jones Street, mas fora isso essa é uma daquelas raras noites em que todo mundo está dentro de casa com os temperos e os tóxicos certos, e eu me tornei obsoleta. Vou um pouquinho mais para o sul para tentar conseguir trabalho. Fico na frente de alguns pontos de coleta populares e espero. Entro para beber água e, como os garçons já me conhecem, me dão um prato de gnocchi alla vodka de graça. Me tratam como cliente. Recebo um guardanapo de pano dobrado, e um deles passa na mesa servindo o parmesão. Meio que não faz sentido, porque ainda estou de capacete e meu mapa continua aberto. Mas aí eu olho para a comida, e olho para o restaurante vazio, e perco o apetite. Peço desculpas e vou com a bicicleta da Citi Bike um pouco mais para o norte da cidade para tomar um ar, mas não adianta. Sinto que estou vestindo um avental de chumbo, que todos os meus membros, um por um, estão caindo no sono. No mapa, vejo que tem duas pontes às quais consigo chegar de bicicleta. Aí o primeiro pedido do dia chega. É um pedido normal de itens de mercado, mas, quando chego à loja e rolo a lista (bolinhas de algodão, manteiga de amendoim crocante, bisque de lagosta do self-service), vejo que pediram que eu vá a um segundo lugar, uma loja de artigos militares na rua 45, e compre uma serra cirúrgica reciprocante da marca Stryker.

No mercado só tem mais três pessoas, e uma delas é a caixa. Passo por uma mulher na seção de frutos do mar e ela sorri para mim, mas por baixo do sorriso vejo que ela está se perguntando por que não tem ninguém por perto. Sinto que somos bobas, que eu confio demais no tamanho da cidade, que passei tanto tempo odiando mas que acaba sendo o último obstáculo que me separa de uma espécie de chefão da solidão mais intensa que existe. Servindo o bisque com uma concha num copo, tento me concentrar só na sopa e não nos meus dentes, na minha pele e na lenta transformação do meu corpo em pó. Na loja de artigos militares, o vendedor não pergunta nada, e eu não me arrependo da compra até estar na metade do caminho até o local de entrega, que então descubro ser um hospital. Mas nos últimos quatrocentos metros um carro fura o sinal vermelho e eu freio de repente e derrubo todo o bisque. A essa altura da minha carreira, sou capaz de dar qualquer má notícia que envolva sopas, mas quando chego à entrada percebo que tem um pouco de lagosta no meu sapato, e nesse exato momento Rebecca sai correndo descontraída do hospital, de roupa cirúrgica e galocha. Por um instante penso que eu talvez consiga arrancar as meias antes de ela me alcançar, mas é tarde demais. Se ela fica chocada, não vejo sinal disso em seu rosto. Tira as luvas e vê o que tem dentro das sacolas. Inspeciona a serra e suspira. Então me pede para entrar. Vou com ela e atravessamos a sala de espera, e já é possível detectar todos os fluidos corporais, apesar do purificador de ar de abacaxi no balcão da recepção, onde um homem com prótese no braço implora por um analgésico e um peixe-dourado imenso paira em meio a suas próprias fezes. Entramos no elevador e a Rebecca levanta a mão quando tento tocar no assunto da sopa.

"Não tem problema", ela diz enquanto nos dirigimos à lanchonete, onde ela puxa uma cadeira e me diz para eu sentar. Ela se acomoda do outro lado da mesa e tira a manteiga de amendoim da sacola. Pega uma colher no bolso do jaleco e a limpa na própria lapela. "Por que você não ligou? Eu te mandei uma mensagem", diz, abrindo a manteiga de amendoim, enfiando o dedo no óleo acumulado na parte de cima.

"Eu ando ocupada", respondo, mas enquanto digo isso penso no áudio dela, na rouquidão que havia sob as palavras, a impressão que tive de que talvez ela estivesse sorrindo. A voz dela agora é diferente. É uma voz que qualquer pessoa poderia ter. "No app apareceu Becky Abramov."

"Nome de solteira." Ela lambe o dedo, olha para o pote e franze o cenho. "Esse trabalho é muito perigoso para mulheres. Como você sabe quem vai estar do outro lado da porta?"

"A cidade não é mais tão perigosa." Ao dizer isso, me delicio com a sensação de contar uma mentira retrô. O tipo de coisa que eu falaria para o meu pai quando ele estava vivo e tentava se obrigar a me telefonar. "Eu fui demitida", digo, pensando que vai ser catártico e percebendo imediatamente que me enganei.

"Sinto muito." Ela empurra o pote de manteiga de amendoim para perto de mim, me oferece a colher.

"Para que serve a serra?" Eu viro a colher para ver o meu

reflexo, e, apesar de eu saber que a imagem vai ser distorcida, ainda sou pega de surpresa.

"Eu trabalho aqui no Hospital dos Veteranos, sou médica-legista. O cara que peguei hoje tem o crânio mais duro que eu já vi. Meu marido não te falou o que eu faço?"

"A gente não fala de você", eu digo, me perguntando se ela vai ficar magoada. Penso que ela é pretensiosa por achar que falaríamos dela, mas isso muda quando percebo que ela ficou decepcionada.

"A gente fala de você", ela diz, e tenho a impressão de que ela espera que eu pergunte do que eles falam, então não pergunto. Mas eu quero saber. Quero saber o que ele disse, e quando ela sorri sei que ela viu tudo isso na minha cara.

"E você gosta? De ficar sabendo o que a gente faz?"

"Não é isso. Mas eu gosto de ser informada. De ter controle das variáveis. Sei que você não curte isso."

"Como você poderia saber?"

"Porque você não se importa em saber quem está do outro lado da porta." Ela para de falar e me encara, os olhos distantes e zelosos. "Vou te mostrar uma coisa", ela diz, tampando o pote e indo em direção ao elevador, que está repleto de panfletos que dizem coisas como: Precisa de ajuda? A guerra voltou para casa com você?

Vamos até o andar embaixo do estacionamento subterrâneo. Entramos numa sala ofuscada pela luz fluorescente, e parece que estamos na seção de móveis usados da IKEA, tudo muito simples mas um pouco torto, uma pequena escrivaninha cheia daquele papel perfurado cor-de-rosa, uma cadeira de escritório sem braços solitária, um chuveiro todo sujo no canto. Ela revira uma caixa de plástico e pega um macacão de segurança Tyvek cinza.

"Toma, veste isso", ela diz, tirando o jaleco branco. Ela amarra o cabelo com um elástico de dinheiro, tira a roupa e também veste um macacão. Quando ela faz isso, vejo que tem uma tatuagem na nuca que diz *the grateful*. "Você não precisa tirar a roupa. É que eu não aguento o calor." Não é que eu me sinta ameaçada pelo corpo dela, mas não me sinto à vontade para tirar a roupa na frente dela agora que a vi, a pele branca como mármore de suas coxas, que, mesmo sem a ajuda das roupas, parecem chegar até o pescoço, o sutiã bege deprimente e a calcinha de cintura alta com uma estampa que diz *quarta-feira* na parte de trás. Sua total tranquilidade em ser vista assim. Eu já expus meu corpo por nada. Por uma gorjeta, por um almoço, para a mão de um homem que eu não conseguia ver. Mas nesse momento pego o macacão e sinto que não basta ter lavado minha calcinha à mão. Sinto que ela está fazendo um inventário dos lugares pelos quais o marido dela já passou. Eu continuo de roupa e visto o macacão por cima. Ela me entrega uma máscara que diz "carvão ativado" e enfia duas pilhas num rádio transistorizado. Ela lava as mãos e coloca luvas roxas. Ela me fala para pegar o rádio, e quando aumento o volume uma voz sedosa diz *só Hall and Oates e mais nada, e daqui a pouco vamos atender algumas ligações*. Quando ela estala o pescoço e sai andando em direção à porta, tenho vontade de pedir para ela parar.

"Você já viu um cadáver?", ela pergunta, abrindo a porta e entrando a passos rápidos na sala, onde o corpo de um homem negro está estirado, o couro cabeludo cuidadosamente separado do crânio.

"Sim, minha mãe", respondo sem pensar, e ela faz uma pausa, já muito concentrada, de alguma forma, numa tarefa que consiste em enrolar um tubo de borracha azul no próprio braço.

"Eu não sabia disso", ela diz, voltando à tarefa. "O Eric sabe disso?"

"Não, não sabe."

"Que bom", ela diz, virando o corpo para o lado, limpando os excrementos que se acumularam ao redor das pernas do homem. "Não conte tudo." Ela pega as bolinhas de algodão e enfia no ânus do cadáver. Tento olhar direto para o corpo. Tento me convencer de que isso é normal, de que dentro de mim já existe uma lista de homens exatamente assim, inertes, escurecendo a calçada, sumindo e virando conteúdo compartilhável. Mas é um pouco demais ver sua boca aberta e seus genitais, as plantas descoradas dos pés.

"Como ele morreu?"

"Foi atropelado por um carro. A família perdeu contato com ele. Demência." Ela desenrola o fio da serra. "Aumenta o volume do rádio?" Quando aumento o volume, a mesma voz diz *um etno--estado branco que deu certo. Essa vai para a Gerta, de Williamsburg. Vem aí "Private Eyes".* Quando a música começa, ela toca a parte exposta do crânio. Liga a serra e a aproxima do osso.

"Por que você me ligou?", eu pergunto, mais para ter alguma coisa para fazer com a boca.

"Não sei. Acho que eu estava tentando entender."

"O quê?"

"Por que ele escolheu você", ela responde em voz baixa, com quase toda a atenção voltada à tarefa de posicionar as mãos embaixo do cérebro. E, quando de fato sai, o cérebro é menor e menos rosado do que eu esperava. Ela demora um pouco, encosta o dedo na incisão. Mas desse momento em diante ela se deixa levar pela memória muscular, uma artilharia ambulante em um traje de proteção, pegando e largando alicates para ossos, cinzéis e enterótomos. Dentro do macacão meu corpo virou vapor, mas não sei ir embora. Eu poderia perder alguma coisa. Por causa de uma sutura invisível que percorre uma pálpebra, do cabelo úmido no pescoço da Rebecca. Porque dentro de uma hora um homem sem cérebro será um homem que parece capaz de sonhar. Não conversamos, mas sei que minha presença é bem-vinda exatamente como estou, segurando o rádio, aumentando e diminuindo o volume quando ela dá o sinal, e o carinho da Rebecca pela música "Rich Girl" transparece pelas batidinhas do seu pé. Ouvimos as mesmas propagandas várias vezes seguidas, e quando ela termina voltamos para a outra sala. Eu tiro o macacão e mudo para uma estação AM enquanto ela está tomando banho. Uma voz diz *aceita o senhor Jesus como seu verdadeiro* e ela veste o casaco e desliga o rádio. Lá fora, a maioria dos carros desapareceu. Dividimos um cigarro porque ela diz que assim sente que não conta. Ela fala que tem consciência de que ser uma médica-legista que fuma é irônico, mas que, mesmo depois de todos os pulmões pretos que já viu, é mais perturbador abrir a cavidade torácica de um veterano e descobrir que está tudo impecável.

"Imagina como é viver a vida com tanta cautela que não existe sinal algum de que você viveu", ela diz. "Eu achava que ia ser cirurgiã. Aí, no primeiro ano da faculdade de medicina, a gente mexeu nos primeiros cadáveres, e tinha tanta informação dentro deles. É fato que um paciente vai mentir sobre quanto álcool consome ou quantos cigarros fuma, mas com um cadáver toda a informação está ali." Ela acende outro cigarro e suspira. "É que nem entrar na casa de um estranho e mexer em tudo."

"Eu lamento", eu digo, e ela dá risada.

"Não lamenta, não." Ela me olha por um tempo e dá partida no carro com um controle remoto no chaveiro. Eu sigo os faróis até chegar a um SUV prata. "Você viu a nossa filha. Quando você foi lá em casa", ela enfim diz, e nesse momento eu tenho certeza de que, apesar dessa longa conspiração noturna, Rebecca está se aproximando da conclusão mais natural, que é se referir a mim não como uma pessoa que acabou de vê-la dissecando um homem, mas como uma pessoa que é negra e que está, por conta disso, disponível para ajudá-la.

"Vi."

"O que você achou dela?"

"Não sei. Ela parecia bem", eu respondo, mas é óbvio que ela não parecia bem. Ela parecia solitária, como se fizesse anos que ninguém arrumava seu cabelo.

"Ela não tem amigos", ela diz, o cigarro esquecido entre os dedos.

"Ah", eu digo, tentando mostrar desinteresse, mas meus princípios não impedem que isso me incomode, essa coisa que Eric esqueceu de me falar, o olhar de Akila enquanto subia a escada. Minha vontade de negar a Rebecca essa tentativa de criar uma conexão onde não há é menos urgente do que o constrangimento que sinto pela filha deles, que pode ou não ser o tipo de criança que quer ter amigos, mas que quase com certeza odiaria que sua mãe falasse sobre isso. Mas aí eu olho o rosto da Rebecca, e olho para o cigarro torto que ela segura, e parece possível que a mulher que me perseguiu pela escada e a mulher que serrou oito milímetros de crânio sejam uma só pessoa, uma mulher disposta a resolver problemas a qualquer custo, tão competente que qualquer fracasso ao seu redor se torna dela. É óbvio que eu não me identifico com isso. Por um instante me permito ficar feliz com a desgraça alheia, mas o que mais sinto é que fui manipulada a admitir que sim, que isso é importante, que já pensei nisso, na evidente solidão da filha deles, uma coisa que reconheço de imediato porque eu mesma sou essa coisa que é tanto hipervisível quanto invisível: negra e sozinha. Mas ao mesmo tempo sinto rancor, e nossas respectivas intensidades de desespero despertam meu espírito competitivo, e por isso eu falo para ela que não tenho para onde ir, o que eu pretendia dizer sem demonstrar nenhuma emoção, mas que acaba saindo da minha boca como uma coisa horrenda e sentimental, e o bisque debaixo das minhas unhas de repente se torna um símbolo do meu constrangimento recorrente, diante do qual Rebecca se mostra inabalável e não oferece uma só palavra de consolo, fumando seu cigarro e olhando as próprias unhas. Ela prolonga o silêncio, mais ou menos como fez depois do karaokê, e depois joga o cigarro fora e me fala para entrar no carro.

Então coloco minha bicicleta no porta-malas e vamos em silêncio até a estação mais próxima da Citi Bike. Saímos da cidade e eu fico encantada com o ar-condicionado, as luzes alaranjadas do painel, o aroma de aerossol de cereja que formam aquele cheiro de carro novo. O espasmo da radiofrequência da estação FM pré-programada da Rebecca e os longos e sulfúricos quilômetros do céu para lá de Weehawken, abrindo meus olhos logo que passamos pelo túnel, já quase chegando ao sono REM quando Rebecca estaciona o carro e vai andando até a caixa de correio com Walker na lateral, e o processo de pegar a correspondência é uma coisa tão doce e cotidiana que finjo que estou dormindo.

Ela me leva para um quarto de hóspedes no andar de cima, onde ajeita um lençol, falando sobre coisinhas que posso usar, pasta de dente orgânica e o cachorro da vizinha. Respondo com uma risada obediente que sai seca e alta, que evidencia ainda mais o quanto estamos tentando ser descontraídas. Porque eu estou consciente da amplitude da casa, mesmo enquanto tento ocupar o menor espaço possível. Estou consciente de que o quarto tem dono, que cada metro quadrado foi pensado com cuidado e provavelmente é livre de ratos. Neste quarto em que ninguém dorme há traços de vida mesmo assim. Gravuras compradas em lojas de departamento de paralelepípedos molhados e frutas sem caroço, fotos melancólicas de Helmut Newton com mulheres fumando, cortinas do mesmo tom de malva que minha mãe estava pintando a cozinha no dia em que se matou, móveis com as ranhuras simétricas demais das coisas propositalmente gastas, a disposição de pagar pela destruição é algo que quero odiar mas que na verdade entendo, o fícus, o vime e o vidro ornamental, várias cerejas do bolo, uma domesticidade coesa que eu acho estranha e um pouco opressiva, mas que me desperta um desejo de buscar meu forninho elétrico no depósito e achar um lugar para ligá-lo na tomada.

O fato de Rebecca também parecer pouco à vontade me consola, porque, mesmo quando ela agacha e eu enfim concluo que sou mais bonita que ela, estou ciente da sua competência, do seu ato de caridade arrogante, mesmo quando ela para na soleira da porta com um ar sério e diz *é só por enquanto*, como se tivesse aceitado minha presença na sua casa a contragosto e a ideia na verdade não tivesse sido dela desde o começo. Ela continua ali enquanto tiro os sapatos e as meias. Solto o cabelo e tento não sentir o olhar dela. E aí ela volta para o quarto. Começa a falar, mas olha para longe, contorcendo as mãos. Diz que é uma mulher evoluída, que do ponto de vista biológico a monogamia é questionável, e um casamento aberto pode ser ótimo na teoria, mas que Eric não sabe gerenciar o tempo muito bem e será que daria para essa história com o marido dela terminar. Aí ela sai do quarto, parecendo tão animada quanto eu para que esse momento acabe de uma vez. Passo um tempo deitada no escuro, sem dormir, pensando em como seria terminar com o Eric, em qual seria a sensação, e a resposta é que seria ótimo, não só porque ele é mesmo emprestado, mas porque eu teria a última palavra. Ele pode até ser o único homem que me fez gozar em muito tempo, pelo que me lembro, mas ele nem tem Twitter. Eu poderia conhecer alguém da minha idade. Alguém da minha idade que é certinho e não bebe e fala que Deus é mulher, e cujo desenvolvimento formativo eu possa encontrar na internet. Mas aí penso em todo o esforço que já dediquei ao Eric. Penso na nossa correspondência, nas confissões matinais febris que nos permitíamos sem nenhuma vergonha. Por isso, quando ele liga à meia-noite e fala "Não sou um cara violento", não importa se é verdade. E quando ele diz "Eu sei que você é uma pessoa" e desliga o telefone, não importa se está falando arrastado. O que importa é que existe um registro, de uma ligação, de uma conversa, de uma menina do outro lado.

5.

De manhã vejo que Eric me mandou uma mensagem. Diz *volto daqui a quatro dias. e tenho uma surpresa.* Não respondo porque bem quando estou levantando da cama, sentindo a película de sujeira nos meus dentes, ouço o som inconfundível de alguém fazendo Tae Bo no andar de baixo e me lembro de onde estou. Lembro que Rebecca me pediu para devolver o marido dela, e agora que dormi mais de quatro horas me sinto menos propensa a atender a esse pedido.

Assim como minha mãe às vezes colocava as músicas do Brooklyn Tabernacle Choir no volume máximo nas noites de sexta, quando eu só queria limpar o banheiro, Rebecca também é um despertador passivo-agressivo, e suas palminhas obedientes para Billy Blanks são um sinal de que não é mais permitido dormir. Mas para variar eu dormi o suficiente; é fascinante que meu corpo ainda consiga produzir dopamina sozinho. Aí vejo meu tênis sujo jogado num canto e lembro que deveria estar com vergonha. Tento achar algum defeito no quarto, mas olho em volta e está tudo impecável. Não bonito, mas cuidadosamente arrumado. Na mesa de cabeceira tem um sabonete em formato de rosa, uma escova de dentes nova, uma calça de moletom e uma camiseta em que se lê *Festival de Tulipas de Hudson Valley*. Fico um instante fingindo que o quarto é meu. Enfio o rosto no travesseiro da Nasa, e quando me afasto para respirar Akila está em pé na soleira da porta. Apesar do nosso "parentesco", acho difícil ter empatia por uma criança cujos passos são quase imperceptíveis. Nem sequer a ouvi abrindo a porta. Como o da mãe, seu silêncio chega a ser agressivo de tão tranquilo, e, apesar de eu normalmente ter dificuldade para interagir com filhos alheios, seu descaramento me dá coragem, e passo um tempo só olhando para ela, suas bochechas negras e brilhantes, suas sobrancelhas levemente franzidas, a camisola do *Hora de Aventura*, seu cabelo volumoso e seus punhos cerrados. Como houve um tempo em que meus estranhos seios adolescentes foram sujeitados à análise de todas as tias e meu IMC sempre foi um dos assuntos preferidos das diaconisas jamaicanas da nossa igreja adventista, prefiro não me intrometer na questão do cabelo da Akila. Ele é, porém, uma coisa gigante, uma prova com um metro de altura da culpa dos pais dela, que têm cabelo escorrido e sem dúvida tentaram fazer alguma coisa que não deu certo.

"Você é a namorada", ela diz, sem ira nem julgamento, o que de certa forma é ainda pior. Quero sair da cama, mas em algum momento da madrugada tirei toda a roupa. Minha calcinha está no chão, no meio do caminho entre nós duas, virada do avesso. Eu sou a adulta da situação. Tenho contas no meu nome. Minha glândula pituitária não está me fazendo babar. Mas exigir que ela me respeite é tão ridículo que não consigo forçar as palavras a saírem da minha boca.

"Pois é", eu respondo, e ela faz uma careta e fecha a porta.

No chuveiro, a pressão da água é excelente. Sinto uma devoção inesperada pelos meus novos artigos de banho. Uso o sabonete, mas tento não alisar as ondulações que formam as pétalas. Uso a escova de dentes e me delicio com as cerdas duras e o gosto desagradável de bicarbonato de sódio da pasta de dente geriátrica que eles usam, que é uma alternativa bem-vinda à pasta de dente doce da Peppa Pig que prefiro. Não consigo me lembrar da última vez em que escovei os dentes, e por isso, nesse momento, me sinto uma pessoa responsável. Visto a calça de moletom e a camiseta que Rebecca deixou para mim e concluo que a única maneira de retribuir a ajuda dela ou sair desse lugar com algum traço de dignidade é não encostar em nada e me manter o mais distante possível.

Deixo o quarto como estava antes e ouço o silêncio suburbano, o suave zunido híbrido, os latidos monásticos dos cães protetores de propriedade, o riso das crianças de pele clara, um coro de portas de tela eternamente destrancadas e os insetos todos, se esforçando ao máximo para trepar antes de morrer. A tranquilidade já começou a reprimir meus movimentos peristálticos, mas ainda mais urgente é a questão do wi-fi, então desço a escada e Rebecca está lá fazendo flexões. Ela dá uma olhada para mim sem dizer nada, e na verdade parece estar brava, mas pode ser só a cara que ela faz quando malha. Fico ali parada, esperando que ela talvez me dê alguma abertura, mas sua concentração é tão intensa, tão constrangedora de assistir, que eu me refugio na cozinha, onde Akila está comendo uma tigela de sucrilhos. Ela me ignora e eu tento ignorá-la, mas não sei onde eles guardam os copos.

"Onde vocês guardam os copos?", pergunto, com uma voz baixinha que me deixa surpresa. Akila solta um suspiro, vai até o armário com passos preguiçosos e pula todos os copos normais para alcançar uma caneca com um logo desbotado do Capitão Planeta. Eu enxáguo a caneca, me atrapalho um pouco com um mecanismo comprido preso à torneira e encho a caneca até a boca. Eu preferiria nem me lembrar do contato que tivemos mais cedo, mas alguma coisa nesse tédio pré-adolescente dela não me deixa esquecer que os anos a mais que vivi são meio que uma fraude e que eu vi o pênis do pai dela. Mas fico tão chocada com a limpidez da água que por um instante esqueço que ela está ali e me sirvo de um segundo e de um terceiro copo. Quando peço a senha da internet, ela aponta para a geladeira. Entre fotos do Eric na Grécia e da Akila com uma fantasia de girassol tem um bilhete que diz *deeppurple*. Digito a senha no meu celular e olho de novo a foto de Akila, as pétalas amarelas compridas em volta de seu rosto pequeno e sofrido. Percebo que ela está usando uma camiseta do Super-Homem.

"Você gosta do Super-Homem?", pergunto, com aquela mesma voz baixinha horrível. "Eu gosto do Super-Homem."

"Ninguém *gosta* do Super-Homem", ela fala com um misto de desprezo e irritação que de certa forma ilumina seu rosto. Felizmente Rebecca entra na cozinha segurando o que suponho ser o gato da família. Ele pula do colo dela e sai correndo pela portinha para cachorro, e, além do meu espanto em descobrir que esse tigrado gordo é um gato que sai na rua, sinto uma pontada no peito quando percebo que é o gato que vi naquela primeira noite, enrolado na perna do Eric.

"Tá, então vai", diz Rebecca, abrindo o freezer e se inclinando para a frente. Isso me faz pensar na minha mãe naqueles primeiros anos em que moramos em Latham, em como ela sempre estava com calor. Em quando caía meio metro de neve e a neve endurecia sob a chuva congelante, e ela pegava o carro e comia donuts no estacionamento do Walmart. Mesmo sóbria, ela estava sempre suando e procurando atividades que só a faziam suar mais, fitas VHS com aulas de capoeira, judô e exercícios para o diafragma. Rebecca se afasta do freezer, engole um litro de água e pega a caixa de sucrilhos.

"Não esquece de correr um pouco hoje. Pelo menos um quilômetro, tá?", ela diz enquanto Akila sai de fininho da cozinha. Rebecca pega um iogurte, olha para mim e depois sai sem dizer mais nada. De volta ao quarto de hóspedes, digito a senha da internet no meu notebook e mando mais alguns currículos. Expando a área de busca, me candidato a uma vaga de revisora numa revista especializada em armamentos com sede em Staten Island e uma vaga de secretária numa escola de palhaços em Jersey City.

Volto para a cozinha e Rebecca está calçando os sapatos. Quando me vê ela leva um susto, mas logo depois se recompõe. Ela diz que está saindo para ir ao mercado, e isso parece estranho. Não tem motivo para ela me contar aonde está indo, mas essa é uma das consequências mais infelizes desse arranjo domiciliar. Sinto a pressão de oferecer mais informações do que o necessário, de prometer a Rebecca que estou procurando emprego e, agora, de fazer algum ruído antes de entrar em um cômodo. Percebo que ela também sente o absurdo que é ter que me dar satisfação. Ela perde algum tempo me mostrando onde guardam a água mineral e as vitaminas. Nessa hora quase parece que ela está brava comigo. Ela abre a despensa, diz *caso você precise*, e bate a porta. Depois que ela sai, eu ando pela casa e vou me familiarizando com tudo. Encontro os interruptores e passo um tempo conhecendo a cozinha chique e high-tech e todos os seus painéis piscantes e lisos. Não consigo me acostumar com a textura do carpete, e em todos os cômodos estou sempre sentindo as fibras entre meus dedos do pé. Enquanto olho os livros de receitas,

Akila volta da corrida. Ela não me dirige uma palavra. Pega um refrigerante na geladeira, vê as calorias e o devolve.

"Como foi a corrida?"

"Sei lá. Estranha."

"Estranha?", pergunto, e ela pega uma maçã, fica olhando para ela por um tempo.

"As pessoas ficam me encarando. Quando eu saio."

"Como assim?"

"Tipo, às vezes quando estou correndo ou andando de bicicleta, eu olho pra trás e vejo gente na vizinhança me olhando."

"Você deveria contar para os seus pais", eu digo, e ela pousa a maçã no balcão e me olha com uma cara séria.

"Não. Eu não quero que eles pensem… Eu só estou aqui há dois anos."

"Aqui é a sua casa."

"Pois é, mas eu morei em três casas antes daqui", ela diz, e parece impossível. Ela parece tão jovem.

"Quantos anos você tem?"

"Doze. Quase treze. E você tem, tipo o quê, vinte e dois?"

"Vinte e três."

"E você não tem casa?"

"Não, não tenho mais", respondo, e a expressão dela fica mais suave.

"Você deveria ter um plano B."

"Como assim?"

"Ah, pra quando essa coisa com o meu pai acabar."

Saio para tomar um ar e tento não pensar no que Akila disse. O bairro é perfumado e desconhecido, todas as casas de Maplewood são envoltas por uma grama macia e verde-esmeralda. A cada quilômetro parece haver um campo de golfe com uma fauna meio improvável, grous e lebres, carrinhos brancos que ficam dando voltas pelo fairway. Um breve banho de sol enrola o meu cabelo. Um pássaro que não é pombo. Uma senhora branca que fica me observando por uma fresta na cortina. Olho o saldo da minha conta no banco, e o débito automático do financiamento estudantil me deixou com trinta dólares. Deixo um bilhete na geladeira e pego um ônibus e ando por Irvington, onde meu mapa mostra que a demanda está mais alta. Por demanda me refiro, talvez, a duas solicitações de entrega por hora. Não tem nenhuma estação de aluguel de bicicletas, então preciso ir a pé. Aí, no meio do processo da minha primeira entrega, o cliente cancela.

Um pedido grande de pierogis vem logo depois. É um alívio, mas quando chego ao restaurante a dona me conta uma piada enquanto procuro o cartão pré-pago e fica ofendida porque não dou risada. Depois disso nenhuma simpatia é suficiente para remediar o que fiz, e ela, com seu sotaque carregado, não para de fazer comentários sobre "o app", que acho que é um sermão meio geral sobre millennials, até que de repente ela aponta para mim e fala Obama, o que por si só não é motivo de preocupação, mas é motivo para que eu olhe ao redor e veja os vários homens corados do Leste Europeu e queira sair correndo dali. Com os pierogis em mãos, corro os três quilômetros que me separam do meu destino e descubro que só a entrada até a casa tem quase um quilômetro. Quando abre a porta, meu cliente estende a mão, que é tão macia que quase não tem textura. Percebo que é o dr. Havermans, o renomado dermatologista de Park Slope que estampa os trens das linhas R, Q e M com seus anúncios malfeitos desde 1995. Ele é mais baixo ao vivo e tem olheiras, mas eu nunca tinha conhecido ninguém famoso e, quando ele me pergunta se quero entrar, respondo que sim. Ele me dá trezentos dólares e me fala para tirar os sapatos, e eu enfio o dinheiro no bolso e faço o que tenho que fazer. E o que tenho que fazer é esmagar tomates e ovos crus com os pés enquanto ele escuta

Arvo Pärt. Ele me despacha com um creme facial de alga marinha de brinde, e, se eu for parar para pensar, isso não chega nem perto de ser a pior coisa que já fiz por dinheiro, mas mesmo assim fico meio deprê.

Vou de metrô até o depósito que aluguei e pego alguns pincéis, um supositório de glicerina, uma seleção de roupas velhas básicas da Forever 21 e um tubo velho de tinta ciano. Na viagem de volta, me ocorre que talvez eu não consiga entrar na casa. Eu me pergunto se fui pretensiosa por ter deixado um bilhete, se a ideia era que eu jantasse lá e se agora estou atrasada. Passei quase a vida inteira sem precisar contar para ninguém aonde planejava ir. Eu poderia atravessar a Broadway inteira com o rosto desfigurado. Poderia falecer num incêndio sem que ninguém notasse até um bombeiro encontrar minha arcada dentária no meio das cinzas. Saio da estação e continuo andando, e quando chego a casa fico parada na varanda e me deleito com o ar denso do final de agosto. É estranho pensar que apenas três meses antes Eric comentou que eu tinha errado a vírgula. Bato na porta e, como ninguém atende, vou em frente e entro. Passo pelo quarto da Akila e ela está sentada na penteadeira, penando para fazer o pente passar pelo cabelo.

"Começa pelas pontas", digo, e ela levanta e fecha a porta. Vou para o quarto de hóspedes e tiro uma casca de ovo da meia. Deleto o app de delivery, pego a tinta ciano e preparo a tela para pintar um autorretrato, mas toda vez alguma coisa dá errado. Rebecca se materializa na porta vestindo um robe, com seu pescoço e suas pernas longilíneos que se confundem com a seda.

"Esse cachorro passou o dia inteiro desse jeito", ela diz num tom delicado, e a sensação é de que ela está falando com outra pessoa. A forma como ela se debruça na minha direção, esperando uma resposta, é o que as pessoas fazem quando já existe uma conversa estabelecida, uma conversa que já se desenvolveu o suficiente para não precisar de conclusões. Eu estava me sentindo mais à vontade quando ela me ignorava. Quando pensei que ela estava arrependida de ter me deixado ficar.

"Não estou ouvindo nada", eu digo, e ela franze o cenho.

"Preciso da sua ajuda com uma coisa", ela diz, e eu a acompanho até o final do corredor, onde entramos no quarto deles. Tento fingir que o ambiente é mais desconhecido do que de fato é, mas sei que ela está me observando. Sinto que a lembrança se escancara no meu rosto, embora a luz esteja baixa e haja jornais espalhados pelo chão. Ela me estende uma ponta de um lençol com elástico. "Acredita que eu estou tentando colocar isso há meia hora?", ela pergunta, e eu não acredito, não. Olho a cama deles e penso nos dois juntos, e é horrível, não porque eu o queira para mim, mas porque todos os meus pensamentos sobre os dois na cama são situações corriqueiras, na TV de fim de noite e no bafo matinal e na conchinha burocrática antes de dormir. Não conseguimos de primeira, mas depois nos sincronizamos e decidimos que a melhor abordagem é enfiar o colchão no lençol de baixo para cima.

"Você não contou pra ele que eu estou aqui", eu digo, e ela deita no meio da cama e abre os braços e as pernas feito uma estrela-do-mar.

"É que a gente não falou disso."

Na manhã seguinte Eric me manda uma mensagem que diz *três dias. não quer nem tentar adivinhar o que é?* Não respondo porque prefiro evitar o constrangimento de estragar seja qual for a surpresa, e porque o teor dessa pergunta e o incômodo nada sutil que ele demonstra por eu não ter respondido propiciam um momento que quero saborear. Nos meus poucos anos de vida amorosa, ganhei diversos presentes dos homens. Presentes que foram comprados às pressas no free shop, que engordavam ou desregulavam o pH vaginal, que supunham que meu interesse pelo Lyndon B. Johnson e pelo New York Mets era bem maior do que a realidade. Nunca levo para o lado pessoal, mas com Eric é diferente. Ele sabe o que eu gostava de fazer com as minhas bonecas. Ele sabe que eu deixei meu namoradinho da segunda série arrancar três dos meus dentes de leite. Por isso, mesmo se me desse um uísque de aeroporto, eu teria que levar para o lado pessoal.

"Me chamaram para uma entrevista", eu conto para a Rebecca depois de receber um e-mail da escola de palhaços. Não me preparei, mas a página "sobre nós" da escola é informativa e propositalmente descontraída, cheia de palavras como *potência* e *disruptivo* e *Anakin, o cachorro da escola*. Na cozinha, Rebecca está curvada sobre uma orquídea com uma tesoura prateada na mão. Quando ela olha para mim, eu fico surpresa em notar que está de óculos.

"Você vai com essa roupa?", ela pergunta, se voltando para a orquídea, as lentes dos óculos opacas por causa do sol. Ela está parecendo uma cientista maluca, toda esticada e cuidadosa, e as lâminas curvas da tesoura parecem monstruosas em contraste com o caule longo e gracioso da orquídea.

"Eu só queria avisar que logo vou deixar vocês em paz", digo enquanto ela corta uma das flores maiores do caule.

"Que saco", ela diz, deixando a tesoura de lado. "Do que você está falando?"

"Me chamaram para uma entrevista de emprego", eu digo, e agora que ela está olhando direto para mim percebo que não havia motivo para eu contar isso, embora, estranhamente, eu esperasse que ela ficasse empolgada, que ela percebesse que essa situação é temporária e que talvez nunca contasse a Eric que eu estive aqui. Porque não existe nenhum cenário em que contar isso para ele dê certo. Eu usei o sabonete dela e deixei células mortas nos lençóis do quarto de hóspede dela, então talvez seja ingratidão chamar a hospitalidade da Rebecca de armadilha, mas o fato é que agora temos um segredo. Agora eu também vi a mulher e a filha dele peladas ou quase peladas em diferentes momentos, misturei Igreja com Estado, impossibilitando a existência de qualquer realidade alternativa confiável. Fazer confissões horríveis pela internet é fácil, quase ficcional. Estar desempregada com a calça jeans da mulher dele é concreto. Quando a campainha toca, Rebecca tira os óculos e vai atender a porta. Ela volta com um menino que traz uma pilha de livros.

"Esse é o Pradeep", ela diz, enquanto ele ajeita sua camisa polo e senta-se à mesa da cozinha. Ela não me apresenta. Chama Akila uma vez, duas vezes. Ao ver que Akila não vai descer, Rebecca sobe correndo e nos deixa sozinhos. Ele não olha para mim. Coloca um copo de café gelado na mesa, abre três livros cheios de páginas marcadas e os organiza numa fileira. Eu não gostava de meninos adolescentes nem quando eu era adolescente, mas quero demais que ele goste de mim, apesar de ter odiado a calça cáqui com cinto que ele está vestindo. Ele termina o café e estende o copo vazio.

"Será que você pode jogar isso fora?", ele pergunta sem olhar para mim, e nesse momento Akila desce a escada usando uma peruca, dessa vez verde. Rebecca vem logo atrás dela com uma expressão exausta, mas reparo que ela passou rímel nos olhos e soltou o cabelo.

"Desculpa, Pradeep", ela diz, sorrindo com os dentes à mostra. Percebo que ela está flertando, e isso me perturba tanto que volto para o quarto de hóspedes, onde tento acalmar o nervosismo em relação à entrevista assistindo *Mister Rogers' Neighborhood* no streaming. Funciona por um tempo. Na vizinhança do faz de conta, o King Friday aparece como juiz de um concurso de arte, mas a Lady Elaine Fairchilde não quer aceitar a opinião dele. Ela fala que arte é subjetiva, e para todos os efeitos essa é a moral da história, mas também fica subentendido que todo mundo na vizinhança acha que a arte dela é ruim, e aí — se ela está produzindo arte com a intenção de mostrar para os outros — ela que lide com isso, porque buscar consolo na subjetividade do público é meio inútil quando o público é todo mundo, e todo mundo decidiu, subjetivamente, que aquela arte não presta. Depois Mister Rogers nos leva a uma fábrica de giz de cera, e quando duas mãos sem corpo derramam cera amarela em uma fôrma cheia de buracos e o dedilhar do piano começa, é demais. Dou pause e procuro o artigo sobre lulus-da-pomerânia na Wikipédia, porque assim vou para a entrevista já sabendo falar sobre o cachorro da empresa, que é, segundo a Wikipédia, de uma raça que tem muito tesão. O quarto de hóspedes é mais abafado que os outros cômodos da casa, então eu desço para me recompor, mas enquanto estou na escada ouço Pradeep dizer *até um macaco conseguiria fazer isso*, e só consigo ver a parte de trás da cabeça da Akila, a auréola de frizz verde e sintético.

"Eu tô tentando", ela diz, a voz trêmula.

"Não tá, não. É matemática simples", ele rebate, e eu vou lá embaixo e começo a procurar a caneca do Capitão Planeta, que é só uma desculpa para ficar por perto. Olho para Akila e ela parece chateada, mas percebo que ficar olhando só piora a situação.

"Então", eu digo, me virando para Pradeep, e minha voz diminuta voltou. "Você não pode…"

"Não se mete", Akila diz, então não me meto. Pego minhas coisas e entro num ônibus que vai para Jersey City, onde descubro que a escola de palhaços fica num edifício neoclássico baixo que, em comparação com as lojinhas de bagel e espaços de coworking malcuidados do quarteirão, parece meio estranho e anacrônico. Por dentro o lugar parece uma capela cheia de afrescos contemporâneos, e as imagens só são familiares graças aos braços musculosos e posturas bíblicas, porque ao chegar mais perto percebo que todas as figuras representadas são palhaços. Acima do balcão da recepcionista há uma gravura que diz *O palhaço fica de ponta-cabeça e vê o mundo do jeito certo*. A recepcionista é uma mulher asiática extremamente elegante com mãos longas e tatuadas e que pelo visto está resfriada. Ver uma pessoa não branca me deixa animada, sem dúvida, mas, quando me acompanha até a sala de espera, ela espirra e me diz que eu deveria ter usado uma roupa mais formal. Até que ela foi generosa. Depois de passar os olhos pela missão da empresa e pela piscina de bolinhas, pelo pingue-pongue da sala de recreação e pelo cachorro, pensei que o dress code seria casual. Mas quando entro na sala há outras cinco candidatas folheando furiosamente suas anotações. Estão todas de terninho e são todas asiáticas. Sento e abro o site da escola no celular. Quando o entrevistador chama o meu nome, seus olhos me analisam de cima a baixo com um desdém confuso. É humilhante, mas sinto que insistir até o fim é quase uma obrigação racial. Então eu me sento, e na mesma hora chegamos a uma espécie de acordo tácito pelo qual só vamos fazer o necessário para terminar logo, embora o entrevistador, um homem branco que usa as peças mais elegantes da Tommy Bahama e me pede para chamá-lo de Maestro, me conte a história da fundação da escola e inclua uma crítica muito incisiva ao circo dos irmãos Ringling e à mágica do menor denominador comum, o que inclui o decorativo — cartas e cuspidores de flores e aparelhos de aperto de mão elétricos —, mas não, ele faz questão de salientar, a complexa arte das esculturas de balão. Essa entrevista parece servir mais como uma oportunidade para ele desabafar, e tudo bem, porque já estou ciente de que não sou a favorita para a vaga, e quanto mais ele fala do modelo histórico do bufão italiano, mais percebo que entendi mal as exigências da vaga. Por um breve momento penso que o formato dessa entrevista é uma piada por si só, e que a candidata que vai conseguir o emprego é quem perceber que aquilo é uma pegadinha, mas logo depois ele começa a falar sem parar sobre fantoches, e diz que a mímica é sem dúvida uma apropriação cultural dos rituais indígenas dos palhaços sagrados, e eu só me sinto decepcionada comigo mesma por precisar tanto desse trabalho e por ser tão negra como eu sou e por não ter me preparado melhor.

Ele me conta que vai demitir a recepcionista atual porque ela é muito excêntrica no contato com os visitantes, e eu comento que pensava que a arte do clown deveria ser divertida. Ele se recosta na cadeira e fecha os olhos, o que parece um jeito muito exagerado de reagir a um comentário extremamente previsível. Nesse silêncio prolongado, percebo que o lulu-da-pomerânia Anakin está sentado no canto da sala com uma pose estoica, pelo visto sem nenhum tesão. Aí o Maestro se inclina para a frente e coloca um nariz de palhaço sobre a mesa. Ele me pede para olhar o nariz. Ele me pergunta se estou com vontade de rir. Quando digo que não, ele sorri e diz que é porque ser clown é questionar a condição humana, que é uma arte, e que tudo isso é coisa séria. Ele me diz que a arte que importa é a arte que é forjada e consumida com muita dificuldade. Ele me diz que dar risada é fácil e que quando a diversão é priorizada a arte do clown deixa de ser arte e se torna entretenimento. Aí ele me dá um aperto de mão solene e sem choque e me diz que nosso horário acabou. No ônibus, no caminho de volta, fico pensando no nariz. Em como ele ficou estranho fora de contexto. Não me incomodo com o tom condescendente que ele usou comigo, e não consigo me lembrar da última vez que ri.

Quando volto para casa, já escureceu. Rebecca está fazendo ioga na sala de estar, acompanhando um vídeo no mudo, e eu já estou preparada para continuar sentindo nada no meu quarto, mas vejo o sofá e acho mais convidativo do que a escada. Eu me esparramo no sofá e observo Rebecca, a tadasana e a uttanasana bem esticadas e sua prancha impecável. Ela é eficiente, mas imperfeita; seus movimentos fluem, mas ela ainda parece estar pensando demais nas posições, e o esforço de arquear os pés e comprimir os músculos abdominais a faz sair da postura. Ela faz uma meia-lua vacilante, depois cai e tremula no tapete. Ela olha para mim, mas não me manda ir embora. Quando ela segue para a próxima posição, percebo que eu estava torcendo para que isso acontecesse. A cena me faz lembrar de quando ela tirou a roupa no necrotério, e eu invejo o desprendimento com que ela lida com o próprio corpo.

Não é um corpo perfeito, e inclusive o meu é melhor, apesar de o dela ser um ou dois números menor. Sinto que essa minha mania de me comparar a ela é chatíssima, e até um pouco perversa, mas a serenidade dela me incomoda. Me incomoda ver que ela não usa calcinhas mais bonitas, que o casamento dela é insondável e complicado, e que eu existo dentro dele em algum lugar. Fico de joelhos e me junto a ela no carpete, e até esse mínimo movimento é suficiente para transformar meu corpo numa fonte de ruídos desagradáveis. Rebecca abre espaço, mas não me olha. Fazemos a postura do cadáver, e, quando ficamos deitadas lado a lado, eu ouço sua respiração curta e irregular e entendo o nível de seu esforço. A sensação é de intimidade. O oxigênio finito, o cheiro de levedura e sal, desodorante e xampu, o corpo no momento em que mais se comporta como um organismo, uma coisa que pode supurar e se degradar. Eu me ergo com ela em uma coisa chamada postura do golfinho, e parece bobo até começar a doer. Eu fazia exercícios com a minha mãe. Chegava um novo guia de dieta ou uma centrífuga de fazer suco pelo correio, e a gente passava uma semana só comendo sopa de repolho. Uma semana a gente tentava a dieta do dr. Atkins em versão kosher, e minha mãe saía da despensa da Igreja Adventista do Sétimo Dia com embalagens de proteína vegetal para substituir a carne. Comprávamos no atacado, mas parecia que sempre comíamos muito pouco, uma semana só café com biscoitos amanteigados, na outra só alimentos que fossem amarelos ou verdes. Enquanto meu pai levava mulheres para seu escritório, nós descíamos para a sala de roupa de ginástica para uma aula de Zumba, oito minutos de abdominais ou qualquer que fosse o método caseiro para endurecer os glúteos que tínhamos à nossa disposição nos serviços de pay-per-view do começo dos anos 2000, alternando entre as gurus do barre ex-gordas com aquelas vozes meio choronas, as brancas capitalistas deslumbradas pelo discurso da autoimagem positiva que do nada falavam coisas meio bizarras sobre a yoni e os palestrantes motivacionais mais tradicionais, que batiam na sua cara com uma caixa de bombons e te obrigavam a fazer agachamento. Nossa ligação era nosso ódio mútuo pelo corpo, embora o meu ódio fosse adolescente e o dela muitíssimo mais desenvolvido, em parte um truque de seu cérebro recém--sóbrio que via na comida um substituto para as drogas que sempre a haviam mantido magra. Quando ela se matou, ainda faltavam cinco quilos para chegar à sua meta.

Depois de mais um tanto de cadáver, sigo Rebecca até a cozinha e observo enquanto ela separa alguns ingredientes. Ela coloca um dente de alho na minha frente e me oferece uma faca, a lâmina apontando para mim. Quando pego a faca, um pensamento me vem à cabeça já totalmente formado, com textura, desfecho e tudo: se estivesse disposta, eu poderia muito bem matar Rebecca e seguir a minha vida. Seria culpa dela, na verdade, por ter convidado uma desconhecida para ficar na casa dela e ter fornecido a faca. A tranquilidade dela é revoltante. Começo a falar que quando trepo com o marido dela sou eu quem manda. Mas a vontade passa e eu jogo o alho no azeite com uma colher. Depois vem o contrafilé, e, quando as batatas estão saindo do forno, uma das grandes luvas térmicas da Rebecca escapa e cai no chão. Ela chupa o dedo queimado e esquece dele logo em seguida, pegando um pedaço da carne. Ela me oferece o garfo e eu faço o mesmo, a carne dura e sangrando. É a melhor coisa que comi em semanas. Fecho os olhos. Quando abro, ela está sorrindo.

"Há quanto tempo vocês conhecem o Pradeep?", pergunto, e ela inclina a cabeça.

"Não sei. Alguns anos. Ele é um menino bacana", ela diz, e as palavras *menino bacana* saem mais melosas do que as outras.

"Você gosta dele."

"Ele é tão novo. Ainda não se decepcionou. Às vezes eu esqueço como é... Sabe?, ser otimista", ela diz, e tenho vontade de perguntar qual é a idade dela, mas me seguro. "Mas por quê?"

"Achei que ele pegou um pouco pesado com ela."

"Ela precisa de alguém que tenha pulso firme", ela diz, embora tenha parado de comer, parado de sorrir.

"Não foi isso. Ele falou com ela de um jeito que pareceu... mais específico", eu digo, e não existe nenhuma outra palavra para o que estou tentando expressar, nem um jeito eficaz de explicar as violências que não são evidentes. É uma cilada retórica. Uma redução que acontece com tanta frequência que se torna comum. Quase comum demais para que se empregue a palavra que começa com R, já que com um certo grupo de Gente Branca de Bem essa acusação acaba ofuscando o próprio ato. *Racismo!*, eu deveria gritar, porque tenho certeza de que Rebecca vai ouvir a palavra em caixa-alta de qualquer forma, e já sinto que ela vai se aproveitar da carga dramática dessa insinuação, ainda que muitas vezes o racismo seja tão comum que faz sua cabeça girar, a influência da normalidade nessa lenta morte psíquica seja tão traiçoeira e absurda que você começa a duvidar do que seus olhos veem. Por isso demorei tanto tempo para chegar a esse ponto. Para dizer *Sim, foi isso que aconteceu. Aconteceu bem assim.* Mas quando Rebecca se vira e joga no lixo a comida que sobrou em seu prato, eu me sinto uma babaca. Ela me olha, e qualquer boa vontade que já tenha existido entre nós se perdeu.

"Eu sou a mãe dela", ela diz com firmeza, mas sua voz falha e seu rosto fica corado. "Você é uma hóspede", completa, e logo depois sai do cômodo, e eu só acho engraçado, afinal fui convidada para ficar aqui em parte graças à suposição absurda de que eu saberia o que fazer com Akila só porque nós duas somos negras, e agora me destratam porque não desempenhei o papel de Fiel Guia Espiritual da Negritude a seu agrado. Volto para o quarto de hóspedes e guardo as minhas coisas. Fico esperando Rebecca me pôr para fora. Deito no escuro, de sapato, me perguntando se errei em ter falado aquilo. Listo tudo o que eu poderia ter dito se fosse mais rápida, mais inteligente. Por volta da meia-noite já escrevi um roteiro anotado do Spike Lee, um verdadeiro tratado sobre a conspiração da opressão, mas à uma da manhã, quando ensaiei meus argumentos e reinventei a nossa conversa numa versão em que não decepciono o dr. King, eu de repente sinto que ela tem mais é que se foder, que deveriam financiar meu trabalho intelectual e que o ônus de pensar nas necessidades do opressor não cabe ao oprimido, só que na manhã seguinte, depois que tomo banho, eu olho pela janela e a vejo arrastando um saco de fertilizante pelo quintal e me sinto culpada tudo de novo. O tênis grandalhão horroroso que ela está usando, sua competência bizarra. O fato de as janelas ao redor da ruazinha sem saída estarem todas escuras e ela ser a única pessoa lá fora, já compenetrada em sua tarefa a ponto de fazer uns barulhos repugnantes. Nesse momento se torna óbvio para mim como ela é solitária.

Fico vagando pela casa e tento ser racialmente neutra. Faço de tudo para não cruzar com ela, apesar de ouvi-la pela casa inteira: lavando a louça, fazendo pilates e alguma coisa complicada com uma furadeira. Nesse processo de ficar atenta ao lugar em que ela está, percebo que ela é uma pessoa muito barulhenta. Não sei dizer se está fazendo isso por minha causa, mas mesmo do outro lado da casa o barulho parece violento, ainda que de forma indireta, e sua mania de pisar firme e de gritar isso aí! para o DVD de exercícios Insanity faz com que tudo isso pareça justificável, mas mesmo assim me sinto intimidada. Então quase não saio do quarto de hóspedes e fico procurando emprego. Vejo algumas vagas na cidade, mas, mesmo se me chamassem para uma entrevista, não tenho como saber de qual bairro eu sairia e que trajeto faria para ir ao trabalho. Faço uma busca no Street-Easy, e todos os apartamentos que posso pagar ficam em bairros com um estuprador em cada esquina. Só para ter uma ideia, vejo o que aparece se limito a busca a Jersey. Simulo o trajeto da casa até uma pequena editora de livros didáticos em Hoboken, e é uma linha reta. Imagino como seria depender apenas do sistema de transporte público de Nova Jersey, que tem muito menos fezes do que a linha G. Leio as exigências de algumas vagas juniores que são menos exigências e mais um pedido para que o candidato tenha "um bom senso de humor", e saiba o básico de tecnologia por quarenta e um mil dólares por ano. Dou um tapa no meu currículo, tiro a palavra coordenadora do título e reescrevo a descrição do cargo, dando a entender que tive mais contato com autores do que na realidade. Destaco meu envolvimento no processo editorial, embora o autor da série de livros sobre o linguado tenha parado de me ligar depois que fiz uma playlist para ele.

Abro nossa troca de e-mails e encontro a playlist. Eu mandei à 1h43 da madrugada, depois que o autor me escreveu para dizer que o cérebro das lulas tem formato de donut. Olho a lista de faixas e me pergunto onde foi que errei. O esôfago passa por um buraco no meio do cérebro. Se comerem demais, elas podem sofrer dano cerebral. Eu me pergunto se fui espontânea demais, se pesei a mão no Mazzy Star. Paro de mandar currículos e procuro um site de camgirls com boas críticas, mas não consigo conectar meu PayPal à conta e tem poucos usuários on-line. Passo meia hora sentada de sutiã na frente da câmera e só consigo um usuário disposto a pagar. Ele passa a maior parte do tempo lendo o jornal, mas depois para e manda pelo chat uma mensagem que diz se mata, sua preta desgraçada. Saio do site e penso no nariz de palhaço. Olho lá para fora e Akila e Rebecca estão no jardim usando chapéus de aba larga. Estão ajoelhadas na frente de um único tomate num pé, e por um instante elas parecem idênticas, e a planta no centro da comunhão silenciosa das duas. Aí Akila tira a luva e apoia o tomate na palma da mão. Elas ficam de frente uma para a outra e dão risada. Eu tento entender qual é a graça, mas não consigo, então vou até o banheiro da suíte e olho o que tem nos armários, e todos os remédios são genéricos e quase todos já passaram da validade, a não ser os tarja preta. Tomo dois analgésicos pesados e guardo um adesivo de fentanil para depois. Todos os frascos têm o nome da Rebecca escrito, mas o triazolam é o único que tem seu nome do meio, que descubro ser Moon.

Embaixo da pia tem uma ducha ginecológica antiga que ainda está morna. Também há um simplório vibrador roxo de três velocidades, bolas de algodão, água oxigenada, tinta de cabelo e esmalte preto. Pego o esmalte. Não consigo imaginá-la pintando as unhas, mas consigo imaginá-la sentada no banheiro, preparando a ducha com vaselina. Quando imagino a cena, ela parece indiferente, e sua vagina desafia qualquer etimologia, não é xana nem xoxota, mas uma violência abstrata, como um teste de Rorschach ou um xenomorfo. Já eu quase não tive escolha. Na hora em que eu saí da casa do Clay, minha vagina era buceta.

Vou até a janela para ter certeza de que elas ainda estão no jardim. Tiro algumas fotos delas e deleto as que saíram muito ensolaradas. Dou uma olhada embaixo da cama. Há jogos de tabuleiro e embalagens fechadas de argila vermelha e macia. Tem uma caixa surrada do jogo Sorry, um jogo de palavras Parole com a tampa rachada e um tabuleiro de xadrez chique com um compartimento para as peças. Dentro dele estão duas rainhas e uma embalagem de sementes de tulipa. Parece estranho que alguém guarde essas coisas debaixo da cama, estranho até que eles tenham jogos de tabuleiro. É tudo muito normal, muito meigo. Não consigo imaginar Rebecca cedendo à suspensão de descrença pelo tempo necessário para mover uma peça, não consigo imaginar Akila tolerando a torcida do pai, mas ainda assim elas estão lá no jardim, rindo juntas. Minha mãe não era uma mulher que ria. Ela não ria porque (1) percebia que todo mundo que ouvia sua risada ficava desagradavelmente surpreso e (2) depois que nos mudamos para o norte de Nova York tudo deixou de ter graça. Ela contava histórias sobre os cursos de economia doméstica que ofereciam na clínica de reabilitação, contava que tinham lhe dado uma suculenta com formato de mão e lhe ensinado a fazer malas de um jeito diferente. Essas histórias tinham alguma graça. Ela sorria quando falava da cela em que ficou esperando na delegacia do Harlem, da roupa normal dos policiais à paisana que ficavam do lado do apartamento onde ela morava, em carros sem identificação. Ela me dizia que mulheres e negros podiam, sim, ser caubóis. Ela só assistia sitcoms com várias câmeras e deixava a TV ligada no volume baixo a noite inteira, porque assim meus sonhos ficavam elásticos e abertos ao improviso, especialmente preparados para interpretar a risada pré-gravada que nunca parava de passar. Ela ficou decepcionada quando descobriu que eu tinha herdado sua risada feia e glotal e me aconselhou a contê-la com a mão.

Íamos à igreja e batíamos palmas de leve enquanto tocavam uma versão instrumental de "He Lives". Usávamos roupas simples e largas e lavávamos os pés uma da outra. Numa igreja mais descontraída e aberta aos costumes seculares, a pouco mais de um quilômetro da outra, o pastor dava o sermão tocando bateria. Na nossa igreja, minha mãe tentava fazer amizade com mulheres vegetarianas medrosas que sabiam pelo cheiro que ela vinha da cidade e viravam a cara. O sol caía e a TV ligava. Íamos à livraria Waldenbooks e minha mãe me comprava um caderno de desenho por semana. Ela ficava na seção de autoajuda, sempre com a mão no cabelo. Em casa, ela colocava "Dancing Queen" para tocar por cima da TV. Embaixo do ABBA, Suzanne Somers saía do banho enquanto John Ritter fazia trejeitos delicados para acalmar o proprietário. Minha mãe dançava e começava a filosofar, falando coisas lindas sobre 1977, o ano em que tinha feito dezessete anos. Depois deitava no chão e dizia *Tudo fica chato quando eu não tô chapada*, o ventilador de teto girando nos olhos.

Quando ponho o tabuleiro de xadrez de volta no lugar, vejo outro jogo um pouco mais para trás, debaixo de um short xadrez sujo. Pegando a caixa, vejo na mesma hora que é Monopoly, que era o jogo preferido do meu pai. Era seu jogo preferido porque ele sempre ganhava, e ele sempre ganhava porque sempre jogava contra mim. Ele acreditava que a competição tinha que ser respeitada. Não acreditava que uma criança merecia ganhar só por ser criança. Pegava todas as minhas propriedades e sorria, exibindo as restaurações de ouro. Uma vez eu guardei algumas notas de dólares azuis na minha casinha de bonecas no meio da noite. Agora procuro a peça preferida do meu pai, a bota. Mas nem o jogo nem as peças estão aqui, e no lugar deles há uma Glock 19. Essa era uma das preferidas do Clay. Ele tinha três, e no apartamento dele sempre tinha uma por perto. Quando ele a segurava, era com um ar descontraído. Quando seguro a arma agora, a sensação não é nada descontraída. A arma em si é feia. É pesada e deselegante, mas na minha mão vejo que é uma tecnologia letal e inventiva. Rebecca me manda uma mensagem lá de fora e diz que ela e Akila estão saindo para comprar material para a volta às aulas, e me ocorre que estamos em setembro. Fico em pé na janela e vejo as duas saindo de carro. Observo a arma e percebo que tem alguém me ligando.

"Eric", eu digo, envergonhada ao perceber que minha voz parece aliviada.

"Olha quem apareceu", ele diz, e sinto que está irritado. Eu deveria ficar feliz, mas a raiva dele é diferente quando não é só teoria, e entro em pânico.

"Mil desculpas."

"Eu pensei que você tinha morrido."

"Pensou mesmo?"

"Óbvio que não. Mas fiquei preocupado. Fico preocupado com você naquele bairro."

"Você se preocupa comigo?", pergunto, porque gosto de pensar que tem alguém por aí se perguntando se morri, ainda que nesse momento suas ideias de homem branco sejam insuportáveis. Além do mais, eu sei que ele está só tentando me fazer sentir mal por não ter respondido às mensagens, mas até essa preocupação performática me agrada. "Mas é só Bushwick."

"Você já olhou o mapa da criminalidade? Eles atualizam sempre. Tem muitos casos de estupro lá na sua região. A Rebecca foi roubada saindo do supermercado oito anos atrás. A três quilômetros de casa. O cara levou a aliança dela, tive que comprar uma nova."

"Tudo bem na conferência?"

"Tudo. Uns nerds do Sistema Nacional de Arquivos. Eu me sinto em casa. Mas estou com saudade de você."

"Não acredito", eu digo, colocando a ligação no viva-voz para poder segurar a arma.

"Não, estou mesmo. É sério. Tive muito tempo pra pensar aqui. Sabe quando você vai para um hotel e te dão aquelas toalhas ásperas, e a privada tem um adesivo de certificado de limpeza? Toronto é assim. Limpa. Todo mundo tem a pele linda."

"Mas em que você andou pensando?", eu pergunto, porque nunca me hospedei num hotel.

"Em um monte de coisas. Eu estava trabalhando com uns negativos de vidro. T. E. Lawrence. Os negativos estavam tão danificados que voltei para o hotel e encontrei traços do filme dentro da minha luva. Coloquei debaixo de uma luz e estava quase tudo desbotado, mas em um ou dois consegui ver o deserto, a areia com as cores invertidas. E eu meio que pensei 'caralho, isso é exatamente o que tá acontecendo comigo, mas a nível celular'." Ele ri, e percebo que ficou constrangido. Por um instante acho que amo ele. Seguro a arma com as duas mãos.

"Eu entendo completamente."

"Eu podia largar a minha mulher", ele diz.

"Quê?"

"Eu podia largar ela. Fácil."

"Tá bom."

"Olha, agora eu preciso ir, mas chego em casa daqui a três dias. Aí vamos falar disso?" Ele desliga, e por um tempo eu só fico sentada com a arma no colo. Abro a galeria de fotos do celular e olho a foto da Rebecca e da Akila no jardim. Coloco a arma de volta na caixa, devolvo a caixa para o lugar onde estava debaixo da cama e fico andando pela casa. Imagino que é tudo meu. Mas mesmo quando fico à vontade, quando encontro uma laranja e a como em pé na frente da pia, tenho a sensação de que estou invadindo o lugar de outra pessoa. Eu sei que se Eric se separar vamos precisar nos mudar de cidade. Um subúrbio com escolas rivais. Um apartamentinho abastecido com bananas e papel-manteiga. Um carro usado produzido nos Estados Unidos para nós dois. Um lugar onde nossos sapatos fiquem lado a lado. Um armário cheio de sacos plásticos do supermercado Price Chopper e um cachorro velho e nervoso que gosta mais dele do que de mim. Eu poderia topar, mas, quando enfio a casca no lixo e vejo toda aquela evidência de vida, os sucrilhos amolecidos e a gordura de frango, sei que essa afirmação dele, a isca que faz todas as amantes do mundo abrirem a boquinha, é uma mentira descarada. Acreditar que ele vai largar Rebecca é um dos poucos fracassos pessoais que posso evitar nessa vida, mas olho de novo aquela foto dele na Grécia, as manchas de suor no sovaco e o colar de passaporte e a barba por fazer, e caio feito uma idiota. Porque não transo há um mês, e aí tudo fica bonito. Homens em revistas usando cambraia e fingindo que estão molhando as plantas. Aquele autorretrato do Rembrandt com a gola levantada. O cara da Allstate Seguros e Stringer Bell. Trinta dias se passaram desde que eu e Eric trepamos pela última vez, e a angústia é real. Tiro a foto da geladeira e vou em direção ao meu quarto, mas no caminho percebo que a porta do quarto da Akila está aberta.

* * *

O interior do quarto cheira a hidratante corporal e Hot Pocket, feito uma vela perfumada rançosa e púbere, mas fora isso é o quarto mais incrível da casa. Agora a plaquinha fofa na porta que diz *não entre* parece fora de lugar, talvez até irônica, e o quarto não tem nada de estoicismo petulante, é mais uma homenagem sincera aos fandoms, as paredes cobertas de pôsteres de dragão, infográficos wiccanos e rapazes coreanos graciosos, pedras de quartzo e zircônia penduradas em tachinhas em pontos estratégicos, ilustrações góticas de fadas da floresta em tecido, óculos steampunk presos a um porta-perucas no qual sete perucas estão empilhadas seguindo a ordem das cores do arco-íris. Em cima da TV há várias estatuetas, mas as únicas que conheço são do Robin e uma do Takashi Murakami, a miniatura de uma menina espirrando leite dos peitos. Graças à minha época de artista virjona de ensino médio, muitas vezes estive próxima dos protótipos de meninas assim, meninas estranhamente obcecadas por gatos, meninas que usavam mil *patches* e buttons e que subiam suas fotos para concursos do Suicide Girls no Mac transparente do laboratório de informática da escola, meninas que eram góticas suaves, que viviam na Hot Topic e na Torrid com seus namorados chorosos e pálidos, que às vezes se aventuravam pelo universo do anime e do D&D, mas, pelo que estou vendo, tudo ficou mais sensual e mais triste nesses anos em que estive afastada, porque os interlúdios entre os altares que Akila dedicou a Guillermo del Toro e Tim Burton esbanjam magia arcana e sexo, cenas violentas de filmes pulp emolduradas lado a lado com meias arrastão e um par de botas de cano alto surradas, um monte de homens imberbes de CGI e com os quadris inclinados, consequência natural das pilhas de quadrinhos e pergaminhos de feitiço e de todas as outras coisas que exaltam o perfeito e o irreal.

Por mais estranho que pareça, a intensidade por trás disso tudo é tão honesta que me deixa com peso na consciência. Dou uma olhada no closet dela e me sinto péssima. Encontro um esconderijo de cadernos e folheio alguns, e a emoção é muito crua — retratos cruéis e desejosos dos colegas de escola, anotações cuidadosas de calorias consumidas, e, num caderno pautado aparentemente normal, páginas e mais páginas de uma fanfic sobre o Batman. Passo um tempo lendo porque até que é boa. Os personagens são escritos de maneira verossímil, Bruce Wayne versão playboy aprontando todas em Gotham vai ao leilão do modelo mais moderno da arma que matou seus pais, perde o leilão para uma fadinha negra e onisciente que sem dúvida é o avatar da Akila, embora Clark Kent vá ganhando mais destaque à medida que a história se desenvolve, e aparece passando um tempo na Batcaverna depois de terminar com Lois Lane, que não o leva a sério nem como jornalista nem como homem. Eu não esperava que essa fanfic acabaria sendo sobre o resgate da sua própria masculinidade, nem esperava uma longa descrição dos sabonetes que o Bruce usa em sua banheira em forma de morcego. Nesses trechos há alguns problemas de desenvolvimento de personagem, e no fim das contas as exclamações nas falas do Batman são menos verossímeis do que seu ciúme e seu deslumbramento sexual, já que ele é um homem humano com um cinto complicado de manusear e o Clark é um alienígena de coração mole e força infinita. O texto é tão obsceno e envolvente que só vejo Akila quando ela arranca o caderno da minha mão. Ela o aperta junto ao peito e olha para o chão. Vê-la ali, a vergonha escancarada em seu rosto pequeno, é como ver um comercial do Olive Garden depois de ter batido dois pratões de fettuccine. O fotorrealismo violento que sempre acompanha uma extravagância horrível, nesse caso a invasão da privacidade dela, que eu tinha subestimado, pensando que fosse uma extensão da privacidade da Rebecca, mas é evidente que me enganei. Assim que a própria Akila se firma no contexto do quarto, sua vulnerabilidade, sua individualidade, é concreta. Ela não diz nada e coloca os cadernos exatamente onde estavam. É estranho ver que até essas coisas secretas têm seu lugar determinado. Se eu destruísse esse casamento, também estaria destruindo isso.

"Será que você pode sair daqui?", ela diz com uma voz aguda, ainda de costas para mim. Eu saio, vou lá fora e fumo um cigarro. Sou uma pessoa bizarra. Meu intestino não funciona e talvez outras coisas dentro de mim já tenham morrido, mas tem tanta vida ao meu redor, tomates que venceram as pragas e a podridão, à espera de alguém que os segure na palma da mão. Fico vendo o pôr do sol. Não sei direito que dia é hoje. Começo de setembro ainda não é outono, mas várias das árvores já estão peladas. Do outro lado aquela mesma velha branca está me olhando pela fresta da cortina. Eu a cumprimento e ela se afasta. Rebecca aparece e me olha, procurando as chaves na bolsa.

"Chegou um corpo. Tenho que ir trabalhar", ela diz, e, apesar de ela estar falando comigo, sinto que a nossa última conversa ainda paira no ar. Ela fica olhando o cigarro e penso que ela vai me mandar apagar, mas em vez disso ela pede um. Eu acendo para ela. "A Akila tem tae kwon do daqui a uma hora", ela diz, virando-se para destrancar o carro. "Pode pegar o Volvo. O estúdio fica a um quilômetro e meio daqui, dentro do shopping, é só seguir a estrada." Ela entra em seu Lincoln Navigator e sai da garagem arrancando, e dentro da casa Akila já vestiu o dobok.

Um pouco depois, nós nos dirigimos ao carro. Ela coloca os acessórios na parte de trás e nos acomodamos em silêncio nos bancos. Só quando estou atrás do volante que percebo que esse é o carro do Eric. Dou partida e tento não pensar na última vez em que estive nesse mesmo lugar, no colo dele, e a lembrança do seu punho ardendo atrás dos meus olhos. Abro o porta-luvas, e lá dentro tem um monte de Jolly Ranchers de melancia. Também tem um cantil de uísque, e eu fecho o porta-luvas rápido e olho para Akila para ver se ela viu. Mas ela está olhando pela janela, já dedicada ao ato de misericórdia que é fingir que não estou aqui. Não dirijo há três anos. Saio na estrada e paro bruscamente no sinal vermelho. Eu me viro e olho para Akila, e atrás dela tem um veado de verdade. Abro a janela e grito com o bicho, porque já estou lidando com muitos estímulos. Akila se vira e me encara, e depois seu rosto fica mais suave e ela parece nervosa. Sei que é porque ela percebeu que eu estou nervosa, e isso só piora tudo.

"Você sabe dirigir?"

"Sei", eu digo, mas quando começa a chover eu me atrapalho toda para achar o botão dos para-brisas. Ela se inclina calmamente e os aciona para mim. Eu me debruço sobre o volante e sigo em frente. Depois de sete minutos de angústia, chegamos ao shopping. O dojang fica entre um supermercado Morton Williams mal iluminado e um salão de manicure que já começou a baixar a porta de metal. Ela pega sua bolsa e entra. Eu estaciono o carro e passo um tempo me perguntando se é mais estranho ficar no carro ou entrar. Depois de um tempo acabo entrando porque preciso usar o banheiro. Em seguida sento atrás de um grupo de pais mal-humorados que de vez em quando param de olhar o celular e batem palmas. O treino é tão organizado que é quase não violento, o mestre um homem atarracado e assustador que fica rodeando o tatame enquanto os alunos fazem alongamentos para as pernas e abdominais, exercícios de resistência enquanto contam de dez em dez em coreano, e no meio do grupo tem alguns adultos que fazem o maior drama na parte do alongamento, e todos fazem alongamento borboleta e aberturas em dupla e com certeza devem estar peidando sem parar. Pelo cheiro, o dojang parece ter saído de dentro do umbigo de alguém, mas depois de quinze minutos só sinto cheiro de Lysol e do plástico curtido dos acessórios muito usados. Alguns instrutores ficam andando pelo lugar, e quase todos são animados e desinteressantes, mas um deles é negro, e quando nossos olhos se cruzam ele para no meio de uma postura e sorri. Como acontece com a maioria dos homens negros muito simétricos, o sorriso dele é um espetáculo irresistível de contrastes e, nesse caso, ainda por cima se apoia em duas covinhas absurdas. Retribuo o sorriso e penso com amargura na minha abstinência. Ele tem olhos brilhantes e simpáticos, e eu obviamente imagino nossos filhos, nosso apartamento alugado e nosso divórcio amigável no tempo que ele leva para seguir para o próximo exercício enquanto os alunos correm descalços pelo tatame, contando cada chute machado ou circular e dando golpes de leve uns nos outros enquanto o mestre resmunga elogios para os praticantes mais precisos e vai arrumar o rádio, que, por baixo da agonia da aula, está tocando a trilha sonora de *Matrix Reloaded*.

Akila está no meio disso tudo, fazendo seus exercícios com confiança e até certo charme, e seu lugar na hierarquia é óbvio mesmo sem o símbolo da faixa, um roxo escuro que só vejo em uma outra aluna. Sua concentração é tão intensa que é quase constrangedor assisti-la, mas, quando trazem uma pilha de pequenas tábuas de madeira para os exercícios de quebramento e a vejo partir três de uma vez, fico sem ar por um instante. Aí o mestre chama a outra faixa roxa, uma menina branca e pequena com olhos fundos e escuros, e a turma toda se ajoelha enquanto ela e Akila se enfrentam. Acaba rápido. Tirando um momento em que ela cai de costas e levanta depressa, Akila é discreta, menos interessada em força e mais na precisão, e seu contato é tão leve e sem emoção que dá para perceber que ela está contando os pontos mentalmente, algo irritante para sua parceira, que é boa, mas fica tão chateada com a tranquilidade da Akila que desiste de competir.

"É meio injusto colocarem as duas juntas. Olha essa menina", um pai diz. É óbvio que não é injusto. Elas têm a mesma faixa e mais ou menos a mesma idade. Akila estende a mão, e a menina dá as costas e sai andando. No carro, Akila bebe uma garrafa de água inteira e pega o celular para anotar as calorias queimadas.

"Você foi incrível", eu digo, mas Akila só aumenta o volume do rádio. Fico animada porque está tocando Sister Sledge.

"Odeio isso", ela diz, conectando o celular ao cabo auxiliar e colocando para tocar o que parece ser ska japonês. Ficamos em silêncio. Olho para ela e mais uma vez ela está virada para a janela. Agora está parecendo menor, lembrando mais a menina que segurou o caderno junto ao peito. Eis que a música tem mais de seis minutos de duração e um ritmo atordoante, com trompete e um baixo murmurante que se alternam enquanto alguém canta num japonês acelerado.

"Eu achei boa", eu digo quando entramos na garagem.

"O quê?", ela pergunta, já saindo do carro.

"A sua história", eu digo, e ela para e me encara, os olhos delicados. Depois ela se vira, coloca a bolsa no ombro e entra pisando duro na casa sem dizer mais nada. Rebecca ainda não voltou para casa, então eu olho o que tem na despensa com toda a calma. Encontro uma caixa de leite em pó e levo para o meu quarto. Misturo com um pouco de água na minha caneca do Capitão Planeta e em seguida adiciono um pouco da tinta ciano. Escolho a paleta que quero e misturo mais alguns tons de azul. Abro a galeria de fotos e encontro a foto da Akila e da Rebecca. Pego um livro na sala de estar e arranco a página de créditos.

Pinto até as três da manhã, até as duas aparecerem no papel rasgado e amarelado, debruçadas sobre um único tomate. No meu sonho, Clark Kent chega ao planeta sozinho e ganha rios de dinheiro, e, do outro lado do país, um jovem Bruce Wayne é adotado por um casal bonzinho do Meio-Oeste. Não existe Batman, mas ainda existe um Super-Homem, um Übermensch com sentimentos embotados que impõe suas ideias de pureza a todos os povos da Terra.

De manhã eu acordo em pânico. Não é só porque Eric vai chegar daqui a um dia e ainda não encontrei um jeito de ir embora ou contar para ele que estive aqui. É porque eu esqueci uma coisa. Lavo o rosto na pia e coloco uma roupa qualquer. Lá embaixo, Rebecca está dormindo de casaco no sofá, e paro por um instante para contemplá-la, para ver sua boca aberta e seu ronco suave e anasalado. No metrô, indo para a cidade, observo outros homens. Todos estão dormindo exóticos na inércia, tão imóveis e distantes que tenho a liberdade de reparar em seu pescoço e suas unhas. O trem está silencioso e cheio de lixos inofensivos, um jornal aberto em uma matéria sobre um grupo de alunos de uma escola de elite jogando softball no Ditmas Park, um guarda--chuva depenado e invertido como uma flor de alumínio. As portas emperram em todas as estações, mas não tem ninguém entrando. Numa baldeação demorada, dois suecos aparecem com malas azul-petróleo, e um violinista cansado sai de perto da parede e ajeita o violino debaixo do queixo, e aí muda de ideia.

Chego ao meu antigo apartamento e não sinto nenhuma ternura por ele. A escada continua podre e as baratas continuam conseguindo voar. A dona do apartamento está lá, no cômodo que o anúncio chamava de lavanderia, mas que na realidade é onde o cara do 4C vende cocaína e abelhas urbanas muito resistentes ocuparam todas as paredes. Eu ouço as abelhas nas paredes enquanto falo com ela. Digo que esqueci um objeto de valor sentimental muito grande, e, como não fui a melhor inquilina do mundo, já estou preparada para pagar uma pequena propina, duas notas de cinco dólares, mas ela para de mexer o matchá e me diz para ficar à vontade. Ela diz A *gente deveria ter saído juntas mais vezes* e sorri, me revelando informações novas, a saber, que em dado momento eu fui uma pessoa importante no seu mundinho a ponto de ela querer sair comigo, e que ela quebrou um dente. Tento pensar em alguma coisa para falar enquanto ela revira uma gaveta cheia de chaves. Eu me sinto mal porque fugia dela toda vez que o aluguel estava para vencer, e penso nas drogas hipotéticas que poderíamos ter usado juntas, em como seria segurar o cabelo dela enquanto ela vomitava. Ela diz *foi foda ter que te despejar*, e aí subo a escada e o apartamento está todo pintado e emassado, e por um instante o bege-claro ainda úmido dá a sensação de que, para além das janelas com grades e dos tijolos, pode ser que exista um sol. Eu fecho os olhos e sinto o cheiro agradável da tinta fresca, a resina sintética implacável rasgando os seios da face. Não há nenhum sinal de que um dia eu estive nesse lugar, e isso é meio que um alívio. Estico o braço para o fundo do meu armário. Para ser sincera, parte de mim torce para que a pintura não esteja aqui. Mas está, e, quando devolvo as chaves para a dona do apartamento, faço questão de deixar a tela virada para o outro lado. No metrô não é tão fácil. Alguns passageiros param de olhar o celular e ficam encarando, e tem um homem num banco de canto que fica olhando para a minha pintura como se nunca tivesse visto uma mulher morta.

Quando enfim volto para casa, a tarde acabou. Akila está trancada em seu quarto assistindo a um K-drama e Rebecca está por aí, o tapete de ioga úmido aberto no chão. Ela sai do banheiro segurando um rolo de papel-alumínio, olha para minha pintura e não faz nenhum comentário. Ela pergunta se posso ajudá-la a pintar o cabelo. Começo a aplicar a tinta, e ela ajeita a toalha que contorna seu pescoço e olha a si mesma no espelho com um desdém tão íntimo que sinto que eu não deveria estar presente. Nossos olhos se cruzam no espelho e eu mantenho o olhar fixo, mas todo contato visual prolongado acaba se tornando hostil muito rápido, e a capa de toalha carcomida e o moicano de papel-alumínio são uma combinação que ficaria simpática em qualquer mulher, mas parece meio assustadora nela. Falo para ela se ajoelhar. Eu a inclino sobre a banheira e seguro seu pescoço. Ela fica com o rosto apoiado na toalha e eu enxáguo a tinta, e é só nesse momento que penso na cor, o loiro agora preto, fazendo-a parecer mais pálida, meio dissonante, como uma atriz adulta fazendo o papel de Branca de Neve. Ela se olha no espelho e sorri, depois entra no quarto e volta toda vestida de preto. Ela me pergunta se tenho alguma coisa para fazer, mas é evidente que isso não é de fato uma pergunta, e me leva lá fora, onde a noite chega laranja e raivosa.

Entramos no carro e não falamos nada. Ela liga o rádio numa estação AM na qual uma voz sonolenta está falando sobre hidroacústica, descrevendo em detalhes como as ondas sonoras atravessam léguas de água e funcionam como um olho. Ela abre as janelas e solta o cabelo, e, quando entramos num pequeno estacionamento vinte e quatro horas, as estrelas estão começando a aparecer. Depois que ela amarra o cadarço das botas e coloca três piercings na cartilagem da orelha, que, de cima para baixo, parecem ser um coração, um punho fechado e uma estrela de davi, saímos andando e passamos por uma loja de munição e um estacionamento de ônibus escolares mal iluminado e cortamos caminho por uma fileira de árvores que não são podadas há muito tempo, todas truncadas e inchadas de água da chuva, e chegamos a um campo com um palco elevado onde três homens emergem de debaixo dos próprios cabelos. Ela me oferece um copo de uísque e bebe o dela de um gole só com um ar decidido que deixa sua expressão mais séria, a multidão à nossa volta efervescente e homogênea, homens brancos aliviados pela ideia de que merecem sentir raiva, se bem que pelo jeito que andam e cospem no chão dá para notar que têm consciência da própria performance e, para diminuir essa desigualdade entre traumas invejáveis, eles têm mais é que fazer valer a pena, eles têm mais é que se jogar no meio da rodinha e quebrar o dente de alguém.

Rebecca parece decepcionada com o público do evento. Ela se vira para mim e fala que todo mundo envelheceu. Ela fala que não sabe quando isso aconteceu. Me oferece uma bebida que parece água de rio e diz que é um martíni. Bebo um gole e o gosto não é dos melhores, o vermute e o gim dominados por um resíduo gorduroso que nesse momento percebo vir das azeitonas, que são recheadas com queijo. O copo de papel já está se abrindo na parte de baixo. Ela tira a aliança, guarda no bolso e me diz para não fazer alarde. Ela diz que nem tudo Quer Dizer Alguma Coisa e que na verdade tem muita coisa que não quer dizer nada, e que teoricamente essa é a graça da música que prioriza a força física. E por força física ela quer dizer peso. Ela quer dizer velocidade. Tem um véu de névoa ao redor do palco. Deve ser por conta da iluminação e das máquinas de fumaça discretamente posicionadas, mas, quando o guitarrista solo faz um breve comentário sobre o sistema de trânsito de Helsinki, eu vejo o componente humano na umidade, o dióxido de carbono e aerossóis salivares, a centrífuga de sal e cabelo.

Quando a música seguinte começa, Rebecca conta que antigamente frequentava esses shows mais como a namorada. Era proibida de ter opinião; o que importava era prestigiar o que esses namorados chamavam de bom gosto, e isso, no caso do grupo específico de meninos do Hyde Park fãs de metal mais light que Rebecca geralmente preferia, era uma questão de sempre ter um estoque de alfinetes e gaze, cola branca e tatuagens caseiras com agulha e nanquim, de conversar em banheiros químicos sobre dragões e a burguesia, críticas ao aumento do capital na forma de caras brancos cheios de piercings do norte do estado de Nova York, sempre revoltados com os pais e os bancos e a *sociedade*, que era uma palavra que ela repetia tanto que começou a parecer inventada. Aos quinze anos Rebecca limpou o sangue dos coturnos Doc Martens e começou a achar que não ligava tanto assim para o capitalismo, como não ligava para autenticidade, porque nesses shows, em que tanto se falava sobre os riscos da assimilação, também havia um código de vestimenta, e a única coisa que valia a pena eram os músculos, o soco que ela sentia dentro do ouvido, a entropia e o cerne endurecido da violência compartilhada que é impossível de conter. Ela tira o cabelo do rosto e fala que Eric foi um ponto fora da curva, mas que veio em boa hora. Um cara que chamava refrigerante de *refri*, um cara que não curtia piercing, que gostava não ironicamente do cancro cheio de glitter que é a música disco. Ele parecia sincero, diferente de seus outros namorados, que obviamente acabaram indo trabalhar para os bancos. Sigo seu olhar até a barraca de atendimento médico, onde estão colocando um homem numa maca.

Ela bufa e pede outro drinque no bar, então entramos no meio da multidão, onde ela arreganha os dentes e rasga a própria camiseta. Um homem vem com tudo pra cima da gente, pega a camiseta e some. Parece que ela não liga. Ela me puxa para o meio da multidão, tira o sutiã e o joga na direção do palco. Tento entrar no clima da coisa e não prestar muita atenção nos peitos dela, que são graciosos e pequenos e levemente assimétricos. É o tipo de peito que você precisa ter se quiser entrar numa rodinha, e quando o guitarrista gira o dedo e fala *Vai!* Rebecca me puxa mais para o meio, abrindo caminho com seus seios lindinhos e imóveis, e tudo é seco e em tom menor, duas paredes feitas de braços que avançam uma na direção da outra, e o impacto é uma compressão que sinto no útero, e de repente um cara com uma camiseta da Associação dos Aposentados aparece e me puxa pelo cabelo e eu caio na grama dura e marrom, junto com bitucas de cigarro e Band-Aids e copos descartáveis esmagados. Quando abro espaço à unha e consigo levantar para respirar, olho ao redor e percebo que me perdi dela, se bem que durante o tempo que passei no chão alguém pisou na minha nuca com um daqueles coturnos de plataforma de dois quilos e não posso dizer que odiei, e, embora a música seja ruim — ruim como um desvio de septo, como refluxo, como um talismã mágico de pata de macaco —, é preciso sofrer para alcançar o prazer, que nesse caso é pegar um homem pelas orelhas e jogá-lo no chão e pisar naquela sua cara aberta e disposta, essa satisfação precocemente interrompida quando vejo que Rebecca está ótima, perto da grade com um monte de lama acumulada entre os peitos. Nesse momento talvez estejamos nos entendendo. Mas tudo é temporário, e uma hora depois ela compra uma camiseta nova na mesa de produtos da banda, e nós vamos até o carro andando em silêncio, e o ar frio me lembra que logo o outono vai chegar.

"Dispensei o Pradeep", ela diz quando chegamos à estrada.

"Falei com a Akila. Eu não sabia. Só achei que ela odiava matemática." Olho as minhas unhas e não tem uma que não esteja imunda de terra. "Será que eu posso perguntar... o que foi que você ouviu? O que ele disse pra ela?"

"Ele disse 'até um macaco sabe fazer isso'."

"Minha nossa", ela diz baixinho. Ficamos em silêncio por um tempo, pegamos a saída para Maplewood. "Aquela pintura que você trouxe. O que era?"

"Um retrato da minha mãe."

Saímos do carro, e ela cobre o rosto quando dois faróis surgem à nossa frente. Nós nos viramos para olhar quanto o táxi para perto do meio-fio. Penso em como a gente está, na lama na cara, na grama no cabelo, no sangue coletivo nas roupas. Ela olha para mim e abre um sorriso sombrio, e quando ele sai do táxi, por um instante os faróis brotam atrás dele, e ele fica ali no escuro, um dia inteiro antes do combinado, e me parece quase irreconhecível, uma sombra de homem.

6.

Dentro da casa, consigo ter a dimensão total do que aconteceu com Rebecca no show. Tem um hematoma já com todos os dedos ao redor do pescoço, embora à meia-luz pareçam manchas de bijuteria. Estamos todos com fome. Eric esvazia os bolsos, mas as mãos tremem e algumas cédulas de dólar canadense caem no chão. Ele passa um tempo olhando dentro da geladeira, depois coloca um pouco de carne que sobrou do almoço num prato. Rebecca abre um abacate e me manda embora com um gesto. Subindo a escada, ouço Eric dizer *O que você fez com o seu cabelo?*, sua recusa a falar sobre a minha presença é um dos muitos lembretes de que, no cenário geral, sou um adendo muito curto na hipoteca deles, no conjunto de roupão do casal, nos dois carros estacionados lado a lado. Sento no patamar da escada e fico escutando. Quando eles começam a falar, é de um jeito muito lânguido e burocrático, e a conversa é pontuada por afirmações como *sim, eu te entendo* e *sim, acho válido*, como se fossem um casal de alienígenas que viu o panfleto político da invasão e quer dizer com todas as letras que vieram em missão de paz. Na verdade, isso é muito mais perturbador do que a alternativa. O tom delicado que usam é educado e artificial, e não há dúvida de que é muito mais difícil para Eric do que para sua esposa, e aí, no meio de uma digressão sobre o que tinha acontecido na alfândega, ele pergunta *o que ela veio fazer aqui, o que deu em você*, e isso me diz tudo o que eu preciso saber, então vou para o quarto de hóspedes e começo a arrumar minhas coisas. Procuro o horário de atendimento do depósito que aluguei e leio as cláusulas do contrato para descobrir se é permitido morar lá dentro, mas não consigo entender o juridiquês. Quando saio do quarto com minha bolsa, Akila abre a porta do quarto dela e me chama para entrar. Ela pega a minha bolsa e me fala para tirar os sapatos.

"Seu pé é horrível", ela diz, sem olhar para mim, ligando a TV. Eu sento no chão e tento esconder meus pés chatos que sofrem de secura crônica. "Vai durar a noite toda."

"O quê?"

"A conversa deles", ela diz, um pouco irritada, como se eu fosse lerda e não estivesse entendendo. "É uma coisa que eles aprenderam na terapia… Chama Franqueza Radical." Ela faz uma cruz com os dedos. "É um eixo. Também tem a Empatia Nociva, a Falsidade Manipuladora e a Agressão Irritante."

"Eu não sabia que eles faziam terapia."

"Pois é. Às vezes eu vou junto. É horrível." Ela coloca a TV no mudo e se vira para mim com um olhar solene. "Aqui as coisas não são perfeitas, mas são muito boas. Não estraga tudo, por favor."

"Olha, eu não vim aqui acabar com a sua vida. Essa história toda só aconteceu", eu digo, e ela pega o celular, abre o Twitter e dá uma risadinha rápida e melancólica. Ela rola a timeline por um tempo, depois volta a prestar atenção em mim.

"Porque, se eu for precisar me mudar de novo, quero saber antes. Meu estilo de apego é inseguro, e *acabei* de começar a chamar eles de mãe e pai. Odeio a escola, mas tenho um quarto só meu e eles me deixam fechar a porta. Eu sei que você não deve ligar pra isso, mas..."

"Eu não sou um monstro", eu digo, e ela dá de ombros.

"Isso eu não sei", ela diz. "Não dá pra ter certeza. Mas o que eu sei com certeza é o seguinte: eu posso perder tudo isso por nada. Por nada mesmo. A minha última família estava muito feliz. Me deram um aquário que ficava embutido na parede. Então parecia que ia durar para sempre, embora a gente ainda estivesse no período de experiência. E aí a Carol foi para uma tal residência na floresta, e quando voltou ela não queria mais ficar casada. Eu não previa nada disso, e eu geralmente consigo prever tudo."

"Eu sinto muito", digo, e ela para de falar e se vira para me encarar.

"É tão estranho falar isso. Que você sente muito", ela diz. "Eu só não quero fazer tudo isso de novo, tá?"

"Tá", digo, e ela volta a dar play no programa. É um anime com legenda, a animação ágil e repleta de cores claras, e todos os personagens moram num vilarejo que lembra um pouco o Leste Europeu e que está sendo atacado por gigantes pelados. Todo mundo grita o tempo todo. Um gigante entra correndo no vilarejo e enfia o pé num dique. Uma cavalaria composta apenas por adolescentes toma a ofensiva, e aí um segundo gigante aparece e enfia um cavalo na boca, e o relincho vem junto com um close exagerado por baixo da saia de uma militar que de repente começa a voar com sua espada medieval de dois gumes, e o sangue que sai da artéria do gigante espirra nos rostos erguidos do ferreiro e do fabricante de velas enquanto eu fecho os olhos.

Sete horas depois, acordo e estou em posição fetal no chão do quarto da Akila. Ela está dormindo na cama, ainda com um controle de video game na mão. O quarto está escuro, a não ser pela luz azul da televisão, que exibe uma tela de *save* congelada. Eu desligo a TV e coloco o controle em cima do console. Pego minha bolsa e meus sapatos e desço a escada, a luz das cinco da manhã suave e cinza, os porta-chaves e os minitomates e os relógios digitais silenciosos redefinidos pela marca solitária de bota enlameada no piso. As botas da Rebecca em si não estão muito longe, e a relação dos pés um com o outro ainda preserva a forma como foram removidos, sem usar as mãos, um pé apoiando o outro enquanto sobe e sai do sapato. Seguro a língua da bota, apertando-a entre os dedos, e quando tiro a mão ela volta cheia de sujeira. Bebo vários copos de água e vou cambaleando até o banheiro do térreo, pensando que está vazio, mas quando abro a porta Eric está lá dentro, fazendo a barba e ouvindo a previsão do tempo.

Nós nos entreolhamos no espelho, e tem coisas que eu quero dizer, pedidos de desculpas e acusações que culminam num som incompreensível e estrangulado, mas quando ele desvia o olhar e bate a lâmina na pia, quando ele aumenta o volume da previsão do tempo e continua como se eu não estivesse ali, fico surpresa, e imediatamente depois da surpresa vem a decepção por ter sido pega desprevenida por uma coisa que é tudo menos surpreendente, e quando vejo meu reflexo no espelho percebo que estou respirando pela boca. Volto para o banheiro de hóspedes, onde tomo um banho escaldante e tento esquecer minha imagem, e a sujeira do show vai deixando a água marrom, mais grama do que parece possível saindo do meu cabelo, os detritos acumulados no ralo que não me impedem de deitar na banheira e fazer um drama, porque a humilhação às vezes é tanta que exige uma performance íntima, e eu me permito essa performance, e saio do banho no estágio que vem depois da mágoa. No meu caso, é a negação.

Desfaço a minha bolsa e organizo meus pertences no quarto de hóspedes. Sento diante da mesa da cozinha e bebo café na minha caneca do Capitão Planeta. Rebecca aparece com o cabelo molhado. Ela ainda está com as pontas das orelhas manchadas de tinta. Ela enche um Tupperware de frutas, coloca num saco de papel e escreve 305 calorias na frente. Akila desce correndo a escada, pega o saco e sai pela porta às pressas. Lá fora vejo a velha que tem me observado. Ela abre o jornal e olha para cima quando uma das folhas começa a voar. Eric desce a escada com uma mala e um pedacinho de papel higiênico em cima do lábio. Ele não se dirige a mim, e vou para o meu quarto e aplico o adesivo de fentanil. Pego um livro na pequena biblioteca da sala de estar. Mais ou menos na página trinta, um duque, a ovelha negra de um ducado galês disfuncional, começa a ensinar as regras da aristocracia a uma criada míope, pisando em seus óculos bifocais e tomando seu rosto agora belo nas mãos. Tento me ocupar. Faço flexões, coloco os livros em ordem alfabética. Assalto a geladeira e faço uns sanduíches com as coisas que consigo juntar. Embrulho um dos sanduíches em papel parafinado. Entro no metrô para Manhattan. Chego à biblioteca totalmente arrependida. O fentanil não me fez bem para o estômago, e eu preciso ir ao banheiro. Chego a uma mostra temporária sobre a Linguística do Vale do Rio Nilo e o Fluxo Gênico na Núbia, só para perceber que estou no lugar errado. Passo um tempo vendo a mostra porque gostei do cheiro do lugar. Tem um grande infográfico sobre tipos de DNA mitocondrial e amostras populacionais. Tem um desenho de um homem feito na Núbia, e, apesar de não ter perspectiva, a cor da água ao redor dele foi preservada com muito cuidado, e eu penso na resiliência daquele único pigmento, o lápis-lazúli, viajando através do tempo.

Pego um ônibus que vai para a biblioteca certa, e lá dentro sinto o cheiro da decomposição natural, da fermentação, da cola e do barbante e do couro, do papel quando se deteriora e revela sua origem, faz você lembrar que ele vem de árvores. A biblioteca está quase vazia, embora as poucas pessoas presentes estejam concentradas em seus trabalhos, um grupo de universitários consultando a estante O-P da seção de obras de referência, uma mulher debruçada sobre um leitor de microfilmes. Percorro todos os andares até chegar a uma mostra sobre a Dissonância Cognitiva em Períodos de Guerra e a Fisiologia da Dissidência. Depois de uma breve dedicatória aos doadores, há uma série de capacetes, rachados, destruídos por explosões, cobertos pelos nomes de esposas, filhos e críticas sarcásticas a Deus, uma bicicleta vietcongue retroiluminada por uma luz alaranjada e morna, fotografias de soldados limpando os óculos e ajustando transistores, as hélices do helicóptero e a mata densa obstruindo a abertura da câmera com movimento e luz incompleta, crianças nuas e autoimolação e prisioneiros de guerra estirados no asfalto, e uma margarida no cano de uma arma que não chega aos pés da estranheza do sorriso de um soldado, a expressão que resulta da síntese incompleta da reação de luta ou fuga e do sistema límbico quando nada faz sentido. Meu pai só sorria desse jeito, como se toda manhã ele precisasse vestir a própria pele e aderir a um código de comportamento que ele já não compreendia mais, um aglomerado de patologias com estilhaços de bala nas costas que ainda conseguia conviver em sociedade.

Ele tinha sido dispensado da Marinha havia anos quando eu cresci o suficiente para guardar no lugar errado seu Coração Púrpura, mas nos encontros de oração e festas de aniversário ficava evidente que ele não era igual às outras pessoas, num nível molecular, como se algum componente humano essencial tivesse sido ou totalmente retirado ou, nos dias piores, elevado ao nível máximo, e o Quatro de Julho e quando alguém entrava no quarto dele fazendo silêncio demais se tornavam gatilhos para uma reação tão desproporcional que quando é você criança é difícil entender a fúria e os períodos de profundo retraimento, mas, quando você vai ver os fogos de artifício com a sua mãe e ele não vai junto, você começa a entender que o que o afasta, seja lá o que for, é assustador, é triste. Quando meu pai era soldado, seu córtex pré-frontal ainda não estava completamente desenvolvido. Ele não tinha nem bigode, e quando voltou para casa ele usava bengala e tinha feito uma tatuagem caseira com o nome de uma mulher. A bengala era mais para fazer charme. A mulher tinha sido a primeira esposa dele, e minha mãe era a terceira.

Ele passou a juventude em várias casas no Bible Belt, morando com tias muito severas que sabiam traçar a origem da linhagem americana da família até o primeiro recibo de venda. Ele criava galinhas enquanto sua mãe, a irmã da qual as tias nunca falavam, estava na Louisiana enlouquecendo pouco a pouco. Essa foi a linguagem técnica que meu pai usou enquanto eu começava a entender o mundo, seu vocabulário antiquado muito distante da delicadeza clínica do DSM-5. Havia hospícios, havia loucura, e, em vez de alemães, havia Krauts. A mãe dele não sofria de nenhum desequilíbrio químico, o que ela tinha era uma coisinha boba, uma coisinha de mulher, e por isso voltou lobotomizada. Ele tinha medo dela como um dia eu teria medo dele, porque as crianças, como os cães, percebem os sinais da tempestade iminente. Ele se tornou um homem que sempre tinha namoradas, mas que não gostava delas tanto assim, um marinheiro musculoso que falava arrastado e repartia ao meio o cabelo rebelde alisado com pomada. Aí a guerra, a merda e a lama e alguma mistura das duas coisas, a força centrífuga do naufrágio e o axônio estendendo-se até o centro do nervo, o meu pai o civil, assustando a vizinhança com suas caminhadas à meia-noite, lustrando suas medalhas e tentando enganar médicos com seu coxear cuidadosamente ensaiado. Ele recebia a aposentadoria por invalidez, mas não era o suficiente, e ele tinha feito aquilo, aquela coisa que a maioria dos animais faz, mas pela qual só alguns animais sofrem; ele tinha olhado bem de perto e achado fétido e estranho, aquilo de matar pelo seu país — um país que, uma vez que ele voltou para casa, sempre relembrava que patriotas podiam ter trauma de guerra, podiam acabar debaixo da grama no Cemitério Nacional de Arlington, mas jamais poderiam ser negros. E, depois de ter andado por aí com sangue de criança debaixo das unhas, quando voltou para casa, os bancos, as igrejas e as mulheres não eram nada. Ele percebia que as pessoas daqui não achavam que homens negros como ele eram iguais a elas, que elas não estavam preparadas. Então ele veio para Nova York munido só de confiança, e, depois de duas esposas falecidas, minha mãe apareceu para ele na Broadway com a rua 143, linda e jovem e drogada.

No final da mostra, descubro que a seção de Coleções Especiais fica no subsolo. Desço de elevador e minhas mãos estão tremendo. Tiro o adesivo de fentanil e guardo na minha bolsa. No subsolo, olho através de um painel de vidro grosso e conto uma dúzia de arquivistas. Todas são mulheres. Não estão usando uniforme, mas se mexem de forma uniforme, o microfilme e os negativos de vidro equilibrados entre os dedos sem entrar em contato com a palma, os scanners e as câmeras DSLR espirrando luz no rosto de cada uma. Atrás delas, Eric tira a máscara e coloca uma luva de algodão. Abre um livro sob uma lâmpada embutida, e quando ergue a página o papel é quase translúcido, como casca de cebola. Ele chama a arquivista mais próxima dele, faz um gesto para mostrar a encadernação. Ela tira a máscara e sorri. Ele pousa a mão no ombro dela, e que coisa boa que nesse subsolo capenga de biblioteca ele esteja feliz e interessado, pelo visto aquele tipo de chefe que também é seu amigo.

Quando dou as costas tem uma mulher sentada no que alguns instantes atrás era uma mesa vazia. É a clássica menina negra, toda animada e mística, com uma constelação de ametistas penduradas no pescoço. Ela pergunta se eu preciso de ajuda. Digo que preciso falar com Eric, mas quando me viro e olho pelo vidro ele sumiu. Digo que trouxe um sanduíche para ele, e ela me olha de cima a baixo e diz que ele saiu.

Pego o sanduíche e passo numa loja de conveniência Duane Reade. Compro um Snapple e um frasco pequeno de Fórmula Intestinal nº 2 do Dr. Schulze, que se gaba de fornecer trinta e cinco milhões de microrganismos ativos, e peço cashback. Abro o meu e-mail e tem uma mensagem da rede de cafés Panera Bread que diz Não há vagas disponíveis no momento, mas esperamos que você se candidate novamente no futuro, uma mensagem do Departamento da Educação, do Bank of America, da dona do meu apartamento, que tem más notícias a respeito do cheque-caução, de um príncipe nigeriano e da Blue Cross Blue Shield, que gostaria de me informar que, como fui demitida, meu seguro-saúde vai expirar em onze dias. Na volta de ônibus, fico olhando a estrada. Está chovendo forte e tem um homem correndo pelo acostamento com um galão de gasolina na mão. Penso na minha mãe, que se compadecia de muitas coisas, de plantas ressecadas, de gatos com alopecia e principalmente de carros quebrados na estrada. Não existia caroneiro que ela não pegasse, nenhum homem dirigindo um Saab soltando fumaça que ela não estivesse disposta a ajudar. Sempre que estava no carro, eu implorava para ela não parar. Eu ficava nervosa perto daqueles homens, e nunca sabia o que dizer. Mas enquanto foi traficante, depois viciada e, por fim, uma fiel fervorosa da Igreja Adventista do Sétimo Dia, as coincidências cósmicas e a dependência química prolongada a deixaram mais calma, transbordando aquele tipo de charme que a gente vê nos roqueiros septuagenários que lançam discos sem graça só para lembrar todo mundo que ainda não morreram, um charme que só existe quando um fígado está quase no fim, que tem a ver com aceitação, que, aliás, é um dos princípios dos Narcóticos Anônimos e da doutrina da Igreja Adventista do Sétimo Dia, na qual a morte é inevitável e conclusiva. Quando era uma criança devota, no entanto, eu não conseguia encarar a morte de forma descontraída. Eu tinha lido Eclesiastes, e pensar na morte e no vazio me deixava apavorada. Demos carona para um homem e ele segurava uma Bíblia. Minha mãe se emocionou com a coincidência, mas, um quilômetro depois da saída, olhei para o banco de trás e ele estava se masturbando.

Volto para a casa perto do meio-dia e sento no jardim. Cavo um buraco e encontro uma pedra cinza e lisa. Lavo a pedra no banheiro e a ponho dentro da boca. No fim, eu a coloco no parapeito da janela. Vou para o meu quarto e me masturbo furiosamente olhando aquela foto do Eric na Grécia, e, como isso não me faz sentir melhor, saio andando pela casa. Rebecca está dormindo com a porta aberta, e passo um tempo em pé olhando para ela. Tiro fotos de várias coisas espalhadas pela casa — a batedeira KitchenAid, uma tigela de castanhas que quase só tem daquela dedo-de-negro,* uma gaveta cheia de sachês velhos de molho agridoce e canetas. Pego algumas das esferográficas e umas folhas de papel na impressora, que desde que estou aqui não foi ligada. Vou para o meu quarto e tento reproduzir as fotos da maneira mais realista que consigo. Às três, ouço Akila chegar da escola e subir correndo para seu quarto. Quando Eric chega, já terminei a KitchenAid, apesar de o batedor estar um pouco estranho. A casa está em silêncio. Quando Eric estava fora, a casa era cheia de sons, Akila e Rebecca cada uma em sua rotina texturizada e incompatível, água e vidro, sons viscosos de lixo e acessórios de lutas marciais e batentes inchados com o calor, o carteiro e o social-democrata batendo à porta, todos os banheiros à mercê de uma casa cheia de mulheres, o estímulo sensorial das joias emboladas, dos grampos de cabelo e do linóleo, do anime dublado e do cachorro da vizinha, fora isso uma suave proporção de eletricidade e ruído digital. Com Eric em casa, não existe nada disso. Tento ouvir se há algum movimento na casa, mas não há nada perceptível. Não há nenhuma torneira aberta nem tábuas de assoalho barulhentas precedendo pés. A gente só se materializa. No meio de um banho demorado, pela cortina, vejo a silhueta do Eric. Não ouço ele entrar, mas ouço quando ele tranca a porta. Ele fica ali parado sem dizer nada enquanto lavo meu cabelo. Quando saio do banho, ele foi embora.

---

* No original, *nigger toes*: termo racista para castanhas-do-brasil, usado sobretudo no séculos XIX e XX. (N. T.)

* * *

As manhãs são silenciosas e todas as noites parecem noites de sexta, e com isso quero dizer que parecem o Shabat, e o Shabat, apesar do meu hedonismo, até hoje é o quartzo do meu corpo. Quando guardava o sábado eu ainda não tinha seios. Havia as fitas VHS com animações de pepinos religiosos e os desenhos que a minha mãe fazia de Lúcifer, que me incomodavam até eu ter o vocabulário para saber que estava excitada. Fiquei animada para explicar a doutrina adventista para as outras crianças da minha nova escola pública. Admiti que um dos primeiros líderes adventistas tinha inventado os sucrilhos para tratar a masturbação, mas fiz questão de defender a ideia de que meditar em meio à natureza era uma forma de autocuidado. Demorei um ano para perceber que os meus colegas faziam aquelas perguntas de zoeira. Não levei para o lado pessoal. Resolvi me esforçar mais, ia para a escola com as respostas na ponta da língua. Um menino da outra escola, que era ateu e quatro anos mais velho que eu, apontou as contradições nas minhas falas, e fui para casa e pesquisei mais. O Shabat em si continuava preservado. Eu me permitia algumas brechas, naturalmente. Às vezes dormia o dia inteiro para evitar o tédio, às vezes passava o dia fazendo mixtapes de rock cristão que duravam doze horas. Mas, durante boa parte do tempo, embora não me deixassem dançar e eu soubesse que todo mundo estava se divertindo sem mim, eu gostava do silêncio, da languidez de uma só hora, de um dia inteiro em que você faz tudo com intenção e agradece pelas coisas feitas com intenção, retina e nabos e estrelas espiraladas, coisas tão complexas que eu mal conseguiria reproduzi-las com tinta. Algumas coisas, porém, não são complexas. Algumas coisas são acidentes, e foi assim que a seguradora registrou o que aconteceu quando a minha mãe bateu o carro. Ela ficou quatro dias sem sair do quarto. Quando entrei, o quarto estava fedendo e ela disse que Deus tinha morrido. Meu pai me levou para um Friendly's. Uma garçonete derrubou uma bandeja cheia de sundaes quando meu pai estava segurando a minha mão, e ele esmagou meus dedos com o susto. Ele chamava as fases catatônicas da minha mãe de humores. Nunca ousou sugerir que orássemos por ela. Embora ele adorasse distrair as diaconisas sonhadoras com as histórias do trabalho religioso que tinha feito no estrangeiro, comigo ele não fingia. Meu pai não acreditava em nada, e eu era a única pessoa que sabia disso. Para todo o resto, meu pai era um homem temente a Deus. Um crente carismático com uma esposa problemática e um talento para fazer as mulheres se sentirem compreendidas. Nas noites de sexta, essas mesmas mulheres entravam na nossa casa e a porta do escritório dele se fechava.

Eu falava com o ateu por telefone, no início sobre a tarefa de casa, depois sobre outras coisas. Quando fui à casa dele, ele colocou um disco do King Crimson e eu contei que a minha mãe não acreditava em Deus. Eu o beijei na boca e ele não retribuiu o beijo. Entendi que eu tinha agido na realidade com uma pessoa que só agia de maneira teórica, e me senti tão humilhada que nunca mais nos falamos.

Hoje em dia eu mudei. Aprendi a não me surpreender com o afastamento repentino dos homens. É uma tradição que homens como Mark e Eric e o meu pai ajudaram a manter. Por isso tolero o silêncio do Eric, mesmo quando nossos caminhos se cruzam pela manhã e no meio da noite. Não tento interrompê-lo, mas, quanto mais tempo dura, mais o silêncio se transforma. Por um ou dois dias, aquilo se torna engraçadíssimo, depois meio erótico, uma coisa sufocante e sôfrega que me faz ter consciência de quanto tempo faz desde que alguém encostou em mim. Penso em procurar um homem da região para me distrair por enquanto, mas parece trabalhoso demais. Já fiz a parte trabalhosa com Eric. Ele sabe quando eu menstruei pela primeira vez e eu sei que ele trata garçons razoavelmente bem, e não tenho interesse em chupar o pau de um desconhecido que talvez já tenha feito uma garçonete chorar. Não tenho muitas opções se quiser me redimir. Estou morando na casa deles e comendo a comida deles. Meu dinheiro está acabando, e não sei por quanto tempo eles vão deixar essa situação se prolongar.

Eu tento ficar distante. Passo os dias pintando pequenas naturezas-mortas dos objetos da casa deles e jogando video game com Akila, que é fã de jogos de luta de console nos quais mulheres arrancam as tripas umas das outras com as mãos. Quando jogamos ela é didática mas implacável, e faz questão de que eu só ganhe se merecer. Personalizamos as nossas roupas e nossas armas e aí ela arranca minha coluna vertebral. Em uma semana fico com calos no dedão. Pego o encarte e leio as descrições dos personagens, e todas as histórias começam com um único personagem desbloqueável que aparece no encarte em silhueta. Enquanto tentamos desbloquear essa silhueta, Akila me conta que não gosta do mês de setembro, e que na Louisiana sempre tem furacão em setembro. Ela conta que uma enchente levou a mãe dela. Tem um casaco da Agência Federal de Gestão de Emergências no armário dela que ela usava sempre, mas, depois de fazer terapia por um tempo, passou a usar o casaco só uma vez por ano.

Fico andando pela ruazinha sem saída e passo muito tempo falando com os atendentes da Sallie Mae. Atraso o pagamento do financiamento estudantil e agendo uma consulta com um gastroenterologista em Hackensack. Na sala de espera, vejo quais são os requisitos para receber auxílio do governo, e, quando entro na sala do médico, ele enfia o dedo no meu cu e diz que vamos precisar fazer mais exames. Quando digo que meu plano de saúde acaba em quatro dias, ele prescreve um laxante osmótico que posso comprar sem receita e misturar no chá. Ele pede para eu voltar quando tiver plano de saúde de novo, e esse pedido é tão sincero que, quando vou à farmácia comprar o remédio, fico andando pela prateleira das vitaminas e começo a chorar.

Fico aliviada quando descubro que eles não jantam em família. Isso de cada um comer num lugar diferente me faz me lembrar da minha casa. Akila no térreo, na frente da TV. Rebecca de pé na cozinha. Algumas vezes vejo Eric fazendo um prato e indo para o porão, que é o único lugar da casa que fica trancado. Rebecca senta para tomar café comigo de manhã, mas não diz nada. Ela passa quase o tempo todo ou dormindo ou no necrotério. Quando Eric está em casa ela fica mais apagada, mais cuidadosa, seus caminhos curtos e predeterminados, um mecanismo tão exato que parece frágil, como se uma só palavra mal empregada perigasse quebrá-lo. Tenho vontade de falar de como as coisas eram antes de Eric voltar. De comentar que faz duas semanas que enxaguei a tinta do cabelo dela e ainda tem manchas no rejunte do banheiro.

Quando a casa fica vazia eu tiro mais fotos das coisas dela. Com os últimos trinta dólares que tenho na conta, compro uma lata Prismacolor com doze cores e papel de desenho aveludado e grosso. À noite abro a janela do quarto e uso as fotos como ponto de partida, e a progressão de vidro e liga de metal e seda, texturas que são definidas, acima de tudo, por sua relação instável com a luz, e por isso mesmo difíceis de reproduzir digitalmente, e o perfume dela é uma paleta fria e limitada, suas joias, uma paleta quente e aberta, suas roupas, uma mistura das duas, o retrato de tecidos e madeira até parecido com cabelos. Entre um esboço e outro, há uma casa. Tábuas e cobre e gramado, e até nessas coisas eu os vejo, mas não consigo me ver. Pela primeira vez consigo retratar articulações dos dedos e plástico, mas meu rosto continua sendo uma questão. Ainda não dou conta de um autorretrato. Quando tento, há uma falha de comunicação, algum erro nas sinapses que ligam meu cérebro à minha mão. Tento abordar o autorretrato de outra forma. Fecho a porta e desarrumo o quarto inteiro e tiro uma foto da bagunça. Tento ser otimista com esse desenho, mas não estou nele. Da próxima vez em que a casa fica vazia, inverto a estratégia e começo a limpar. Levo o lixo para fora e depois tiro uma foto dos sacos na calçada. Limpo o banheiro e tiro uma foto da língua de cabelo que sai do ralo, e à noite recrio essas fotos, torcendo para me ver. Quando não vejo, quando terminei uma série de pinturas de roupas dobradas e rejunte e ainda assim não estou nelas, continuo limpando. Então, certa manhã, quando estou lustrando as torneiras, Rebecca me fala que está planejando uma festa e que gostaria que eu ajudasse. É uma festa para Akila que Akila não quer. Akila diz isso de forma explícita enquanto a gente começa a pegar o jeito de um jogo novo, um RPG em turnos no qual o protagonista é um carteiro do Exército que sofre de amnésia. A única lembrança que ele tem é de um menino de uma cidadezinha nas montanhas. À medida que nos aproximamos do primeiro conflito da guerra, a base é flanqueada por uma sombra longa e montanhesca. Os personagens não jogáveis nem tentam disfarçar. Um coronel que a gente assaltou no começo do jogo aponta para a sombra e pergunta *Essa coisa já estava ali?* Quando subimos a montanha, Akila conta que Rebecca está organizando uma festa de aniversário para ela. Ela diz que preferia ficar sozinha. O controle vibra em sua mão. A vibração sinaliza a gênese de uma nova lembrança: uma mulher que está tentando apagar um incêndio.

Mas Rebecca não vai desistir. No domingo todo mundo se enfia na caminhonete e vamos até a pista de patinação. Estacionamos na entrada dos fundos e levamos as decorações. Parece que uma família feliz administra o lugar. Nenhum deles tem mais de um metro e cinquenta de altura. O pai tenta ser simpático enquanto Eric calibra o tanque de hélio, mas a tarefa se tornou tão difícil que a risada do Eric, que era para ser educada, acaba sendo um sinal sincero de que ele quer que o homem vá embora. Apesar de a festa ter sido ideia dela, Rebecca não está lá muito melhor. Ela rói as unhas enquanto um dos filhos adolescentes dos donos explica as regras do salão de festas. Enquanto eu distribuo os guardanapos e pratinhos de papel, ela fica no celular. Está falando com uma voz baixa e ameaçadora com as mães dos convidados da Akila, que pelo jeito ligaram todos para falar de imprevistos de última hora. Akila está presente o tempo todo, ajudando com o crepom e a serpentina. Sua peruca fica torta quando ela se abaixa para calçar os patins. Eric se aproxima dela e a ajuda a amarrar os cadarços, e, embora minha relação com meu pai não tenha sido perfeita, eu conheço o olhar que eles trocam, um olhar de conspiração que desfaz, por instante, os limites que separam pais e filhos no reconhecimento de uma angústia mútua, nesse caso a festa de aniversário a que nenhum dos dois queria comparecer. O subproduto dessa aliança é que muitas vezes o outro genitor acaba levando a culpa, como é de se esperar, mas quando somos crianças essa é justamente a graça.

Quando era mais nova, eu não entendia que isso era cruel. Os comentários do meu pai sobre os humores da minha mãe e os estudos bíblicos pareciam inofensivos e cômicos, e a ambivalência dele sobre Deus se passava por gracejos muito bem-vindos, o oposto do que realmente eram — um vazio profundo no lugar que Deus um dia ocupara. Naqueles anos em que matou pelo país ele também tinha matado Deus, e quando voltou para casa ele decidiu inventar outro.

Só dois convidados aparecem. Chegam ao mesmo tempo e ficam se entreolhando quando notam que são os únicos. E estão atrasados. Rebecca sai correndo do salão de festas com as unhas sangrando e o cabelo cheio de confete e os acompanha até a sala na qual Akila está esperando com um chapéu de festa azul. Do outro lado do corredor há outra festa composta apenas por idosos, e eles fazem um barulho inacreditável. Quando Rebecca vai até lá perguntar se daria para fazerem um pouco menos de barulho, eles falam que não, não dá. Membros da família feliz aparecem toda hora para perguntar se estamos esperando mais convidados, e, depois que o filho menor vem tirar a mesma dúvida, Eric sai da penumbra e diz *É só isso mesmo, tá?*, e ele não chega a gritar, mas é um homem grande e a cena não é nada bonita. Os dois convidados fazem um esforço hercúleo para conversar com Akila, mas parece que o assunto sempre acaba morrendo. Os convidados começam a conversar entre si. E ninguém entendeu que bicho era para ser a piñata. Akila passa três minutos no corpo a corpo com ela, e, embora eu a tenha visto quebrando tábuas com facilidade, a piñata nem se mexe. No fim Rebecca só arranca o troço do teto e rasga tudo com as mãos mesmo. Enquanto isso, a mãe da família feliz chega com o bolo e o número de velas está errado. A essa altura, as pessoas no recinto já estão tão atentas à fúria cada vez mais intensa da Rebecca que, quando a questão das velas se apresenta, todos prendem a respiração ao mesmo tempo. Rebecca se posta imóvel diante do bolo. Alguns instantes se passam e nada acontece, mas aí Eric ri. Aí Akila ri e todos fazem o mesmo. Embriagados de emoção por termos fugido dessa briga específica, todos calçamos os patins e vamos para a pista. Os convidados da outra festa já estão se divertindo a valer. São três da tarde e estão todos bêbados. Akila fica patinando longe dos outros, e eu a alcanço para ela não ficar sozinha, mas ela percebe que estou fazendo isso por pena e se afasta. A festa vizinha fica presentando o DJ com chocolates, e por isso ouvimos Paul Anka e Nat King Cole entre as músicas das Spice Girls e do Drake. Rebecca quer mostrar para todo mundo que está amando a festa. Ela dá voltas ao redor do Eric e quer que ele entre na brincadeira, mas ele tem um equilíbrio péssimo e prefere ficar nas laterais da pista. E, como era de se esperar, toca música disco. Os grandes sucessos — "YMCA", "Bad Girls" e "Ain't No Stoppin' Us Now", músicas que transcenderam o gênero e viraram conceito, músicas que servem mais para você projetar sua memória no vinil do que escutar de fato, músicas de uma alegria tão fascista que quando "That's the Way" toca eu não consigo não olhar para Eric para ver se ele por acaso está pensando em mim, e não é o caso. Ele está na lateral da pista vendo alguma coisa no celular. Quando "Whip It" sai de dentro de "Smoke Gets in Your Eyes", um globo espelhado lascado desce do teto. Mas tem alguma coisa errada. O suporte motorizado oscila, e quando olho para a família feliz estão todos debruçados sobre o painel de controle ao lado do caixa, mexendo nos botões. Todo mundo para de patinar para assistir, e, por isso, quando a corrente se rompe, parece menos uma falha técnica e mais uma concessão à nossa vontade coletiva. Akila está esperando com os braços abertos. O peso faz seus joelhos fraquejarem. Ela agarra o globo junto ao peito e encara os espelhos. Um sussurro de perplexidade atravessa o grupo, e todo mundo fica imóvel quando ela avança, o rosto sarapintado pela luz reciclada pelo globo. Isso me faz pensar na primeira vez que eu a vi, em como ela parecia ligeiramente irreal, como uma falha de computador, com seus olhos escuros e seu cabelo sintético brilhante. Agora, a desarmonia é cruel, me oprimindo enquanto assisto Akila patinar até a lateral da pista, colocar o globo no chão, tirar os patins e perguntar se pode voltar para casa.

Em casa, cada um vai para seu quarto. Os presentes da Akila, que foram arrastados do salão de festas até o porta-malas, ficam na sala de jantar, intactos. À meia-noite, Akila bate à minha porta. Ela diz que não tem nada que indique que a mulher que está tentando apagar o incêndio seja a mãe do carteiro. Como o carteiro não responde a comandos de ataque, a única maneira de mantê-lo vivo é manejar seu humor de forma exata. Para não perder HP, vamos até a tenda do refeitório e falamos com os NPCs até não terem mais o que dizer, mas há momentos em que escolher as opções erradas é pior do que não fazer nada. Se bebemos café, e não chá. Se interagimos com o tenente e ele nos mostra uma foto de seu cachorro. Eu sugiro que a gente abra a correspondência, mas o humor dele não está bom o suficiente para suportar as informações ilegais, então ele morre na hora. Eu me levanto para ir embora, mas Akila chama o meu nome. Ela me encara e depois tira a peruca. Ela a coloca no chão, virada do avesso, e tem uma etiqueta costurada no tecido que diz *Artigos para Festas*. Então eu olho para ela e por um instante acho que ela está usando uma touca, mas é o couro cabeludo, exposto e cheio de cicatrizes químicas.

"Você deixou muito tempo", eu digo.

"Eu pensei que era pra arder", ela responde, e isso também

faz parte da nossa língua comum. Hidróxido de sódio e o bem imóvel que é o couro cabeludo. Da primeira vez que perdi meu cabelo, eu tinha dez anos e estava sozinha em casa. Minhas mãos eram pequenas demais para as luvas que tinham vindo com o produto, e o relaxante, comprado em segredo numa perfumaria Beauty Supply meio vazia no norte do estado, queimou minha nuca. Escondi o cabelo que tinha caído numa lixeira perto da piscina comunitária, e, quando ela descobriu a origem do meu novo interesse por lenços, minha mãe ficou uma semana sem falar comigo. Vou até o meu quarto e pego a manteiga de karité, o óleo de jojoba e meu lenço de seda. Quando volto, peço para ela sentar no meio das minhas pernas para eu ver melhor, e percebo que, no cabelo que ela ainda tem, os cachos ainda estão intactos. Ela conta que entrou em pânico. Que queria mudar o visual para a festa. Enquanto faço a amarração do lenço, fico superatenta à cabeça dela. Fico atenta ao crânio dela, em como seus ossos de treze anos são frágeis. Deixo o óleo e a manteiga em cima da cômoda no quarto da Akila, e passo um tempo sem conseguir dormir. Porque ela tem treze anos, e eu lembro como era essa sensação por dentro. Eu me lembro do que pensava que entendia sobre as pessoas e do orgulho que sentia por ser sozinha. Mas, vendo de fora, a solidão é palpável, e eu penso: Ela é nova demais.

O silêncio persiste. Eric me faz mais uma visita enquanto estou tomando banho, e dessa vez não ouço nada e só percebo quando as luzes se apagam. Não sei se ele está perto ou longe da cortina, nem se ainda está lá, mas ajo como se estivesse. Eu me masturbo e me pergunto se ele está escutando. Continuo minha série de "autorretratos" por algumas semanas. Só pego coisas de que eles provavelmente não vão dar falta. Uma lâmpada, um prato, uma luva de lã sem par. Coisas que eu possa quebrar ou queimar, embora esses retratos de cacos e cinzas pareçam menos verdadeiros, no fim das contas, do que as pinturas que fiz das partes da casa que limpei. Tento passar despercebida, mas, na noite em que começo a limpar o sistema de ventilação com uma escova de dente, Rebecca desce a escada vestindo roupa cirúrgica e me fala que tem um ar-condicionado do outro lado da casa. Não sei se ela está falando sério ou se tocou nesse assunto para me fazer parar. Por uma questão de princípios, eu paro por alguns dias. Quando nossos caminhos se cruzam, tento deduzir por sua expressão se era isso que ela queria. Mas depois de um tempo eu me vejo do outro lado da casa, limpando o pó das saídas de ar com a escova.

Na manhã seguinte, tem dinheiro em cima da minha cômoda. Fecho a porta e conto as notas. Coloco o dinheiro no bolso e compro mais materiais de pintura — telas a metro, chassis para abrir as telas, gesso Lascaux — e um frasco de óleo de melaleuca para Akila. Pego o ônibus até a biblioteca, sento e conto o troco. Como ossos, o dinheiro — o papel e o níquel e o zinco — parece mais mutável quando está na palma da mão. Parece finito, vinculado à fonte de uma maneira que explicita seu caráter passageiro, e por isso mesmo humilhante. Mas não ter dinheiro nenhum também é humilhante. Desço até a seção de Coleções Especiais e observo as arquivistas pelo vidro. Estão capturando uma imagem tridimensional de uma urna dourada. Entre os difusores e as sombrinhas, elas colocam a urna sobre um suporte giratório de poliéster. Uma arquivista gira o suporte e outra captura a imagem. No entanto, a arquivista que está ao lado do suporte giratório é mais velha e sua mão treme. Quando estão chegando aos últimos sessenta graus, ela sai da posição. Eric sai de sua sala, sorri e continua de onde ela parou. Ele olha através do vidro e me encara por um longo momento, e em seguida se vira e volta para sua sala. No andar de cima, dou uma olhada nas certidões de óbito. Encontro a certidão de um homem que caiu de uma janela enquanto tentava provar para um grupo de turistas que era feita de vidro inquebrável, de um homem que caiu dentro do maquinário num moinho de tecelagem e morreu sufocado por oitocentos metros de lã, de um homem que foi esmagado por um compactador de lixo enquanto procurava seu celular no lixão, e o de sempre, os derrames, os cânceres, os suicídios. Procuro a certidão do meu pai, e, apesar de não a encontrar, encontro quatro Ivan Darbonne que morreram em Nova York entre 1975 e 2018. Todos morreram no Brooklyn. Meu pai morreu em Syracuse, cinco anos depois da minha mãe. Não nos falávamos havia seis meses, em parte porque tínhamos (sem grandes problemas) cortado relações, em parte porque a nova esposa dele recusava as minhas ligações. Da última vez que eu o vi, dois anos antes de ele morrer, ele pegou o Metro-North para vir à cidade e assistimos o novo do Aronofsky numa matinê. Depois saímos para jantar e ele ficou comentando como as coisas estavam caras, mas de vez em quando ele parava e me dizia o que tinha entendido do filme. Ele não estava mais comendo açúcar e andava por aí com uma garrafa de água "quimicamente alterada" que trazia de casa, e antes do cinema precisei guardar a garrafa na minha bolsa. Ele estava mais magro e mais ingênuo. Perdi a paciência com ele enquanto esperávamos o metrô da linha A sentido Downtown. Gritei com ele por causa de eletrólitos e ficamos sem conversar no trem. Aí, alguns anos depois, eu estava olhando o Facebook e percebi que tinha um monte de mensagens de pêsames no perfil dele.

Fico algumas semanas sem limpar, mas o dinheiro continua vindo. Vem num envelope fechado e a quantia muda toda vez.

Cem dólares. Quarenta e oito dólares e quinze centavos. Trezentos dólares numa semana em que não faço nada. Deposito o dinheiro sem fazer alarde, gasto uma parte num frasco de polietilenoglicol de marca cara. Levo Akila para fazer seu primeiro penteado protetor. Vamos até a cidade de metrô e encontramos um salão de tranças africanas na rua 125. O lugar tem o cheiro certo, uma mistura de aplique e hibisco e óleo de lavanda. Acima dos pacotes de cabelo da Malásia, está passando uma novela trinidadiana. Quando os atores falam, o salão inteiro fica em silêncio. Três mulheres trabalham no cabelo da Akila ao mesmo tempo. Elas engancham os apliques e conversam baixinho entre si com sotaque britânico. A cada meia hora um homem entra e pede dinheiro. Quando ele sai, uma das cabeleireiras me pede para pagar antes de ele voltar. Ela fala que é seu namorado. Quatro horas depois, uma mulher aparece com uma bacia de água fervente para selar as pontas do twist senegalês. Na volta de metrô as tranças molham a camiseta da Akila, e em casa ela veste uma roupa seca.

"Cabelo novo! Que bacana!", Eric diz para Akila quando passa pelo quarto dela. Ele fica na soleira da porta e pergunta quanto tempo levou para fazer e faz piada com o peso que ela deve estar sentindo na cabeça. Ele comenta sobre uma mulher negra que trabalha com ele e que sempre muda o cabelo, e depois faz uma série de perguntas ligeiramente invasivas com uma expressão alegre e meio envergonhada. Eu tive diálogos idênticos a esse tantas vezes que perdi as contas, mas não sei se Eric está forçando a barra porque é branco ou porque é pai. Quando ele vai embora, Akila olha para mim e dá risada.

Olho meus autorretratos e não consigo me ver, mas já conheço bem cada canto da casa. Um hábito se formou. Limpo todas as janelas, lustro a prataria, fumo alguns cigarros. Deito em vários lugares no escuro e me entrego às imagens luminosas que surgem entre o sonho e a vigília, a velocidade e a calçada, a boca vacilante dos penhascos e o deserto tão vasto. Fico andando pela casa de madrugada e me deparo com a porta do quarto da Rebecca e do Eric entreaberta, e os dois estão se dedicando a uma atividade que recebe o nome, no caso deles muito adequado, de relação sexual. Não parece um filme pornô, mas mesmo assim é difícil de descrever, Eric imenso e retangular, Rebecca feral e lisa. Infelizmente eles são lindos e, pelo que mostram a conversa baixinha e a mudança de posição carinhosa, se amam ao menos um pouco. Tiro algumas fotos com o celular e vejo que horas são. Quero ir dormir, mas sinto que é minha obrigação ficar até eles terminarem, e quando terminam Rebecca vira de lado e aumenta o volume da TV.

Volto para o meu quarto, olho as fotos e faço três esboços iniciais. Eu me masturbo e tento imaginar como é transar de um jeito confortável, familiar, ser comida com ternura enquanto o James Corden faz seu monólogo. Acordo à tarde, ando três quilômetros até a pista de patinação e tomo um sorvete de máquina, depois dou um pretzel para uma pomba com a pata atrofiada. Vou até o shopping e jogo nos fliperamas que ficam na praça de alimentação e, depois de falar com um funcionário da Sears sobre pneus all-terrain, eu compro um vestido azul.

Em casa, ponho o vestido e, pela primeira vez em um bom tempo, me sinto uma pessoa que alguém pode querer beijar. Sento na frente do espelho e passo maquiagem, minha mão tremendo e o delineado grosso demais. Passo batom, tiro tudo e depois passo de novo. Vejo Rebecca sair de carro e vou até o porão, onde Eric está mexendo na maior coleção de discos de vinil que já vi na vida. Quando eu o vejo sinto falta de ar, e paro na escada e penso em voltar. Ele me olha e tira um disco de um plástico grosso. Tudo é catalogado e estrategicamente posicionado, protegido por plástico-filme e, alguns casos, mantido sob refrigeração, todos os mostradores apontando treze, todos os singles de doze polegadas da Filadélfia levam à música derivativa e francesa, ao compasso 4/4 e ao South Bronx, os discos dos minimalistas alemães com mais sinais de uso, e o porão inteiro é meio assustador de um jeito legal e antiquado graças aos painéis de madeira e à poltrona reclinável verde. Ele baixa a agulha, e eu continuo meu tour silencioso enquanto algo se cria a partir do polímero e dos sulcos do vinil, algo preservado, mas ainda assim jurássico, o som opaco e cheio de chiado, e encaro isso como uma prova de autenticidade, mas também como uma denúncia da limitação dos meus ouvidos, que acham o som interessante, mas meio que só nada de mais. Ele me entrega um copo de gim e tira meu batom com as costas da mão. O gim está quente, e o disco é brasileiro e exagera no teremim. Ele serve um copo para si mesmo e fica andando pelo ambiente, parando só para mexer no toca-discos, que é um belo aparelho, mas nesse contexto parece deslocado, com aqueles números digitais no painel de alumínio lustroso. Nenhum disco satisfaz. Depois de dois minutos, Eric troca por outro, depois troca de novo, e o intervalo entre cada disco vai ficando cada vez menor, de forma que na quinta tentativa se torna um apagamento, e o processo de substituir o vinil faz a letra e os metais reticentes se fundirem. Quando encontra um disco que lhe agrada, ele atravessa o cômodo e me empurra para a parede. Ele arregaça a manga e envolve meu pescoço com a mão, um aperto cuidadoso e introdutório, como se a mão não fosse dele. Ele experimenta com a outra mão, e essa, a esquerda, parece ser a que ele prefere. Ele diz *Você quer* como se fosse uma pergunta e depois como uma afirmação, e o primeiro prejuízo do nosso silêncio de duas semanas é que eu esqueci a voz dele, que agora parece muito mole e muito aguda. De perto, todos os detalhes ficam levemente piorados. A avaliação é mútua. Ele afrouxa a mão, procurando no meu rosto o ponto exato em que a memória se corrompeu, e então aperta de novo, começa a fazer de propósito, e cada dedo é articulado e independente, tudo reduzido e anatômico, minha cartilagem e glândulas salivares explícitas, meu fôlego pela metade, transformado em uma coisa afiada e não dita dentro do meu peito. O fato de eu não conseguir respirar a princípio não parece um problema. Muita coisa acontece nesse ínterim, uma porta se abrindo lá em cima, um cílio na bochecha dele, e, antes de apertar com força, ele tira o copo de gim da minha mão. *Obrigada*, quase falo. Mas minha voz sumiu, e o porão sumiu, embora ao sair eu perceba que a agulha começou a pular.

7.

Nas semanas que se seguem, começamos do zero. Há uma tentativa de pedido de desculpa no qual ele não acredita e que eu não quero, depois ficamos parados diante de janelas diferentes e esperamos Rebecca sair de carro. Ele entra no meu quarto e a gente se atrapalha para tirar a roupa, o contato é tênue e inexato, os beijos estragados pelo fervor, cheios de ar e dentes e sempre errando o alvo, mas fico feliz só de sentir o toque de alguém. Esperamos os momentos em que Akila e Rebecca estão fora de casa, mas o ardor é um tipo de negligência. Escolhe-se cômodos ao acaso e às vezes não se fecha as portas direito. Os dias são mais curtos em outubro, e nós aproveitamos as noites ao máximo.

Não falamos sobre o que nos trouxe até aqui, a asfixia espontânea pairando entre nós como um sonho silencioso e lânguido. Em vez disso, nos encontramos no escuro, e aquelas coisas batidas e generosas demais que os homens tendem a falar antes de gozar parecem inesperadas e verdadeiras. Frases afetuosas, bobas. Um vocabulário que você leva na esportiva, devolvendo a bola de olhos fechados. Porque quando acaba, quando ele se curva para pegar a calça do chão, para além da porta há um mundo com trânsito e sarampo e sem espaço para essas palavras precipitadas e otimistas.

Nos encontramos para jantares rápidos em Princeton e Hoboken. Desenho uma âncora no braço dele e pelo resto da noite fingimos que ele logo estará em alto-mar. Vamos a Paulus Hook em Jersey City e ficamos olhando os barcos alugados para eventos darem voltas muito habilidosas ao redor de barcaças marrons e baixas, e quando a água para de se mexer ele me diz que vai me escrever uma carta todos os dias. Sempre voltamos para casa separados. Quando Rebecca está em casa, nossas conversas são concisas e tratam de coisas insignificantes, como o tempo e a necessidade de lavar a cafeteira ou não, mas, à medida que criamos essa linguagem cautelosa e corriqueira, ela se torna uma intimidade em si, e a roupa suja e os objetos que ficam embaixo dos talheres são uma ironia que relaxa seu rosto quando ele tira o meu vestido por cima da cabeça. Já estou esperando o pior, é evidente. Grampos de cabelo são esquecidos, um enfeite de mesa de cristal é destruído. Engatinhamos só de calcinha e cueca, tentando achar todos os cacos. Eric diz que vai pensar numa explicação, mas Rebecca não parece convencida. Ela diz que um caco entrou em seu pé, e passa uma semana falando disso. Diz que não consegue tirar o caco, e me manda comprar água oxigenada e gaze. Quando olho o pé dela, não tem nada. Olha mais de perto, ela diz, e da próxima vez que eu e Eric saímos eu sugiro que a gente vá a um hotel.

* * *

Sinto que Rebecca começa a repensar minha presença na casa deles. Enquanto eu aprendia a usar um esfregão e dava a impressão de que estava ensinando a filha deles a fazer o Coque Abacaxi e todo o bê-a-bá da cultura negra, meu currículo foi atualizado tantas vezes que minha carreira no mercado editorial e na indústria de queijos se transformou numa carreira em jornalismo científico, é fácil sair falando dos experimentos com o peixe-zebra do Sloan Kettering pelo telefone, mas não tanto cara a cara quando o entrevistador, parente distante do Jonas Salk, decide discutir se é ético dar cocaína para camundongos. Na minha entrevista na farmácia CVS, tento ser convincente quando insisto que ajudar jovens adultos a encontrarem a pílula do dia seguinte sempre fez parte das minhas metas para os próximos cinco anos, mas depois da entrevista vou para o estacionamento beber xarope contra tosse e vejo que um dos gerentes está dentro de um carro me observando.

E o dinheiro continua chegando. Aparece em cima da minha cômoda sem que eu saiba quem o colocou ali. Gasto o dinheiro com tinta e deposito o restante. Fico tentada a perguntar para Eric se foi ele, nos momentos em que estamos juntos. Se for, eu me preocupo com o risco de a nossa relação se tornar uma transação, não no sentido em que já é, ou seja, minha buceta de vinte e poucos anos e o DNA já em decadência dele, mas de forma que eu talvez precise pensar na irregularidade desses pagamentos, nos quatrocentos dólares que vêm numa semana e nos míseros cinco que vêm na outra, e refletir sobre as inconstâncias da minha performance.

* * *

Eric sai do trabalho para fazermos um piquenique. Eu o vejo antes de ele me ver. Ele está de quatro, alisando a toalha de piquenique, e acho a cena tão indigna que ando de novo até o ponto de ônibus e volto dez minutos depois, quando ele está esperando com uma garrafa de vinho. Quando eu me sento, ele segura o meu rosto com as mãos e eu sinto o salário nelas, os mais de quarenta anos de relativa tranquilidade. Ele arruma o crudo de frutos do mar e os queijos e eu enrolo um baseado frouxo e seco. Quando ele acende, a maconha rasga a seda e a gente passa o cigarro um para o outro sem parar, como se fosse uma emergência. Bem quando começa a chover, um Boeing 747 sobe na direção de Newark. Ele me puxa para o colo dele, e tudo fica um pouco mais estranho no meio da tarde, quando ele consegue ver o meu rosto. Eu volto para a toalha e sinto o sol nos braços. Penso em perguntar sobre o dinheiro, mas ele está beijando a palma das minhas mãos, me contando sobre um piquenique com a família em que ele descobriu que era alérgico a prata. Bebemos a garrafa toda, e ele me conta que seus pais ainda estão vivos e juntos, que no subúrbio onde ele morava, na região de Milwaukee, tinha uma bruxa da vizinhança de verdade, que na tradição nórdica é chamada de völva, e que ela lhe deu seu primeiro violão. Eu conto sobre o último presente de aniversário que ganhei da minha mãe, uma câmera Polaroid, e tiro a aliança da mão dele e a coloco na boca. Ele fica um tempo me olhando, corado e feliz enquanto sinto o gosto da liga metálica e do suor, mas depois ele endireita a postura e me fala que eu sempre passo do limite. Vamos embora separados e em casa não nos falamos. Não me esqueci de perguntar quem está me dando o dinheiro, é só que percebi que prefiro que seja Rebecca.

É raro ela estar por perto. De manhã coloca Zolpidem triturado no café e reclama do cachorro da vizinha, à noite no necrotério, vendo mais um veterano chegar. Há momentos em que o nosso contato parece atencioso, os absorventes internos orgânicos que aparecem amarrados com barbante no meu banheiro, os anúncios de vagas de emprego que aparecem na minha penteadeira ao lado de uma caneta vermelha. Também há momentos em que algo me lembra que a generosidade dela vem com um asterisco. A maneira como todas as perguntas que faz são instruções, as mensagens perguntando se posso ficar no meu quarto enquanto ela medita, dúvidas a respeito da minha capacidade de usar um cortador de grama e a máscara de algodão que ela me dá quando digo que o cheiro de grama cortada me deixa enjoada. É o estertor, ela diz, me chamando para perto do cortador de grama e arrumando a alça da máscara, é a grama comunicando que não está bem, e eu passo o resto do dia pensando nisso, com vontade de vomitar, a grama cortada e alcalina, o vinagre no vinho e o massacre no orvalho, por toda a parte o perfume das coisas que querem viver.

Não durmo até ficar com a sala de TV só pra mim, e, no meio de uma maratona de *A vida moderna de Rocko*, Rebecca chega do trabalho e pega no sono ao meu lado, ainda com as botas e a roupa cirúrgica. À uma da manhã, quando os desenhos do Nicktoons ficam preto e branco, Alceu e Dentinho estão voando num balão e eu chego mais perto dela e sinto o cheiro de formol e cigarro, o cabelo úmido e com raízes loiras. Penso em como minhas mãos passaram dias escuras depois que pintei o cabelo dela. Abaixo o volume da TV e fico olhando para ela. Ela é como eu, normal, com fases em que fica feia, mas, diferentemente de mim, quando fica feia ela parece solúvel, e a inércia é febril, quase Vitoriana. Quando o mesmo bloco de desenhos começa a se repetir e Jane Jetson sobe para o espaço, eu me levanto para ir para o quarto e Rebecca segura o meu pulso. Você deveria agradecer, ela diz, a luz da TV lhe iluminando o rosto, você tem todo o tempo do mundo.

Quando a casa fica em silêncio, às vezes eu forro o chão com jornal e misturo tintas. Coloco o episódio do correio de *Mister Rogers' Neighborhood*, e pego o grampeador e os chassis de tela. Às vezes desligo o celular e torço para que, quando o ligar de novo, apareçam notícias horríveis além dos assassinatos que eu já vivo esperando, ofegante, alguma coisa avançando pelo espaço, uma lua presa a nada ou alguma máquina sofisticada cheia de cefalópodes que podem ser os últimos da espécie. Seja como for, há coisas a pintar. As botas da Rebecca e as maçãs verdes que ela deixa pela metade, Rebecca no jardim, as seis fotos pixeladas que tirei do Eric e da Rebecca um mês atrás.

Na foto as coisas são ainda menos abstratas, ainda mais anatômicas, o saco escrotal dele e os joelhos dela, embora haja uma ternura que me detém. Tento pintar o que vejo, mas nenhuma das versões é verdadeira. A tentativa de colocá-las em escala é forçada e constrangedora. Eu já vi tanto Eric quanto Rebecca nus em diferentes situações — o tronco rígido e as cuecas de hétero do Eric, Rebecca do jeito que a maioria das pessoas vê a própria mãe andando pela casa, a nudez exausta que se revela aqui e ali entre roupões e o último colchete inteiro no fecho de um sutiã de senhora —, mas agora é diferente, prova de que eles são mais do que aquilo que acabaram se tornando. Eu queria conseguir parar. Toda terça, às onze da noite, Conan O'Brien na TBS. Nessas noites eu entro no quarto da Akila e coloco um fone de ouvido. Recarrego o meu rifle e mato todos os soldados alemães que estão na igreja da cidade. Não consigo sair da Normandia. Minhas armas são de nível baixo e não têm redução de recuo, e meu avatar sofre de tinitus. Depois de uma explosão, os controles param de funcionar e tenho que esperar o zumbido parar. Akila, que está no computador, me olha e suspira, seu jeito passivo-agressivo de me lembrar de que existem objetivos mais nobres no mundo do video game, jogos em que preciso falar com os moradores do vilarejo, em que preciso me esforçar para recrutar membros essenciais para o meu grupo, mas que nem se comparam ao prazer instantâneo de explodir o bunker de um inimigo. Caralho, neguinho!, um menino da Holanda grita quando um paraquedista cai do céu. Eu tiro o fone de ouvido, e eu e Akila voltamos às preparações para a Comic Con, que, como ela me lembra com certa frequência, acontece daqui a duas semanas.

Depois que conseguimos comprar os ingressos, Akila comunica que vai de ifrit. Desde já há alguns obstáculos — adaptar a silhueta de um senhor do fogo de origem árabe normalmente do sexo masculino ao corpo de uma menina de treze anos, confeccionar armadura e chifres e, no geral, ter consideração com a leve dismorfia corporal de alguém que acabou de chegar à adolescência. Ela prega uma imagem de um ifrit na parte de trás da porta do quarto e tira as medidas das próprias coxas. Em sua versão mais comum, a fantasia consiste basicamente em uma tanga e, mesmo com nossas adaptações, mostra mais pele do que tanto Rebecca quanto Eric gostariam. Porém, como os dois já perceberam que Akila vem odiando seu corpo cada vez mais, ninguém quer dizer nada que possa piorar a situação. Eric e Rebecca se encontram no jardim e, falando baixinho, debatem se as críticas que fariam à fantasia são machistas ou não. Fico sentada diante da janela do meu quarto e ouço Rebecca argumentar que Akila deveria usar uma meia-calça opaca e Eric se preocupar com a própria condição de homem branco e com a postura de Akila. *A gente não pode deixar Akila fazer o que quer só porque ela é negra*, Rebecca diz. *Isso não é feminismo interseccional, é só uma desculpa para sermos pais ruins.* Apesar das queixas da Rebecca, a confecção do cosplay segue conforme o planejado, porque, no fim das contas, tanto Eric quanto Rebecca preferem não atrapalhar o acontecimento especial que fez sua filha melancólica começar a sorrir. Ela desce para jantar e conta em detalhes que Stan Lee brigou com os editores por causa do Homem-Aranha, que os editores não achavam que era verossímil um menino de classe média baixa do Queens virar um super-herói, e registra as calorias que consumiu num caderno com sua agenda da Comic Con, que se trata de um documento muito detalhado de treze colunas com um monte de palavras escritas em várias cores.

Eu e Eric vamos até a Joann Fabrics e compramos quatro metros de couro sintético marrom e meio quilo de espuma multiúso. Compramos com as mãos, sentindo os bordados rígidos e a caxemira peluda, e nos entreolhamos para confirmar que estamos sentindo a mesma coisa. Tentamos fazer fogo. Ele não é um cara artístico, mas é bastante detalhista, e leva a questão dos materiais tão a sério que fica acordado para ligar para uma distribuidora chinesa de látex que mandou amarelo-canário, e não calêndula. Estocamos materiais diversos em vários tons de amarelo e vermelho e nos perguntamos se queremos que o fogo seja interativo ou decorativo. Eric chama Akila para ir com a gente até um arquivo em Mahwah, e quando chegamos lá dois arquivistas estão nos esperando numa sala dos fundos com um manuscrito árabe. Eles nos fornecem luvas de algodão, e entre as caligrafias pontiagudas há uma imagem de um ifrit arrasando uma cidade persa. Eric sorri enquanto Akila folheia cuidadosamente o livro, e quando voltamos para o carro ele parece aliviado. Quando chegamos em casa e Akila já saiu do carro, ele se vira para mim e diz que precisa que essa fantasia fique perfeita. Ele conta que Rebecca não queria adotar e que ele se pergunta se Akila sente isso. Pensamos juntos em outras possíveis versões do fogo — papelão, luzinhas de Natal, lenços amarrados formando uma corda — e só vemos Rebecca de passagem, porque ela está saindo para o trabalho.

No dia seguinte, Rebecca não está conseguindo encontrar sua aliança. Ela e Eric passam um tempo conversando no carro, e quando voltam para dentro ela está radiante. Eric nem tanto. Ele distribui as partes da casa entre nós, e fazemos uma busca cuidadosa. Enquanto estou olhando debaixo do sofá, Akila desce a escada e me olha de cara feia. Eu subo e Rebecca está lendo um livro na cama. Depois, na mesma semana, Eric dá entrada numa aliança nova. Ele me fala o valor, e por um instante meus pulmões ficam sem ar. Ele fala que não tem dinheiro, mas o que ele quer dizer é que é um pé no saco. E Rebecca sabe o que quer, um diamante marquise incrustado num anel de ouro branco, ladeado de musgravita e citrina. Certa tarde, quando tem que ir trabalhar, ela me pede para ir dar uma olhada, só para ver como as coisas estão indo. Vou até a joalheria e ninguém me pergunta se preciso de ajuda. Pergunto sobre a aliança e me dizem que não estão autorizados a me mostrar. Ficam me olhando até eu ir embora, e no dia seguinte eu falo para Rebecca que a aliança era linda.

Alguns dias depois, Eric reserva um quarto no Hotel Marriott de Jersey City durante a tarde, e tem certas coisas acontecendo no térreo que o deixam de mau humor, uma conferência de direito constitucional e um show para alunos de ensino fundamental que envolve um famoso personagem que é um esquilo. O lobby está cheio de advogados e crianças de coleira. Ele atende uma ligação de sua assistente, que está resolvendo um problema que tem a ver com um lote de filme de acetato de celulose. Você está me dizendo que é síndrome do vinagre?, ele pergunta enquanto tiro a roupa. Ele desliga o celular e coloca os sapatos ao lado da porta. Ele me analisa com as costas da mão, e, sem a palma, esse contato é distante, uma inspeção silenciosa que tento receber com leveza, embora seja insegura com os meus seios, que são separados e só têm sensibilidade quando estou com tesão. Ele me pede para tirar seu relógio e faço isso, meio sem jeito, enquanto ele investiga o meu rosto. Tento não me preocupar com a expressão dele, mas ele a mantém mesmo depois de tirar a calça, o olhar incisivo de uma pessoa que procura, procura e não encontra nada, o que me dá a impressão de que o nada sou eu. As preliminares demoram demais, uma salva de beijos burocráticos que parecem menos beijos e mais um mise en place, o garfo e a colher, e os dedos dele manuseando todos os mesmos botões que nunca falham. Mas ele não consegue ficar de pau duro. Eu faço o que posso. Uma punheta infinita e um bíceps dolorido, a sucção condescendente de um boquete esperançoso mas inútil e o desejo desesperado de que em algum momento isso acabe. Quando de fato acaba, deito ao lado dele e penso nas fotos, no cio sem ruído de marido e mulher. Faço carinho no ombro dele, e quando ele empurra minha mão eu fico aliviada.

Depois de uma hora tentando encontrar alguma coisa na TV, nós descemos e entramos escondidos no show. Soltaram as crianças da coleira e estão tomando o palco para uma introdução de "London Bridge Is Falling Down" em versão eletrônica suave. Quando as luzes se acendem, um Big Ben de papel machê de dois metros de altura aparece, com mãos humanas enormes que funcionam de verdade. Atrás dele, há uma projeção de uma London Eye pulsando. Quando Eric me passa um cantil de uísque, o Big Ben começa a falar a hora correta. Há pais, ou muito dispersos ou prestando atenção de um jeito doentio, um homem usando as costas da esposa como apoio para assinar documentos, uma mulher tirando leite do peito ao lado de um carrinho de cachorro-quente.

Eis que o esquilo é um animatrônico, mas quando ele chega a multidão no salão perde o controle e algumas crianças precisam ser afastadas. Eu e Eric estamos tentando levar numa boa, mas, enquanto vamos passando o gim de um para o outro várias vezes, descobrimos que "Wheels on the Bus" não fica tão ruim em 150 bpm, e, apesar de não sermos o público-alvo, estamos fascinados pelo esquilo, que tem olhos escuros e úmidos. Quando Eric olha para mim, eu sei que estamos pensando a mesma coisa, sabe-se lá como, e estamos pensando que as crianças de hoje em dia nunca precisaram ver os protótipos, e que agora o vale da estranheza não existe mais.

Quando voltamos para o quarto estamos mais tranquilos. Ele abre a janela e liga o rádio, e fumamos um baseado amassado que achei no fundo da minha bolsa. Ele fica repetindo que não está sentindo nada, mas depois pega um pente na bolsa e passa um tempo repartindo o cabelo em lugares diferentes. Ele volta do banheiro com o cabelo repartido ao meio e me dá um abraço, e todas as torneiras estão abertas. Toca uma música de que ele gosta no rádio, um clássico de trilha de supermercado que fez sucesso nos anos 80, e eu começo a me dar conta de que ele ficou doido e eu não. Eu traguei com muita força um baseado muito pequeno e estou sentindo a exaustão atrás dos meus olhos. Ele me chama para dançar, mas a música é muito ruim. Acho que a pessoa precisa ter vivido os anos 80 para gostar dessa música. Acho que a pessoa precisa ter uma construção neural muito específica, uma camada de nostalgia para embelezar uma coisa frígida e extrovertida que só pertence aos alto-falantes do shopping. Mas mesmo assim eu danço com ele, apesar de não conseguir relaxar com a luz acesa. Tento fazer graça, mas vejo a decepção do Eric e fico sem saber o que fazer com as mãos. Ele me manda parar e deitar de bruços. Eu pergunto se aconteceu alguma coisa, e ele me ergue e me come de quatro enquanto uma voz sonolenta no rádio apresenta "Come On Eileen". *Você não tem pra onde ir*, ele diz. Ele me pede para repetir essa frase.

"Eu não tenho pra onde ir", eu repito, e quando acaba ele passa um bom tempo tomando banho, depois pede mil desculpas. Ele me diz que quando era criança tinha imunodeficiências muito complexas e que às vezes era obrigado a guardar o ursinho de pelúcia num pote de vidro, e que é essa mesma reação imune que prejudica sua produção de esperma. Como isso merece alguma reciprocidade, eu conto que fiz um aborto mais ou menos na mesma época em que aprendi a usar um revólver. Falo mais sobre a câmera Polaroid que ganhei da minha mãe, conto que passei semanas tirando fotos de árvores e fios de linha telefônica, e só depois voltei as lentes para ela. Que ela concordou em ser fotografada até ver como saía nas fotos e me pedir para parar. Que eu pensei que essa recusa era mesquinha e frívola, uma coisa chata que eu já tinha visto mulheres adultas menos interessantes fazerem, mas depois olhei para as fotos e entendi que ela estava certa. Não era só uma questão de não ser fotogênica. Ela estava exposta, e a fotografia escancarava isso de um jeito tão chocante que ela se tornava grotesca.

Em casa, fazemos fogo com tule vermelho e amarelo. Akila cobre os ombros com a peça e rasga jornal para fazer o papel machê. Eric traz alguns vinis e moldamos os chifres ao som de "Dancing Queen", embora já estejamos nas músicas menos conhecidas do ABBA quando chega a hora de confeccionar a armadura de espuma. Depois que a cola quente seca, vamos lá fora e pintamos a armadura com tinta spray prateada. Akila me mostra seu arquivo de revistas em quadrinhos e, exceto por algumas em que não posso encostar, me deixa ler o que eu quiser. O estado de conservação e o ano de publicação variam — edições fininhas em papel-jornal com anúncios de leite e de Tekken, revistinhas da série Girlfrenzy! que miram no público feminino e acabam descambando para o sapatão, edições mais antigas que tentavam conquistar a geração X na cara dura, entre anúncios da GAP e das balas Gushers, o filho do Bruce Wayne, um cara cabeludo e meio grunge de vinte e poucos anos, cheirando cocaína em Gotham e se sentindo oprimido pelo pai criado pela Grande Depressão.

Eu e Eric cometemos outros erros. Em especial a primeira (e última) vez em que Eric me chama de amor, que acontece quando ele está tentando chamar minha atenção para a correspondência, e eu percebo que ele se arrepende na mesma hora, porque é ridículo e porque, conforme descobrimos logo em seguida, Rebecca está no mesmo cômodo. No dia seguinte, nos encontramos para almoçar num hotel Wyndham em Teaneck e eu volto para casa e encontro Rebecca de cócoras no jardim, segurando a espátula. Ela escolhe a erva-doce e a lavanda e analisa as palmas das mãos. Diz que a ideia era fazer um jardim de borboletas, mas que algumas coisas deram errado nessa estação. As flores nasceram com pouco pólen e a população de predadores naturais estava em alta. Corças curiosas. Besouros e aranhas que ficam entre as margaridas esperando belas-damas e almirantes-vermelhos. Um lírio estéril que faz o beija-flor perder a vontade. Agora o jardim está cheio de ervas daninhas e exoesqueletos. Rebecca pega a espátula e começa a arrancar as ervas daninhas. Pergunto se ela quer ajuda, e ela diz que não precisa. Sua camiseta está úmida, amarela nas axilas. Ela fala sozinha, diz que são espécies oportunistas. Ela pega a tesoura e começa a podar a lavanda, mas quando chega à hortelã-pimenta ela começa a arrancar tudo com a mão.

"Tenho a impressão de que só eu escuto esse cachorro", ela diz, e só depois que ela fala isso eu ouço o latido. "A gente fez eles ficarem assim. Deixamos eles carentes e sedentários. Antes eles eram lobos. Agora viraram pugs com asma."

"Eu nunca entendi o apelo. Dos pugs."

"Eu vi as suas pinturas", ela diz, esticando o braço para alcançar o esfagno. Ela fez a gentileza de continuar de costas para mim, mas ainda assim o almoço, ou seja, o serviço de quarto, me sobe até a boca.

"Quais?"

"Todas", ela diz, e é óbvio que só consigo pensar nas mais comprometedoras, pinturas que fiz de tudo para esconder. Pinturas que são investigação, que são desejo, e que são, em sua grande maioria, dela. De certa forma, eu também gostaria de ter estado presente, de vê-la quando ela se viu nas pinturas.

"O que você achou?", pergunto, e ela olha por cima do

ombro, o rosto corado e maldoso. Não sei se ela está olhando para mim ou para o cachorro da vizinha.

"Acho que dá pra melhorar."

Quando todo mundo vai dormir, eu olho as pinturas e sinto ódio de mim mesma. Faço tudo o que posso para evitar Rebecca, e é fácil, porque ela praticamente sumiu. Veteranos da Geração Silenciosa começaram a morrer aos montes, e quando não está no trabalho ela está dormindo. Eu me pego tentando ouvir quando ela chega em casa. Aí, quando estou fazendo mais um autorretrato fracassado, me dou conta de que minha menstruação está atrasada. Abro o app que uso para registrar o ciclo e vou rolando a tela até achar a última lagriminha vermelha, registrada sessenta e dois dias antes, embaixo da qual inseri uma breve anotação: só notícia horrível hoje. Queria ser homem. Preciso de mais gesso e azul ultramarino. Então vou até o armário, pego alguns cabides de metal e arrumo as roupas que tenho deixado jogadas no chão. Limpo a minha paleta com as unhas e junto as tintas secas num círculo cromático que acaba sendo dominado por tons cada vez mais intensos de azul. Deito na cama e fico me perguntando como é possível as mulheres não sentirem isso, o exato momento em que o corpo começa a criar.

Na semana seguinte, Rebecca insiste que eu compareça à cerimônia de entrega de faixa da Akila e não toca no assunto das pinturas. Quando entro no carro, Eric me olha como se tivesse sido ideia minha. Na cerimônia, ele me chama de Edith e escolhe uma cadeira o mais longe possível de mim para sentar. Akila não ganha a faixa. Depois de quinze passos, ela perde a postura e pede licença para sair do tatame. Rebecca me conduz até aquele único instrutor negro e me apresenta como uma amiga da família. Nós já nos vimos, é óbvio. Já reparamos um no outro e praticamos aquela leve telepatia necessária em ambientes como esse, admitindo que cá estamos nós, tomando cuidado e sendo negros do jeito mais delicado possível. Apesar da motivação secreta levemente ofensiva que levou Rebecca a nos apresentar, Robert faz a vontade dela e conversamos em tom apático sobre planos que nenhum de nós pretende cumprir. Em casa, Akila está chateada. A fantasia ficou pronta e, embora as partes fossem empolgantes quando estavam separadas e ainda no plano das ideias, não funciona no corpo. Ela se olha no espelho e seu sorriso se desfaz. Olha para Eric, e, em consideração a tudo que ele investiu, faz alguns elogios desanimados, mas seu constrangimento é palpável, assim como o nosso. A gente não consegue concluir se o problema foi a tosquice das nossas técnicas de artesanato ou se a triste realidade é que é assim que uma fantasia como essa fica num corpo que não seja de desenho animado.

"Não tem problema", Akila diz, mas nos dias que se seguem não parece que não tem problema, e os probióticos e o polietilenoglicol não ajudam em nada o meu intestino eternamente irritado, embora a minha incapacidade de fazer a comida descer tenha ajudado a acalmar a constipação crônica. Volto para o Call of Duty e apresento o conceito de fogo amigo para aquele menino holandês. Vou à farmácia e compro alguns testes de gravidez. Passo um tempo cortando a grama e, quando vejo aquela velha branca me observando pela cortina de novo, vou até a janela da casa dela e a olho bem nos olhos, mas depois percebo que o cortador de grama está andando sozinho e quase chegando na rua.

Na manhã seguinte acordo enjoada. Passo o dia todo na cama e só levanto para tentar vomitar, mas não sai nada. À noite

Rebecca entra no meu quarto e fala para eu me vestir. Ela não diz aonde estamos indo, então coloco um vestido bordado com paetês e o salto mais alto que tenho. Quando entro na caminhonete, ela pergunta se estou com frio. Não é uma pergunta. É um comentário, mas esse vestido também é. A intenção é dizer: esse seu comportamento ambíguo me cansa. A intenção é dizer: é isso que acontece quando você deixa tudo por conta da minha interpretação. Ela liga o ar quente e sintoniza o rádio no Top 40, e a programação é sempre a mesma, capitalismo verborrágico de baixa frequência, comerciais de escritórios de contabilidade e sofás e promos de shows de despedida da velha guarda do R&B e do quiet storm, mas, quando se trata da música em si, eu não conheço nada. Nesse momento me ocorre que passei tempo demais em Jersey. Estamos em Midtown antes de eu perceber que voltamos para a cidade, e quando olho para a Sexta Avenida a cidade realmente parece uma ilha, cercada por água grossa e amarela, voltando aos poucos a ser solo argiloso. E de repente chegamos ao hospital. No momento em que pegamos o elevador e descemos até o necrotério, eu me sinto idiota, sim, por estar vestida desse jeito. Quando Rebecca me oferece um traje de proteção eu fico grata, mas estou decidida a permanecer impassível. Em seguida ela abre o armário e pega um cavalete, uma tela em branco, uma paleta de aço, três pincéis, uma espátula e tintas amarela, magenta e ciano. Eu giro o pincel na minha mão e olho as letras douradas na haste. Ela abre a porta que leva ao necrotério.

"Os pincéis são de pelo de texugo. Tudo bem?"

"Sim", eu suspiro, olhando as tintas, que são tão lindas quanto os pincéis. Tintas de óleo de linhaça puro e saturado. Enquanto olho os materiais, ela dá a volta ao redor do cadáver e alonga as mãos. Ela já parece cansada, mas depois ela liga o rádio e pega a serra. Ela me olha com certa impaciência, e eu percebo que a ideia é que eu também comece. Abro o cavalete e posiciono a tela. Misturo algumas cores terciárias e deixo todas quentes, e o magenta é um pigmento tão amanteigado e concentrado que não consigo me forçar a suavizá-lo. Mas, depois da pressa para escolher a paleta que vou usar, olho o cadáver e meu estômago se revira. Não é o corpo. É o público. Rebecca continua seus afazeres como se eu não estivesse na sala, mas quando me viro para a tela sinto seus olhos em mim. Ela me pede para chegar mais perto e diz para ninguém: Branco, sexo masculino, 87, doença arterial coronariana. Depois ela abre o peito e tira de dentro o coração, que é grande e brilhante e exsuda uma substância amarela. Faço o esboço inicial do corpo em ciano diluído e, à medida que vou preenchendo a carne, descubro que ela trabalha mais rápido do que eu consigo acompanhar. Num instante o corpo está inteiro, no outro, virado do avesso feito uma casca de fruta.

A pintura ficou borrada e impregnada de nervosismo, mas no fundo há alguma precisão, e, depois que ela toma banho e vamos para casa, surge uma trilha de paetês que leva até o meu quarto. Da próxima vez coloco uma camiseta e calça jeans. Levo lápis grafite e um pote de aguarrás. Sintonizo o rádio nas estações que eu ouço, e Rebecca não reclama. Quando entramos no Túnel Holland, as luzes do painel do carro piscam. Ela me diz que não é nada, que a caminhonete tem dado alarmes falsos há dois anos, mas quando estacionamos no hospital o motor emite um som humano. Vestimos os trajes e tiro meus materiais da bolsa. Ela abre a porta, e enquanto eu misturo as tintas ela coloca o intestino grosso numa bandeja prateada. Eu me aproximo e ela diz: branco, sexo masculino, 89, câncer de próstata. Eu me esforço para não pensar muito nisso, mas é difícil não entender o significado das cicatrizes de cirurgia entre o reto e a bexiga, que é que ele tentou, e falhou. É óbvio que é por isso que Rebecca ama esse trabalho, por causa das histórias que os corpos contam. Ela acredita que a melhor forma de ver como uma coisa é feita é desmontando-a. Ela diz que foi uma criança que desmontava todos os brinquedos, que isso irritava sua mãe, mas que seu pai entendeu e começou a comprar coisas que ela pudesse montar do zero — relógios e carros e aeromodelos.

Rebecca sorri ao ver minha representação de um cérebro que ela corta ao meio e que, visto de cima, parece uma nave espacial ou um tubérculo. Ouvimos rádio, e nos intervalos comerciais ela me conta histórias de seu jeito conciso e desconexo. Mais ou menos assim: Teve uma explosão no crematório. Alguém esqueceu de tirar o marca-passo. Ou assim: Da Vinci injetou cera derretida nas cavidades do cérebro e desenhou a imagem invertida. Mas eu não estou inventando a ressonância magnética. Estou tentando desenhar os tendões da mão. Os mestres eram mestres porque seu vocabulário anatômico era vasto, porque compreendiam os aspectos laterais, posteriores e anteriores do ombro, e isso acabou os ajudando a retratar a posição em que Jesus provavelmente teria ficado na cruz, mas até no sistema respiratório há mais linguagem do que eu jamais poderia entender. Uma semana depois, Rebecca recebe um veterano do Vietnã obeso e com os pulmões insuflados (branco, sexo masculino, 63, crise de asma), e, embora seja forte o suficiente para levantar pessoas mortas com certa frequência, ela não consegue tirá-lo do lugar sozinha. Saio da frente da minha tela e, seguindo as instruções dela, levanto as pernas e nós o carregamos como alguém carregaria um sofá escada acima.

Para além disso, todo o meu prazer reside embaixo da espátula, as dobras do corpo mais marcadas e portanto mais divertidas de pintar, a paleta absurdamente caucasiana, e portanto um pouco chata, embora dentro do corpo haja espaço para improvisar com azuis e vermelhos escuros e frios. Os cadáveres das pinturas de Rembrandt eram todos de criminosos. O assunto das pinturas é na verdade os homens instruídos que cercam o corpo. Dentro das minhas pinturas sempre há a figura parcialmente enunciada de uma mulher, móvel demais para ser opaca, debruçada sobre o corpo com uma pinça na mão. Se ela se vê na tela, não diz nada. Mas há momentos em que ela olha por cima do meu ombro e demonstra sua aprovação com um sussurro, algo de que eu sem dúvida me ressinto, mas ao mesmo tempo, só um pouco, amo.

A segunda principal causa de morte entre veteranos é o suicídio, e é isso que Rebecca me diz quando o próximo corpo é jovem. Eu pego minhas tintas e Rebecca deixa o rádio desligado. Depois, nós duas tomamos banho e sentamos no carro de cabelo molhado. Dividimos um cigarro, e a três quilômetros de casa acabamos no acostamento. Enquanto está no telefone com a seguradora, ela pega um revólver no porta-luvas e me pede para guardá-lo em sua bolsa. Eu seguro a arma e a viro, tentando fingir que nunca a tinha visto, mas, como ela viu minhas pinturas, sei que deve ter noção de que já cataloguei tudo que há na casa. Como da primeira vez em que eu o segurei, o revólver é tosco e parece um protótipo, o cano, grosso e quadrado. Eu retiro o cartucho e guardo a arma em sua bolsa. Quando o guincho chega, ficamos em pé no acostamento e o cabelo dela teima em cobrir seu rosto.

"A pintura da sua mãe é a melhor que você fez", ela diz, e eu penso na Polaroid, na minha empolgação em registrar uma pessoa que não queria ser fotografada enquanto dormia. Penso na foto e na rapidez com que uma mulher dormindo foi corrigida para uma mulher morta. Porque, em seus últimos dias de vida, minha mãe não dormiu. Só havia grupos de oração e óleos essenciais dentro de Tupperwares, adventistas do sétimo dia com sinetas na sala, tocando "Power in the Blood" enquanto meu pai, que preferia estar assistindo o jogo dos Yankees, passava mirra nos pulsos negros e magros da minha mãe. Na noite anterior ao dia em que minha mãe se matou, uma diaconisa me obrigou a pegar a sineta do fá sustenido, e, na transição de "Amazing Grace" para "How Great Thou Art", olhei para a minha mãe e vi com nitidez seu desejo de morrer. Quando uma pessoa sem noção começou a contar a história de Lázaro, a World Series estava passando numa tv do andar de cima. Perderam uma bola no Bronx e um homem morto se ergueu, e a história sempre termina aí, otimista, pela metade, com um milagre tão famoso que se torna o catalisador da Crucificação, o que em teoria é uma troca justa, um homem por outro, embora três dias antes de sua morte Jesus tenha visitado Lázaro de novo, e é difícil não querer saber o que ele disse, se ele viu o que Lázaro tinha feito nesse meio-tempo e começou a se perguntar por que mesmo ele ia morrer.

Quando Rebecca e eu chegamos em casa, começamos a tirar os sapatos e nós duas nos atrapalhamos, o que a princípio parece uma coincidência, até que percebo meu próprio esforço para prolongar essa tarefa, e vejo que ela está fazendo o mesmo, e o silêncio da casa, em contraste com o acostamento, torna tudo tão sério que eu fico com vergonha só de olhar para ela. Antes de a situação ficar ridícula, ela tira os sapatos. Ela se ocupa pegando a correspondência, e eu me aproximo e tiro tudo da mão dela, mas, quando abaixo a cabeça e vejo que é a conta de luz, fico sem saber o que fazer. Eu olho para o rosto dela e vejo que está irritada, mas por baixo há algo mais curioso e mais permanente, e dou um abraço nela e me arrependo até o instante em que ela retribui, e ela o faz sem pressa, o corpo tão duro que me surpreende, e ela me puxa e passa a mão pelo meu cabelo, os componentes da sua pessoa — o formol e a cinza e o creme para olheiras — clarificados de perto.

Na tarde do dia seguinte, eu e Eric fazemos check-in numa unidade do Days Inn. Ambos estamos cansados e ele está com algum problema nas costas. Quando subimos para o quarto, um funcionário do Sistema Nacional de Arquivos telefona e ele passa um tempo discutindo a integridade de uma tapeçaria da Polinésia, que pelo visto foi atacada por traças. No começo essas ligações não me incomodavam, mas à medida que se tornam mais frequentes começo a achar que são conversas que ele quer que eu ouça, que servem para explicitar o quanto ele é ocupado e o quanto tenho sorte por ser digna dessa interrupção em seu dia. Quando ele desliga o celular, dividimos uma garrafa de gim de 120 ml e eu fico um tempo pisando nas costas dele e passo o resto da nossa estada observando as marcas que ficaram. De repente me ocorre que ele talvez não seja interessante e só seja mais velho do que eu, uma pessoa que estourou o orçamento do fracasso e foi parar do outro lado com um plano de aposentadoria. Quando a gente transa, demora tanto que no meio, quando o que importa não é mais a sensação, e sim o tempo que falta para terminar, a gente se olha e decide parar. Eu me visto e falo para ele que vou buscar gelo, mas na verdade vou até a academia do hotel e fico levantando peso até não aguentar mais. Quando volto para o quarto, ele está desacordado no chão do banheiro.

Ligo para a recepção e um funcionário sobe e fala que isso vive acontecendo. Quando entro na ambulância, vejo os paramédicos tentando entender nossa assimetria. Perguntam como nos conhecemos, o que estávamos fazendo e se usamos algum tipo de droga. Quando perguntam a data de nascimento dele, eu chuto. No hospital, ele começa a recobrar a consciência. Não tenho opção senão ligar para Rebecca, e, quando chega, ela se recusa a olhar para mim. Ela faz um monte de perguntas ao enfermeiro num jargão que eu não entendo. Ficamos do outro lado da cortina enquanto Eric fornece uma amostra de urina, e a médica dá a volta e diz que síncope é algo muito comum e que, por conta da baixa frequência cardíaca, Eric não pode levantar muito rápido, e que a melhor maneira de fazer isso é contar até cinco antes de se levantar. Quando voltamos para casa, não tem moleza. Eric sai do carro e Rebecca olha para mim pelo espelho retrovisor e me diz que vai direto para o trabalho.

"Eu não queria que isso tivesse acontecido", eu digo.

"Tem alguma coisa que você queira, afinal?"

"Isso não é culpa minha."

"O slogan da sua geração."

"Por que tem que ser da minha geração? Por que não pode ser só comigo, uma coisa mais específica?"

"Porque você não é específica", ela diz. "Tudo isso já foi feito antes." Ela me olha pelo espelho e pega um cigarro batendo uma vez no maço. "Pra mim já deu."

"O quê?"

"Você tem um mês pra sair de casa", ela diz, e em seguida liga o rádio, e está tocando uma música que sempre ouvimos no necrotério, mas em sua expressão não há sinal de reconhecimento. Quando eu saio e a vejo seguir com o carro, a caminhonete continua fazendo aquele barulho. Dentro da casa, Eric e Akila estão jogando *Mario Kart*. Não me surpreende que ele tenha escolhido ser o Mario e seja incapaz de ficar na Rainbow Road sem perder o controle. Enquanto ele desperdiça o ambiente livre de discriminação do *Mario Kart* e desaparece nas sombras, eu olho para ele e penso no certificado da associação americana das bibliotecas que encontrei ao lado de seu cartão do plano de saúde. Penso em como ele estava no chão do banheiro, a boca aberta e o genital mole e as veias embaixo da pele muito branca de luterano, e, enquanto uma Peach e um Luigi computadorizados avançam pela Moo Moo Farm, penso no quanto me equivoquei. Penso em todos os homens fracos que transformei em deuses. Vou para o meu quarto e acabo caindo num vórtice da Wikipédia sobre a religião em Tatooine. Termino minha fantasia e fico sentada no escuro com meu biquíni de metal, e de manhã vou cambaleando para o banheiro e faço o teste de gravidez. Sinto o impulso de rezar, mas, por uma questão de princípios, não faço isso. Deus não defende as mulheres. Ele defende o fruto. Ele faz você ter vontade e estimula a maldade em você e, enquanto você dorme, ele planta no seu ventre uma semente que vai nascer só para morrer logo depois.

8.

Na manhã da Comic Con, Eric volta para casa depois de sair para correr e diz que alguém deu um tiro no cachorro da vizinha. O quarteirão está abarrotado de policiais. A velha está parada na rua segurando uma casinha de cachorro virada de ponta-cabeça, e um policial tenta arrancá-la dela. Atrás deles, o cachorro está coberto com um lençol. Fico olhando da minha janela, e a parte de cima da cabeça da Rebecca aparece quando ela sai para buscar o jornal. Quando desço, ela está separando os cadernos que não quer ler — política, esporte, o horóscopo. Pego o horóscopo e tem uma conjunção entre Vênus e Marte que só a Costa Leste consegue ver. Lá fora, um caminhão de lixo tenta desviar da polícia. Um lixeiro esbaforido desce do caminhão e um policial fala que hoje ele não vai poder recolher o lixo.

Rebecca alisa uma dobra no caderno de entretenimento. Uma jovem atriz morreu. Uma jovem atriz amamenta na praia. Ela está com a boca aberta e os olhos fechados. Desde que ela me mandou embora, há momentos em que penso que vamos trocar alguma frase significativa e conclusiva, mas nada acontece. Sinto vontade de contar para ela que tenho pintado. Ainda não evoluí muito nas questões do emprego e do lugar para morar, mas tem alguma coisa acontecendo na minha tela, qualquer que seja o cálculo delicado e humano que dá vida a algo, que dá raízes e retina a um olho pintado e faz parecer que ele enxerga. Fico acordada com um exemplar usado de *Anatomia humana para artistas* e começo pelos ossos do crânio e continuo até chegar aos dentes. Não é a mesma coisa, sem dúvida. Vejo ela sair de carro para o trabalho, e penso na bituca úmida do cigarro que a gente dividiu, no boxe minúsculo do chuveiro do necrotério e em seus pés graciosos por baixo da cortina, em sua serra de cortar ossos, uma versão que saiu de linha, projetada especialmente para mãos femininas. Acordo no meio de um sonho em que ela está tentando colocar um pulmão num vidro muito pequeno, e passo o dia inteiro sentindo que tudo cheira a salmoura, embora deva ser só a aguarrás. Procuro quitinetes baratas em Newark e Bensonhurst, mas só tenho dinheiro para dois meses de aluguel. Só tenho dinheiro para um mês e um aborto, embora eu mude de ideia sobre isso toda hora. Não me sinto eu, estou disposta e noturna e tendendo a acreditar que essa gravidez é um dos motivos para eu estar pintando melhor. Porque não consigo dormir sabendo o que está acontecendo dentro do meu corpo, e, como não durmo, eu pinto. Nunca estive tão cansada. Nunca fui tão prolífica. E se eu marcar a consulta e me perguntarem se já fiz isso antes? E se eu for uma mulher que tem que fazer duas vezes?

Vou para o meu quarto e visto o biquíni de metal e coloco a corrente em volta do pescoço. Olho a minha barriga no espelho e sinto que já tem uma coisa dentro de mim tentando sair. É do tamanho de uma lentilha, mas sinto um novo e medonho nível de hostilidade abdominal que não consigo resolver com raiz de gengibre. Rebecca entra no meu quarto segurando um limpa-vidros Windex e jornal. Ela está com metade da fantasia, só um olho com sombra forte esfumaçada. Desde que me mandou embora, Rebecca entra no meu quarto com mais frequência. Nunca nos momentos em que eu gostaria. Momentos acres, de manhã bem cedo, quando ainda não escovei os dentes. Deixo minhas pinturas espalhadas, torcendo para ela ver, mas ela não diz nada. Agora ela entra no banheiro e começa a limpar o espelho. Ela faz questão de não me olhar nos olhos.

Penso que eu poderia ter esse bebê só de raiva. Meus pais me fizeram de propósito e olha só no que deu. Raiva é mais sustentável. Ela obriga você a se provar, e não existe jeito melhor de se provar do que através de um filho, meu fracasso individual corrigido por uma maternidade tão heroica que meu filho ou filha já reconhece padrões antes mesmo de o crânio se fundir. Uma criança genial nascida a partir de um rancor que não me impede de viver, mas que vai me acompanhar até o enterro do Eric, no qual Rebecca estará toda enrugada e escondida atrás de um véu. Quando começo a trançar meu cabelo, ela me observa, e tento continuar alheia, mas estou um pouco distraída com a lembrança do meu primeiro aborto, no qual não penso sempre e do qual às vezes até esqueço, mas só até abrir o Twitter e acabar brigando com um adolescente republicano. Eu tinha dezesseis anos. Eu não tinha como ser mãe. Talvez as mulheres da minha família não devessem ser mães. Isso é mais um fato do que um julgamento. Elas estavam morrendo dentro do próprio corpo, e agora todas essas partes mortas são a minha herança.

* * *

Depois que todos os vizinhos voltaram para suas casas e um dos policiais enfim conseguiu arrancar a casinha de cachorro das mãos da velha, Akila entra no meu quarto com um pente de ferro e solta o cabelo, que em um mês ficou grosso e crespo. Ela já vestiu o uniforme da Frota Estelar que compramos de última hora na loja de artigos para festas, e com o qual ela não está lá muito contente, mas, quando acendo o fogão e passo o pente sobre a chama, ela invoca Uhura, treina palavras em tamarian, ferengi e, óbvio, klingon. Ao longo dos últimos meses, atualizamos sua rotina de cuidados com o cabelo por meio de um cuidadoso processo de tentativa e erro, ainda que tenhamos caído muitas vezes na cilada das lojas de conveniência de bairro, que só vendem shampoo de gente branca. Uma vez, em Hoboken, descobrimos uma única prateleira na parte de baixo de uma gôndola com pomada velha e creme de pentear Cantu, infelizmente já solidificado. Fomos algumas vezes ao Brooklyn, uma para comprar óleos e outra para comprar manteigas, as artesanais e as embrulhadas em saran, as metidas a besta e as livres de petrolatos, e qualquer meio ponto percentual de umidade de outono mudava a textura das tranças da Akila, até que a gente desistiu do vinagre de maçã e começou a quebrar uns ovos na cabeça dela. Agora a gente tem nossa rotina: óleo de coco, mel de manuka e dois nós bantu bem firmes antes de dormir. À medida que penteio o cabelo dela com o pente aquecido, imagino suas futuras versões — os rabinhos de cinco dólares e os apliques sintéticos deformados e o kanekalon de arco-íris e a certeza de um big chop pós-término — e me pergunto em que lugar dessa escala ela vai acabar ficando. Quando estamos terminando, Eric desce a escada e faz um comentário sobre o cheiro, mas, quando percebe de onde vem, parece ser capaz de intuir que é de Alguma Coisa de Gente Negra e fica todo arrependido.

Ele já está fantasiado e, de todos nós, é quem tem o físico mais parecido com o da referência, um triângulo invertido flexível que já faz parte do cânone, embora ele tenha apostado na nova versão do traje, o náilon discreto em vez do elastano brilhoso, que parece menos patriótico, mas, com toda essa vibe de pai trabalhador que ele já tem, o resultado é o que parece ser o Capitão América que a gente merece quando, em comparação com o resto do mundo, o país acaba de entrar na fase mais ranzinza da adolescência. Enquanto ele prepara um chá, eu imagino o nosso filho ou filha, o maxilar do Eric, meu intestino disfuncional. Não tenho dúvida de que seria um menino lindo. Já a menina teria que superar algumas coisas. Quando Akila sai, ele coloca uísque no chá e tenta afivelar a última parte da fantasia, uma faixa que ele está bêbado demais para conseguir colocar. Eu ofereço ajuda e ele me afasta com um gesto, mas depois de um tempo desiste e se deixa cair numa cadeira.

Ele tem estado assim desde a ida ao pronto-socorro: arisco, dado a arroubos aleatórios de machismo, menos preocupado em esconder o quanto bebe. Quando nos conhecemos, parecia que ele só bebia socialmente, que beber era uma coisa que ele fazia porque tínhamos saído. Parecia um preâmbulo necessário, parte do passo a passo, como calçar a meia antes do sapato. Eu devia ter percebido antes que certas coisas não podem fazer parte da rotina. Olhando para ele agora, parece impossível que eu não tenha notado. Penso de novo no nosso filho, e dessa vez uma série de predisposições chega para prejudicar esse belo cruzamento genético. Uma criança com uma profunda propensão ao vício, traumas passados de geração em geração, química cerebral questionável e uma vida inteira de altos e baixos pré-frontais incessantes, com os meus pés chatos e retangulares e nossa paixão mútua pela música disco, que no ano de 2045 tem tudo para ser mais ridícula ainda, e os genes germânicos do Eric, que perderiam o sentido se essa criança crescer nos Estados Unidos e acabar soterrada pela dose diária de cortisol induzido pelo racismo enquanto o Sol do planeta morre aos poucos. Só quero contar para ele porque é um acontecimento muito improvável, um golpe de sorte milagroso que aconteceu apesar das severas limitações dos nossos corpos, um golpe de sorte que me deixa doente mas também sonhadora, como se as coisas pudessem mudar, se renovar. Não é tão ruim ser uma incubadora. Parece que tudo que eu como e bebo serve para alguma coisa. Ostras, chocolate, manga com molho de pimenta, tudo justificado e tudo perdoado, tudo parte desse paladar que estou educando com as versões mais agudas do sal e do açúcar. Mas, por outro lado, é horrível ser uma incubadora. Parece que tudo que eu faço tem que servir para alguma coisa.

Enquanto coloco a faixa por cima da cabeça do Eric, Rebecca desce a escada fantasiada, e, assim como Eric, ela escolheu a versão atualizada, meia arrastão e shortinho enfiado na bunda, e não o macacão de bobo da corte, embora não tenha adotado o taco de beisebol, preferindo manter a marreta. A ideia inicial era fazer uma fantasia de casal, mas quando Eric fez a maquiagem de palhaço ninguém conseguiu dormir. De qualquer forma, a Arlequina da Rebecca é tão básica e tão antipática que funciona melhor sem dupla, o que equivale a dizer que esse cosplay não combina muito com ela, assim como nenhum cosplay em que ela precise ser coadjuvante combinaria. Ela coloca a marreta na ilha da cozinha, bebe um gole do chá do Eric e faz uma cara feia. Não diz nada, no entanto. Ela abre a janela e borrifa tinta cor-de--rosa nas pontas das maria-chiquinhas.

Lá fora, a polícia está falando com os vizinhos e a velha perambula pelo quintal de camisola. Com a janela aberta, o balido das sirenes e o burburinho da vizinhança preenchem o ambiente, mas, acima de tudo, eu ouço a velha chorando. Soluços longos e sem ar que fazem Akila parar no meio da escada. Ela vai até a janela e fica olhando com um respeito eloquente. Ela já mencionou por alto as coisas que tinham se perdido na enchente, que uma dessas coisas era um cachorro. Sem dúvida Rebecca está pensando nisso quando puxa Akila para longe da janela e a leva até o carro. Estamos atrasados, e parece que o trajeto até a cidade já está difícil. Eric joga o escudo por cima do ombro e abre a rota no celular; o caminho está vermelho até a rua 34. Quando entramos no carro, um policial está falando com o vizinho que mora a duas casas de distância e que, em toda a minha estada aqui, nunca me cumprimentou. Rebecca acena para a polícia quando estamos saindo, e o policial levanta a cabeça para olhar para ela, para a marreta entre as suas pernas, e acena de volta devagar.

Na estrada, cada um se reveza conectando seu celular ao aparelho do som. Eric e a música eletrônica francesa e seus olhos no espelho tentando ver se as músicas mais obscuras me impressionam, o ska japonês melancólico da Akila e Rebecca com a chocante decisão de ouvir um programa de rádio em vez da música que ela tanto diz gostar, se bem que ninguém precisa ouvir folk metal em pleno pedágio de Nova Jersey quando a chuva começa a cair a baldes. Akila me passa o cabo e eu mexo no meu celular, tentando achar alguma coisa que combine, mas nenhuma das minhas playlists parece adequada — a que uso para fazer exercício, a que quase só tem trip-hop sampleado que teoricamente eu usaria pra transar, mas com que em geral acabo fumando maconha e olhando uns memes distópicos meio forçados que falam que as redes sociais estão mudando o comprimento do pescoço humano. Por um instante cogito usar minha escolha de música para mandar uma mensagem, mas já passei dessa idade. Porém, quando vejo que sabe-se lá por que baixei metade do álbum *Face Value*, do Phil Collins, percebo que isso não é verdade. Coloco "In the Air Tonight" e me delicio com os movimentos calculados que acontecem no carro, Akila fazendo questão de voltar a olhar o celular, a postura ereta e rígida do Eric enquanto passamos pela catraca do E-ZPass e seguimos caminho. É óbvio que Rebecca é menos transparente, mas à medida que entramos na cidade ela olha pela janela e sorri. Mas, depois que três minutos e quinze segundos se passaram, eu me arrependo de ter colocado essa música. Ela me lembra de como a casa deles parecia estrangeira, de como logo começou a parecer minha.

A cidade tem um cheiro. Em Hell's Kitchen, de fruta apodrecida e embolorada. Em Midtwon, de mofo e queijo pecorino velho. Nos dois meses que passei longe daqui, esqueci que é isso que acontece em Nova York quando chove, os excrementos dos animais e dos humanos transformados numa sopa borbulhante. Abro um pouco a janela e de imediato uma camada fina e brilhante cobre o meu rosto. Senti tanta falta disso, desse jeito com que a cidade muda a cada acontecimento. O Desfile Porto-Riquenho e o metal que paira no ar quando um carro alegórico vem chegando. O Desfile Caribenho e as dunas de glitter na Eastern Parkway. A SantaCon. Mas hoje é a Comic Con, e, à medida que nos aproximamos do centro de convenções, as pessoas que inventaram a timidez saem de ônibus duplos e sem ar-condicionado cujas passagens custam quinze dólares, arrastando caixas de equipamentos pela Nona Avenida, saindo do Skylight Diner com seus óculos de proteção e saias com crinolina, empolgadas para saber os processos por trás de seus respectivos cosplays. Um homem passeia pela Décima dentro de uma bola de ouropel e algodão cru, e metade de uma *party* de *Final Fantasy VII* o aplaude. Akila abre sua janela e presta atenção em tudo com os olhos bem arregalados. Ela ajeita a fantasia e prende seu distintivo de comandante na roupa, e quando paramos em um sinal vermelho, no carro ao lado tem uma menina negra vestida de Geordi La Forge. Quando nos vê, ela abaixa seu visor, se debruça para fora da janela e estica o braço para pegar na mão da Akila. Mas o sinal fica verde e o carro vira numa rua lateral, e seu grito frenético de *Vida longa e próspera!* é abafado pelo ruído da cidade.

Não conseguimos encontrar uma vaga. Todos os estacionamentos estão cheios de suvs pretas que ocupam duas, três vagas, vallets com bigodes engordurados saindo com placas carcomidas em que se lê "lotado", Rebecca manobrando a traseira grandalhona de sua caminhonete pelas ruas de Manhattan com uma só mão enquanto Eric tenta convencê-la a tentar uma das três famigeradas vagas que sempre estavam desocupadas entre 2002 e 2008. Vamos até uma delas e tem um hidrante no lugar. Akila se debruça no espaço entre os dois, o cabelo já armado e bagunçado, e diz que o primeiro painel começa em dez minutos. Rebecca para em frente ao centro de convenções e fala para sairmos, que ela vai achar uma vaga e volta depois, e tenho uma sensação que é 78% ânsia de vômito e 22% a camada de ozônio escura da cidade se abrindo para deixar uma única fresta de sol entrar, quando Rebecca me chama e arruma a parte de cima do meu biquíni de metal, que estava resistindo com um único fecho encaixado. Ela encosta a mão no meio das minhas costas e diz *Pronto*, e, quando me viro para olhar para ela, ela já voltou a olhar para a frente, já começou a caçar uma vaga mais ao norte enquanto Eric, Akila e eu chegamos à entrada da Comic Con, um túnel de cem metros que leva ao Javits Center, onde um robô Gundam fuma cigarro eletrônico e duas Power Rangers cor-de-rosa estão pegando os cigarros que trouxeram guardados nas botas.

Para pessoas da minha altura, a entrada é, acima de tudo, um desfile de axilas e dióxido de carbono encruado, todos os magos já começando a se arrepender por terem vindo de capa, a umidade da cidade se acumulando nesses poucos metros quadrados abafados, todo mundo vermelho e coberto de tinta Unicorn Spit, um Mario e um Luigi brigando por causa de alguma coisa que aconteceu em Paris e a omoplata úmida de alguém encostando na minha bochecha. Você começa a sentir que a multidão cresceu tanto e ficou tão concentrada que as leis da física se complicaram e se tornaram algo profundamente pessoal, como se um Darth Maul sustentasse sozinho o peso da estrutura inteira. Dentro do centro de convenções, a umidade muda, se torna mais humana, e aquela sensação de sentir o cheiro da casa de um amigo novo se quadruplica e se condensa, e os participantes ficam junto às paredes para tirar seus ponchos e colocar braçadeiras decoradas e lançadores de teia no pulso, e para todo lugar que você olha tem alguém vestindo uma meia-calça ou revirando uma bolsa cheia de acessórios.

* * *

É sábado. Alguns fãs mais ferrenhos que conseguiram ingresso premium estão aqui desde quinta-feira, e dois desses fãs atravessam a multidão sem nenhuma dificuldade, com uma expressão que não é exatamente sonolenta, mas suavizada por algum prazer profundo que nós, portadores de simples passes de um a três dias, vemos e interpretamos como um sinal para sairmos da frente. Também há crianças. Alguém segura um menino de cerca de três anos acima da multidão, tipo Simba, e ele boceja e mexe no que eu imagino serem fones de ouvido com cancelamento de ruído. Depois ele desaparece, e enquanto estou tentando encontrá-lo, por nenhum motivo a não ser ver de novo aquele macacãozinho do Space Ghost, Eric me segura, me ergue e me vira de frente para ele, e, apesar de ficar irritada, também vou sentir saudade disso quando eu for embora, porque ele sempre fazia isso quando saíamos para passear e eu não prestava muita atenção nele — uma versão mais grosseira do "psiu", perdoável só por conta do solavanco inicial, do momento em que me vejo pairando no ar. Ele mostra um ziploc e me fala que vai viajar. Pergunta se quero ir junto e digo que não. Ele dá de ombros e come os cogumelos quando Akila está de costas, e em seguida ela nos leva para o primeiro painel na sua agenda. Damos as mãos e avançamos pela multidão formando um cordão trêmulo, Akila na frente e Eric atrás, mastigando os cogumelos e segurando o escudo acima da cabeça.

Na metade do caminho, tudo virou geleia e não param de aparecer mãos vindas do nada. Porque Eric é o Capitão América. As crianças querem tirar foto com ele, e recusar parece ir contra o espírito do evento. Ele pega o filho de alguém no colo, e no momento que antecede o flash o menininho olha para ele e parece estar em dúvida, ciente da dissimulação, do fato de que os olhos atrás da máscara pertencem a um arquivista de Nova Jersey. Akila vai para a lateral e olha o relógio de pulso que ela pegou emprestado da Rebecca especialmente para hoje. Em contraste com o poliéster de seu uniforme da Frota Estelar, o relógio destoa, é um acessório de adulto que faz com que ela pareça mais nova, mas também no direito de mandar na gente, embora Eric esteja gostando demais de ser o centro das atenções para ligar. Quando chegamos ao painel, estamos quinze minutos atrasados. Ficamos em pé no fundo da sala quando a transmissão de um clipe exclusivo chega ao fim, e Akila arranca um cílio. Tenho vontade de dizer para ela que está tudo bem, mas não sei interagir com ela nesse nível de frenesi. Pensei que tinha pegado o jeito na semana anterior, depois que alguém fez uma crítica maldosa da fanfic que ela escreveu por conta de algum detalhe do cânone que estava errado, e ela passou dois dias tão triste que não quis comer, mas aqui, nesse ambiente único, a dedicação dela ao fandom é tão agressiva que parece inflamável.

Todas as pessoas presentes brilham e parecem tensas, respirando pela boca e olhando para o palco, onde os atores, roteiristas ou produtores estão ou muito animados ou muito desgostosos com o clima do evento. *É a minha primeira vez*, uma dubladora diz, e todos os outros convidados do painel dão risada. *Eu vejo o programa com a minha mãe, e fiquei me perguntando como um licantropo consegue dar à luz um feto robótico*, um fã diz, e todos ficam em silêncio. A sensação geral é de conspiração, as falhas na matrix são muitas e vistas como piadas internas, os mesmos oito fãs que fazem perguntas no microfone, os vilões reunidos para trocar elogios, universos achatados e dispostos lado a lado, longas sagas de anime prejudicadas pela repetição de personagens, nove Gokus e três Kid Flashes, e algumas fantasias são tão profissionais que por um instante você acredita que é possível um bandicoot usar calça jeans. E são tantas Arlequinas. Toda hora acho que vi Rebecca, mas nenhuma delas é ela. Cutuco o ombro de uma, e quando se vira ela está fazendo malabares com três granadas de gás hilariante. O funcionário de um quiosque de óculos de realidade aumentada limpa um headset com lenço antisséptico e o entrega para Akila, e eu e Eric lemos um documento de autorização. Confirmamos que Akila não tem epilepsia nem vertigem posicional paroxística benigna, e Eric faz questão de mostrar que está lendo todas as cláusulas, e elas dizem que a empresa que produz os óculos não se responsabiliza em caso de acidente. Quando o jogo começa, Eric se vira para mim e suas pupilas estão enormes.

"É muito diferente do que a gente imagina", ele diz, passando os dedos pelos cabelos.

"Pois é", eu respondo, e ele assente e começa a prestar atenção numa promotora gatinha da empresa de VR, que fica parada segurando um balde azul até que alguém grita *Veronica!* e ela sai correndo com o balde. Enquanto vemos Akila jogar, parece que estamos testemunhando metade de uma conversa íntima, a tentativa de compensar o que não existe com movimentos exagerados, meio bobo, mas também meio fofo quando você nota o instante em que ela deixa de duvidar e acredita no que vê. Um promotor da empresa coloca uma arma nas mãos dela e ela atira no ar. À nossa volta, a convenção continua a mil, stormtroopers e bruxos e Crystal Gems vindo da rua e trazendo junto aquele ar urbano cúprico, e o clima body positive é tão marcante que parece exagerado, como se essas pessoas tivessem se transformado no cara velho do vestiário da academia que quer exibir o saco a qualquer custo, mas você percebe que tem um desespero por trás, como se, não muito diferente da Akila com seu relógio grandalhão emprestado, todo mundo estivesse muito atento ao tempo, um pouco preocupado porque o domingo aos poucos está chegando e por isso mesmo num estado de frenesi temporário, sob o efeito de algum esteroide comunitário invisível e tentando aproveitar esse dia até o fim.

A alguns metros, o torso de silicone de um robô está aberto e deixa entrever os transistores cintilantes que formam seu coração. O coração do robô fica no cérebro, o Eric resmunga no meu ouvido. O bebê de alguém chora. Uma voz masculina antisséptica sai do teto e diz *Willkommen!* Um ceifador de almas sai do meio da multidão com asas pretas e lustrosas, e Akila tira o headset e corre para nos encontrar, ainda meio tonta. Ela me abraça e diz *Tô tão feliz.* Eu me esforço para levar esse contato numa boa, mas nunca aconteceu antes, e dou um tapinha sem jeito no ombro dela, temendo que retribuir com muita empolgação a faça perceber que aquele abraço foi um erro, mais ou menos como aconteceria se uma pessoa branca criasse um filhote de felino selvagem e os dois fossem amigos por um tempo até o bicho fazer cinco anos e perceber de repente que na verdade é um animal carnívoro. Pra ser sincera, todos os meus relacionamentos foram assim, uma constante avaliação do intuito da mandíbula que se fecha ao redor da minha cabeça. Tipo, ele está brincando ou está com fome? Em outras palavras, tudo, até o amor, é uma violência.

Antes de entrar no estande, peço para Akila ficar de olho no pai. Coloco o headset, e no começo a única sensação é o calor do revestimento macio na minha testa, como um assento de privada que acabou de ser usado, mas de repente estou em pé na sala da casa de alguém, e aí surge uma mensagem que pergunta se eu quero assistir TV. Aí sento num sofá mal renderizado e assisto a três minutos de *Law & Order: Unidade de Vítimas Especiais* numa casa abandonada que tem uma mesa de centro com flores que consigo destruir de verdade, e isso é muito mais interessante do que Mariska Hargitay e Ice-T nos Hamptons entrevistando um cara rico que com certeza deve ter matado essas mulheres. Na próxima demo, fico andando por um hospital vazio e monocromático, com uma espécie de névoa saindo dos dutos de ventilação. Entro no centro cirúrgico, e um macaco que veste um avental todo manchado de sangue está tirando um disco do Bing Crosby da capa. Quando "White Christmas" começa a tocar, eu me viro e saio correndo. Começo a última demo, uma caminhada espacial na qual eu ando por seis das setenta e nove luas de Júpiter. Na segunda lua, Europa, que é coberta de gelo, outro astronauta sai das sombras e começa a andar na minha direção. Acima da minha cabeça, uma espécie de vazio estelar começa a se formar. Quando o astronauta me alcança a sequência acaba, e quando tiro o headset, vejo Rebecca ao meu lado com outro headset nas mãos. Ela está com uma cara péssima, e a maquiagem dos olhos está borrada.

"O Eric está passando mal", ela diz secamente, e quando eu me viro Eric está a alguns estandes de distância, vomitando em um daqueles baldes azuis. Enquanto ele se contorce, Akila segura o escudo dele e olha o relógio.

"Cogumelos", eu digo, e Rebecca assente. Suas mãos tremem. "Você tá bem?"

"Ótima", ela diz, enquanto Akila lhe entrega o escudo. Ela e Akila se misturam à multidão sem dizer nada, e eu me aproximo do Eric, que está na área de descanso tomando suco. Acho algumas pastilhas Tums soltas na minha bolsa e dou para ele.

"Quê, você não gosta mais de mim?", ele pergunta depois de um longo silêncio. Do jeito que ele fala, parece que a metade melhorzinha da conversa já aconteceu, e agora cá estamos. Ele se levanta para ir ao banheiro e vou atrás dele. Ele se vira e me olha com uma cara feia, mas a privacidade dele, assim como a privacidade do Aquaman no mictório, não significa nada pra mim.

"Não sei se algum dia eu gostei de você", digo, e, como acústica de banheiro tem dessas, a declaração é ampliada e fica muito mais cruel, e eu me sinto mal até ver que ele perdeu um dos pés do sapato, e sinto tudo de novo, uma terrível decepção comigo mesma que tenho prazer em descontar nele. Ele é a coisa mais óbvia que já me aconteceu na vida, e pela cidade toda isso está acontecendo com outras mulheres bobas e despreparadas que se empolgam com homens que só cumpriram o pré-requisito de viver um pouquinho mais da vida, uma coisa que não tem nada de especial e que acontece naturalmente se você continua levantando da cama e escovando os dentes e indo para o trabalho e ignorando o sussurro que te invade à noite e fala que seria mais fácil morrer. Nesse sentido, sem dúvida, um homem mais velho é uma maravilha porque pagou trinta e oito anos de conta de luz e teve intoxicação alimentar e viu os relatórios sobre as mudanças climáticas e mesmo assim não se matou, mas de alguma maneira, depois de ser mulher por vinte e três anos, depois da torção ovariana e do financiamento estudantil e da novíssima geração de nazistas de camisa social, também eu continuo viva, e na verdade esse é o grande feito. Mas não, eu me deixo impressionar por ele e por seu razoável domínio da carta de vinhos.

"Não foi isso que eu quis dizer", digo, mais para me sentir melhor, mas também porque, apesar de tudo, é verdade. Eu gostei dele, sim, durante um tempo. Quando a gente existia na teoria. Quando a gente estava no topo da montanha-russa e tinha vento no cabelo dele.

"Tudo bem se foi." Nesse momento ele parece perceber que perdeu um sapato. "Eu fui descuidado com você."

"Não, disso eu gostava", digo, e ele sorri.

"Pois é. Que papo era esse?"

"Sei lá. Deve ter alguma coisa a ver com o meu pai."

"Legal." Ele ri. "Quer dizer, não é *legal*. Não sei por que eu disse isso."

"Então... Você já pensou em participar de uma reunião, sei lá?", eu pergunto, e ele tira a máscara e olha para mim.

"Eu queria ficar um pouco sozinho, se não tiver problema", ele diz, e eu saio do banheiro e perambulo pelo evento enquanto a noite cai, e todos os visitantes do sábado, já acabados e com peças da fantasia faltando, passam carregando espadas e cristais e brinquedos de polietileno.

Uma família negra e feliz aparece e me pergunta se pode tirar uma foto comigo. *Uma Princesa Leia negra!*, a mãe diz, tão empolgada que eu de fato tento sorrir com os olhos, mas, quando eles rolam a tela para ver as fotos, percebo pela cara deles que não ficaram boas. Passo um tempo andando e acabo chegando ao Artists' Alley, uma parte da convenção que vi no site e imaginei que consistiria em mesas de autógrafos reservadas aos grandes grupos editoriais de quadrinhos, mas é muito mais que isso — retratos modernos e sensuais reproduzidos do grafite original; belas fanarts hiper-realistas; pintores trabalhando no chão, parando para guardar os pincéis enquanto vendem uma obra; zines caseiros e cartas de tarô; autores de graphic novel se atrapalhando com a máquina de cartão e os cofres enquanto os clientes cheiram os pôsteres que acabaram de comprar. É óbvio que fico com inveja, mas quando estou quase no final tem uma banca que vende os pôsteres mais legais que eu já vi na vida. A artista, uma mulher negra de blusa de lã que parece muito normal enquanto toma sorvete, levanta a cabeça e me conta que as graphic novels dela são inspiradas em sua busca por um tratamento psicológico que funcionasse. Abro um dos livros numa página aleatória e vejo parte de uma rua residencial escura. E não sei se é a textura da calçada ou a única janela amarela suspensa sobre as árvores, mas sinto um aperto no peito e por um instante não consigo respirar.

"Que coisa mais linda. Desculpa", eu digo, tão determinada a ignorar essa sensação que simplesmente saio do centro de convenções e fico do lado de fora até Akila, Eric e Rebecca estarem prontos para voltar para casa. A caminho do carro, Rebecca comenta que precisou ir muito longe para achar uma vaga, e, depois que pegamos a linha A do metrô e já estamos na rua 59, ela comenta que aconteceu um acidente, nada de mais, mas quando chegamos ao carro a parte da frente está amassada e duas janelas foram pro beleléu. Não falamos nada. Só entramos no carro e começamos a tirar as peças mais desconfortáveis das nossas fantasias, e quando enfim conseguimos chegar em casa, a presença policial na vizinhança aumentou e o carro está cheio de fumaça. À noite, todo mundo tosse sem parar.

Depois que todo mundo dormiu, saio para tomar um pouco de ar e pesquiso o preço médio de um pacote de fraldas, mas até esse otimismo é um luxo que não posso me dar, já que é improvável que qualquer filho meu tenha um trato intestinal saudável.

É só quando me levanto para voltar para dentro que olho para o outro lado da rua e vejo a velha me observando, em pé no quintal da casa dela com uma coleira na mão. Quando volto para o meu quarto, olho pela janela e ela continua lá. Fecho as cortinas e procuro o nome da autora das graphic novels. Encontro os perfis dela no LinkedIn, Twitter e Instagram e fico chocada porque ela é a mesma pessoa nos três. Quatro anos na Rhode Island School of Design, depois uma internação numa instituição psiquiátrica chique antes de começar a série. Num podcast mal produzido em que dão dicas para freelancers que levam calote dos clientes, ela conta que, quando estava no hospital, a terapeuta responsável pelo caso dela vivia dormindo durante as consultas, e quando ouço a risada dela, quando percebo que é alta e feia como a minha, procuro o formulário de contato do site dela e envio uma carta efusiva em que peço desculpas. Na manhã seguinte, Rebecca entra no meu quarto e começa a limpar as janelas. Antes de sair, ela me diz que preciso dar um jeito de contar para Akila que estou indo embora.

Não tinha me passado pela cabeça que eu ia precisar fazer isso, mas quando pego minha caneca do Capitão Planeta no armário e faço o café, a única coisa que consigo pensar é: *É óbvio.* Fico sentada no escuro e tento pensar em um jeito legal de contar para Akila que vou abandoná-la, que eu e o pai dela meio que paramos de transar, que está na cara que a mãe dela não aguenta mais. Eu sei que a vida dela foi determinada, acima de tudo, pela partida repentina das pessoas em quem ela confia, e não vou ser uma exceção à regra. Pego o metrô até Dumbo para fazer uma entrevista para um vaga de endomarketing que não quero, e fico o tempo todo me perguntando quem vai arrumar o cabelo da Akila.

No dia seguinte, chamo Akila para sair no meio da aula, e ela não parece exatamente empolgada. Ela diz que tem prova e pergunta se alguém morreu. Eu garanto que todo mundo está bem e a convenço a matar a aula só por um dia. Vamos de ônibus até a Garden State Plaza e eu dou cem dólares para ela. Ela faz uma careta olhando para o dinheiro e pergunta por que as notas estão úmidas, e é assim que ela se comporta durante quase o dia todo. Deixo que ela escolha as lojas em que vamos entrar, e toda vez ela dá uma voltinha desinteressada pelo ambiente e volta correndo para a rua. Pensei que qualquer acessório de gótica suave ia quebrar o galho, mas parece que ela não sabe de que roupas gosta, apesar de passar um tempo olhando um par de galochas na Dick's Sporting Goods. Entramos na Macy's e ela tira um vestido sem graça e sem corte de uma arara e fala que combina comigo. Tento não ficar chateada, mas ela faz isso de novo na Mango, e depois na GAP. Eu me rendo e experimento um dos vestidos, e até que não fica tão feio. Aí eu vejo uma crosta amarela colada no espelho e fico enjoada. Passo um tempo vomitando no banheiro do shopping, e quando saio Akila está muito mais simpática.

Ela guarda o celular na bolsa, e nós duas andamos em silêncio pelo shopping até que ela decide que quer comprar um conjunto de lingerie de adulto. Quando tinha a idade dela, eu tinha tanta vergonha dos meus peitos que tentava fingir que não existiam. Eu usava um maiô por baixo das roupas para achatar os peitos, mas, graças a uma turma de idosas caribenhas muito intrometidas que frequentavam a minha igreja e só se preocupavam em monitorar o desenvolvimento sexual das jovens da congregação, não consegui me safar por muito tempo. No provador, minha mãe tentava enfiar os meus peitos num sutiã bonitinho e próprio para a minha idade, mas meu corpo já tinha deixado de ser aquela coisa dura e incipiente que alguns chamam de bonitinho. Pelo contrário, meu corpo, com apenas treze anos, tinha se tornado macio e muito sério, uma coisa que chamava a atenção dos homens e exigia uma quantidade absurda de apoio. E, apesar de ter a típica insegurança a respeito do próprio corpo, Akila não é assim. Ela me chama para entrar no provador, experimenta alguns sutiãs e pergunta o que eu achei. *Ótimo*, digo, tentando encontrar a palavra mais cuidadosa. Eu a ajudo a regular as alças, e ela dá de ombros e enfia o sutiã na bolsa. Acontece tão rápido que quando saímos da loja a janela que eu tinha para dizer alguma coisa já se fechou. Na loja seguinte ela faz de novo, e não há nenhum planejamento explícito, mas logo começamos a avançar em conjunto, enfiando pulseiras e amostras de perfume nas bolsas e guardando o que dá dentro das botas. Depois de uma hora, paramos para tomar um suco na Orange Julius, olhamos uma para a outra e damos risada.

"Você faz isso sempre?"

"Às vezes." Ela fica girando o copo com as mãos. "Você vai embora", ela diz, sem rodeios, como se já tivesse passado um tempo pensando nessa notícia.

"Vou. Desculpa."

"Não pede desculpa", ela diz, e depois entramos no cinema, mas o filme já está na metade e não consigo entender nada. Todo mundo na sala está chorando, e quando olho para Akila ela também começou a chorar. No caminho até o ônibus, a gente comenta, meio desanimada, o que cada uma entendeu do filme. Passamos o trajeto todo em silêncio, e quando chegamos em casa Eric e Rebecca saíram. Enquanto Akila procura as chaves, uma viatura de polícia para atrás de nós. Como na última semana se tornou comum ver uma ou duas viaturas fazendo a ronda à noite, eu imagino que essa vá continuar andando pela rua sem saída, mas, quando dois policiais saem do carro, percebo que essa suposição era mais uma esperança do que qualquer outra coisa. *Noite*, um deles diz, e quando respondo minha voz soa tão fraca que eu pigarreio e falo de novo, mas a segunda tentativa é ainda pior, forçada, e sinto que essa hipercorreção foi um erro, e os policiais continuam em silêncio, repensando a situação.

Eu não deveria ter feito isso. A tentativa de aparentar descontração nunca é descontraída, mas diante da polícia não sei como podem esperar que eu seja eu mesma. Não sei como não adotar uma postura defensiva. Olho para os policiais, depois para todas as janelas iluminadas ao redor da rua sem saída, e em uma das janelas vejo o rosto da velha. Pergunto se aconteceu alguma coisa, e dessa vez não tento corrigir o tremor. Mas quando eles perguntam se moro na casa eu hesito, e Akila cruza os braços e diz *ela mora*, com um tom muito menos respeitoso que o meu. Um dos policiais se vira para olhar para ela, e sinto o redemoinho iminente dessa interação, e de certa forma meu medo de estar cada vez mais perto dos policiais é modulado pela estranheza da reação incrédula que compartilhamos quando Akila se afasta do roteiro. Não sei dizer se é um ato de rebeldia ou se ela só não sabe as falas. Eu me coloco na frente dela e falo para ela dar a volta até a porta dos fundos. Mas ela não vai, e tem um lado meu que vê a tranquilidade, a compostura dela, e se frustra porque há muitas coisas que não lhe disseram. Mas, quando vejo como ela está decidida, a facilidade com que afirma o que lhe pertence, sinto inveja. Quando os policiais pedem para ver minha identidade, procuro minha carteira de motorista, mas minhas mãos estão tremendo e minha bolsa está cheia de perfume roubado. *Eu moro aqui*, Akila diz, e eu sei que o que separa o instante em que um menino negro está em pé e capaz de falar e o instante em que ele está caído numa poça do próprio sangue é algo quase imperceptível, graças, em grande parte, à conversa tácita que acontece para além dele, que aconteceu antes dele e se impõe quando ele tenta fazer parte dela antes da conclusão. Eu sei que o horizonte de eventos é rápido por causa do abismo que existe entre o cumprimento e a calçada, mas em tempo real, quando eles imobilizam Akila no chão, todos os segundos são lentos.

Enquanto acontece, todos os envolvidos têm seu direito à dignidade negado, a força bruta dos policiais é sincera e absurda, o esforço físico os diminui, e Akila, surpresa e desajeitada e assustada, tão obviamente uma criança que eu avanço sem pensar e tento tirá-los de cima dela, o branco dos olhos dela refletindo a luz da varanda e em seguida um policial me segura e me empurra na grama e diz *Para de resistir*, o que para os meus ouvidos parece grego e ao mesmo tempo um déjà vu, porque nem no que talvez seja meu último momento de vida eu consigo me libertar da internet e da sala de espelhos digital na qual as pessoas dão ordens não irônicas a mulheres e homens que estão morrendo. Quando paro de resistir, é porque não estou mais ouvindo a voz da Akila. Por um instante só ouço gansos e, em algum lugar, um caminhão de sorvete. Mas aí Rebecca começa a gritar do fim da entrada da casa, e quando viro a cabeça a caminhonete dela está imbicada no meio da rua, soltando fumaça, e ela está correndo de roupa cirúrgica e coturno, balançando os braços e dizendo coisas que não consigo discernir. Os policiais recuam de um jeito quase coordenado. Rebecca vai correndo ao encontro da Akila, e quando ela se levanta os policiais ajeitam os uniformes.

"A gente queria bater um papo com os donos da casa. Por causa do que ocorreu no começo dessa semana."

"O cachorro."

"Sim, senhora." Akila se levanta e vai para o fundo da casa, e quando tento acompanhá-la ela me empurra. "A senhora conhece a sra. Moynihan?"

"Não muito, não."

"Você tem alguma arma de fogo na sua casa?"

"Óbvio que não", Rebecca diz, e nos entreolhamos por um instante antes de eu me afastar.

Dentro de casa, Akila se trancou no quarto. Eu bato na porta, e quando atende ela está com um dos lábios sangrando. Quando aviso, ela fica surpresa. *Não tô sentindo*, ela diz, cobrindo a boca com a mão, e quando pego o kit de primeiros socorros e limpo o corte, ela repete, com uma voz minúscula e incorpórea.

"Eu não devia ter respondido", ela enfim diz. "Eu tô me sentindo…" Ela faz uma pausa, se recompõe. "Tô me sentindo uma idiota."

"Não, a gente não tinha o que fazer. Ia dar na mesma."

"Isso é pra eu me sentir melhor?", ela pergunta, com uma voz baixa e tensa. Eu me lembro de quando meus pais tentaram me dizer isso, a única vez em que eles se uniram naquele casamento infeliz. Deve ser estranho para todas as crianças negras, esse momento em que suas principais figuras de autoridade de repente revelam que autoridades mentem. Ironicamente, eu não acreditei neles. Tive que descobrir sozinha.

"Você não vai se sentir melhor a respeito disso", eu digo. "Você vai ficar com raiva, por muito tempo, e você tem todo o direito."

"Tá", ela diz. "Tá bom. Não quero mais falar disso." Ficamos sentadas em silêncio por um tempo, e quando voltamos ao nosso jogo de video game — um multiplayer cooperativo em que a gente tem que fazer hambúrgueres para os clientes esfomeados de uma lanchonete fast-food. Mas não estamos sincronizadas. Ela não coloca o picles no sanduíche a tempo e eu deixo a maionese cair toda hora. Quando a fase recomeça, a tela fica escura e reflete o nosso rosto, e, embora a gente continue jogando, nossos reflexos, nossas expressões de perplexidade, continuam no quarto. Em um intervalo entre fases, eu me viro e a abraço e ela aceita o meu abraço, por um instante, antes de voltarmos a jogar.

É a primeira noite em que jantamos todos juntos. Eric e Rebecca prestam atenção em Akila, e ela come algumas garfadas e pergunta se pode voltar para o quarto. Eric tenta ir atrás dela, e Rebecca só coloca a mão no braço dele. Depois, eu tento pintar. Quando percebo que não vou conseguir, sento na frente do espelho e faço um rápido estudo em grafite do meu rosto, e pela primeira vez na minha vida lá estou eu. Ou, ao menos, lá está algo que parece comigo, mas o timing é péssimo. Porque no meio das platitudes burras e vazias que posso falar para Akila ou para mim mesma está a verdade. E a verdade é que, quando o policial estava apertando o meu pescoço com o braço, um lado meu pensou que, tipo, tudo bem. Tipo, beleza. Porque tem um lado meu que sempre vai estar preparado para morrer.

Mais tarde, Rebecca fica parada na porta do meu quarto até que eu a convido para entrar com um gesto. Depois de dois meses de suas invasões nem um pouco discretas, esse decoro parece absurdo. Ela fecha a porta e olha os dois sacos de lixo nos quais guardei todas as minhas coisas. Ela senta no chão e tira os sapatos, se recosta na porta.

"Você está bem."

"Tô", digo, e, quando olho para ela, seus olhos brilham e não se mexem.

"Já torci algumas vezes pra alguma coisa ruim te acontecer." Ela ri. "Não é horrível?"

"Não importa", eu digo, e à medida que o quarto escurece seu rosto relaxa e se transforma em algo novo, quase inanimado. Eu o desenho rápido, antes de a luz sumir, e quando anoitece ficamos sentadas em silêncio até eu dormir. Quando acordo, ela está estirada no chão. Mas tem alguma coisa errada. Vou ao banheiro e, quando acendo a luz, estou coberta de sangue. Meu impulso inicial é lavar as mãos, mas enquanto faço isso eu me vejo no espelho e paro. Não tem papel higiênico suficiente, e quando tento pegar o chuveirinho sinto o início de uma cólica abdominal muito forte. Eu acordo Rebecca, mas as palavras que saem não fazem sentido. Fico ao mesmo tempo agradecida e horrorizada em ver que ela acorda imediata e completamente alerta, como um computadorzinho macabro, e, depois de ver o pijama ensanguentado que estou segurando, ela me entrega uma calça de moletom limpa e me leva para o térreo e para dentro da caminhonete com um pacote de absorventes. *O banco*, eu digo, e essa é a primeira coisa coerente que falei desde que acordei, e ela sai em direção à estrada e dá uma risada seca, sorumbática. Está amanhecendo, e a estrada e o céu somem e aparecem à medida que avançamos, e a escuridão atrás dos meus olhos é mais suave e mais morna do que o carro e o ar-condicionado que Rebecca apontou para o meu rosto, mas no escuro não preciso sentir nada, e não preciso pensar nisso, no que está acontecendo dentro de mim.

Enquanto ela me ajuda a atravessar o estacionamento, eu ouço o dia terminando de se formar. Trânsito e burburinho de pássaros e vento nas árvores. Entramos na emergência, Rebecca me ajuda a sentar numa cadeira verde e escorregadia, e eu lembro que não tenho plano de saúde. Fecho os olhos de novo, e quando abro ela está assinando documentos, escrevendo minha data de nascimento com a mão direita e sua letra feia. Não pergunto como ela descobriu. Eu sei que fui examinada e observada com muita atenção, e sei que Rebecca não gosta de ser surpreendida. Mas quando ela preenche as informações do meu histórico médico e devolve os documentos com seu cartão de crédito, como se não fosse nada de mais, eu me sinto abraçada.

* * *

A hemorragia não parou. Quando uma enfermeira chega para me atender, fico com vergonha de me levantar. Tem uma mancha na cadeira, e quando me levam para dentro olho para trás e vejo Rebecca tentando limpar o sangue. Acontece rápido. Um avental de papel e uma pulseira de internação que fica apertada demais. Uma pintura do Wyeth pendurada acima de uma caixa de luvas roxas. A calça de moletom, virada do avesso e encharcada de sangue. Gel frio e o murmúrio do ultrassom. Não consigo não pensar que não deveriam usar essa pintura. Nela, uma mulher aparece se arrastando no meio de uma grama alta e seca. A mulher era vizinha do Wyeth, e sofria de uma doença neurodegenerativa que a impedia de andar. Essa pintura está pendurada na sala em que uma médica me diz que o bebê morreu e vão precisar fazer uma curetagem.

Eles me dão um remédio para amolecer o colo do útero, depois um sedativo leve. A enfermeira chama de *sono crepuscular*. Enquanto ela me explica o que vai acontecer durante a aspiração intrauterina, fico com a sensação de que ela já me serviu num café em Flatbush, e, embora muita coisa possa ter mudado na vida dela desde então, fico um pouco nervosa enquanto ela descreve o procedimento e segura o espéculo. Quando ela me pergunta o que eu faço, digo que não faço nada. Mas quando estão ligando a máquina sinto que é importante ser sincera, então agarro o braço dela e digo que na verdade eu sou artista. É uma declaração constrangedora, ainda que a sala esteja ficando escura, mas, quando acordo e me fornecem uma fralda, a declaração não parece muito diferente da hipótese de um filho, uma coisa que cultivei quase exclusivamente na minha cabeça, com cautela, com medo. Um sonho ensolarado em que eu me dou melhor na vida, em que não há pai e eu e minha filha nos mudamos para o norte do estado e às vezes eu grito com ela enquanto a ajudo com a tarefa de casa, mas no fim das contas somos amigas, e ela é uma pessoa com quem posso conversar, e é mal-humorada e séria e deixa tigelas de cereal velho espalhadas pela casa, e sai para a pré-escola com um cabelo chamativo e cheio de enfeites, porque, como todas as mães negras que tem por aí, eu vou ser obrigada a exagerar nas presilhas. E talvez não seja tudo maravilhoso, e na minha condição de mãe solo eu me veja gastando toda a minha energia trabalhando e educando minha filha e tentando transar. Talvez lhe apresente mais homens do que deveria e ela queira saber quem era o pai, e eu fale que não sei, os meses em Jersey transformados numa convulsão rápida e ensolarada. Talvez ela seja muito parecida comigo, muito parecida com a minha mãe, oscilando em silêncio à beira de algum precipício horroroso durante a adolescência, até sair do outro lado sendo a mulher que eu não consegui ser, uma mulher sem dívidas e cheia de esperança e que é o que ela quiser ser com tanta convicção que chega a assustar.

"Eu nem queria ser mãe", digo quando eu e Rebecca estamos quase chegando em casa.

"Nem eu", ela diz, e quando chegamos à entrada da casa e Eric passa pela janela da cozinha, eu sinto tudo de novo. Eu me atrapalho para tirar o cinto e desligar o ar-condicionado, e Rebecca respeita meu fingimento. Eu queria tomar um banho e sangrar com privacidade, mas a luz dura e cerâmica da tarde muda a casa, faz com que pareça opaca, imóvel demais para acomodar o que aconteceu tão rápido e trouxe uma violência tão marcada. Talvez daqui a um ano fique tudo bem. Mas hoje eu estou usando fralda geriátrica e não existe deus, nem filho, nem um cenário hipotético em que exista uma casa de campo no final daquele campo de grama seca. Só existe a reciclagem e a madeira branca, salpicada de sol.

Rebecca e eu ficamos sentadas no carro por uma hora, e quando entramos ela continua por perto. Não pedi para ela fazer isso, e na verdade essa suposição me desperta certa antipatia, mas o que ocorre é um acordo tácito de que, depois dessa coisa violenta e absurda, podemos ignorar o resto. Passamos dias rodeando uma à outra, e camomila e ibuprofeno aparecem do nada em cima da cômoda, como antigamente, quando hesitávamos mais e o ar da casa parecia finito. Rebecca deixa granola e analgésico para mim e eu entro no StreetEasy e procuro quitinetes no Bedford Park e Gravesend, e quando procuro um dos prédios no Google Street View só tem uma cratera enorme no chão. Recém-reformado!, diz o anúncio, então começo a procurar classificados no Craigslist, e tem alguns que até parecem bons para mulheres, mas em todos há um sinal de alerta, exigências de que a nova moradora precise ser "legal" ou curtir o espírito santo, descrições floreadas sobre treinos funcionais ou sobre como a relação tão próxima entre os moradores da casa.

Na semana que levo para melhorar, vou usando algumas embalagens de absorventes bem grossos de uso médico, e no geral sinto que fui sequestrada e virei a principal fonte de alimento de um jovem vampiro, nos primeiros dias coágulos sólidos e escuros e depois uma sangueira tão implacável que eu me sinto quase uma deidade só por continuar viva. E, no dia que acaba, eu descubro que consegui a vaga de endomarketing para a qual me candidatei uma semana antes, um emprego que não quero de jeito nenhum, mas que oferece licença médica remunerada, plano de saúde e um colchão de brinde, e a gerente do RH responsável pela contratação é uma mulher negra que, no meio da conversa, me diz com todas as letras para negociar o valor antes de aceitar, então falo um número, mais ou menos cinco mil dólares anuais acima do que acho que mereço, e ela só diz *Ótimo*.

Enquanto espero mandarem a documentação, eu e Rebecca vamos dando cada vez mais passos na direção uma da outra, até que, no fim, nos vemos passando meus últimos dias de mãos dadas, do jeito mais desengonçado possível, nossa proximidade constrangedora mas necessária, mesmo eu tendo certeza de que ela ficou aliviada com a morte do bebê. Porque nos momentos em que estamos mais próximas, sempre há um sinal de alerta, sempre há uma contagem regressiva, e nunca se trata apenas de ternura. Eu acordo de manhã e por um instante penso que sou uma pessoa mais feliz, mas em seguida me lembro de onde estou.

Depois seguimos o dia lado a lado, e sinto que sou uma exceção, como se houvesse um órgão vestigial que compartilhamos e que é, mais do que qualquer outra coisa, uma segunda língua, nossa linguagem furtiva e crua e só articulada quando estamos a sós, essa sensação que toma conta de ambas, de que estamos construindo alguma coisa onde só havia vidro. Há momentos em que a sensação é horrível, como se isso só fosse possível porque existe uma data de validade. Vou à cidade e vejo um corretor de roupa de ginástica dar descarga numa privada recém-instalada. Fico presa no metrô enquanto outro corretor está me esperando em Forest Hills. Na linha F, uma ratazana passa por cima do meu pé. E tem bebês por todo lado, óbvio. Mães e pais abatidos subindo e descendo as escadas do metrô e arrastando os carrinhos. Quando volto para New Jersey, sinto uma dor no meio das pernas.

Desembalo as tintas e abro uma tela. Preparo o gesso sem pressa, diluo com água para não ficar empelotado. Preparo a tela com uma cor de fundo fria, e enquanto seca eu me pego ficando ansiosa, implicando com o estado dos meus pincéis, que, durante a minha curta mas produtiva gravidez, ficaram endurecidos por causa da tinta velha. Fico sentada no escuro e penso nos médicos que fizeram o procedimento, e os imagino em casa, batendo nos filhos e fumando cigarros. Eu me pergunto se é comum perguntarem o que o paciente faz bem na hora em que o sono crepuscular está começando, se funciona como um soro da verdade, ou como um momento em que os pacientes pensam no que gostariam de fazer da vida e mentem. Quero sentir que, quando eu disse que era artista, não estava mentindo. Mas quando tento pintar me vejo fora de sincronia, ainda habituada ao ritmo da insônia causada pela gravidez, quando eu guardava vidros de corações de alcachofra em óleo debaixo da cama para os meus arroubos de pintura delirante que duravam até o amanhecer, descritos, nos mínimos detalhes, para uma criança que ainda não tinha orelhas. Laranja, amarelo, rosa. Agora eu faço a mesma coisa quase no automático, e quando percebo fico com raiva.

Desço até a cozinha quando está amanhecendo e encho uma tigela de corações de alcachofra, e ando pela casa e escolho algumas coisas que quero levar comigo: a caneca do Capitão Planeta da Akila, o vinil do Bumblebee Unlimited do Eric e um vidro do perfume de gengibre e bergamota da Rebecca, já pela metade. Embrulho os objetos quebráveis numa calça jeans e, às nove horas, levo meus sacos para a caminhonete da Rebecca. O dia amanheceu melancólico, em branco, e o ar-condicionado quebrou. Paramos para tomar um café, e a parte de trás da camiseta da Rebecca está escura de suor. Tento puxar assunto e ela coloca os óculos de sol e fala *Sim, sim,* mas eu não perguntei nada e não tem sol. No rádio, todas as estações estão com um eco de interferência, e só quando chegamos a Crown Heights e Rebecca deixa o motor morrer que ouço uma voz dizendo *Só hoje,* antes de subirmos os seis lances de escada que levam ao meu apartamento, que tem uma privada recém-trocada e um gato amigável até demais. Fico feliz em descobrir que minha nova roommate, que só me mandou mensagem para perguntar se tenho alergia a castanhas, não está em casa. Rebecca anda pelo apartamento e abre todas as torneiras, e, quando termino de borrifar Raid em todos os cantos do meu quarto, eu saio e vejo que ela desmontou todas as peças, os metais, as borrachas e os silicones cuidadosamente enfileirados sobre folhas úmidas de papel-toalha. *A pressão da água aqui é horrível,* ela diz, e tenho vontade de dizer que ela deveria ter me pagado melhor. Tenho vontade de perguntar por que tinha tantas moedas em seus pagamentos esporádicos. Depois a pressão da água melhora, mas não consigo deixar de pensar que qualquer tentativa de amenizar essa situação, a ruína indelével do mercado imobiliário de Nova York, é absurda. Minha nova cama de casal, que está esperando na base da escada há dois dias, já tem um certo cheiro. Demoramos um pouco para conseguir subir com a cama, e Rebecca cai algumas vezes. Não brigamos, mas depois lavamos o rosto com gestos agressivos e dividimos um cigarro na frente do prédio. Ela encosta na parte interna do meu pulso, e na mesma hora sinto que vou chorar. *Não conta pra ele,* eu digo, e quando voltamos para o apartamento dividimos uma garrafinha de vodca que roubei do frigobar do Hotel Marriott e eu uso a vitrola da minha roommate para ouvir o vinil, que, apesar do método de conservação do Eric, ficou torto por causa do calor. Então, enquanto bebemos, não paramos de mexer na agulha da vitrola, mas quando escurece desistimos e deixamos a agulha pular, e o intervalo é longo o suficiente para justificar o retorno e torná-lo quase invisível, embora estejamos conscientes, até certo ponto, do zumbido e de como começamos a espelhar seu padrão enquanto falamos, o conteúdo das nossas palavras cada vez mais ilegível conforme nos rodeamos como dois ímãs de carga idêntica. Guardo essa frustração dentro de mim até que voltamos a ficar em lados opostos do quarto, e eu falo *Não se mexe*, alto demais. Ela obedece, e acho que ambas ficamos surpresas. Mas logo depois surge uma expectativa no ar, a linguagem que compartilhamos agora reduzida ao vocabulário essencial, a palavras suaves, desejosas, conjugações ardentes e rígidas. Falo para ela tirar a roupa, que não precisa ter pressa, em parte porque eu estou preparando minhas tintas e em parte porque quero passar um tempo com o corpo que vem se revelando para mim há meses, em pequenos graus insolentes. Quando ela fica nua, ainda sinto o velho impulso de me comparar a ela, mas fora isso seu corpo parece uma adaga, parece o corpo de uma mulher que se dedica ao ofício de dar adeus aos mortos. E é assim que ela se porta, como uma pessoa que não se preocupa com as polêmicas da própria anatomia, e sua postura é indiferente, sem timidez. Parece um desafio. Misturo as tintas, cores profundas, quaternárias, ferrugem, cinza, turquesa-escuro, e depois seguro o rosto dela e com os dedos levanto o lábio para ver seus dentes.

Como ela não reclama, eu a coloco na posição que quero, um membro de cada vez, até ela ficar toda esticada. Não há nenhum toque tímido, demorado, mas percebo a expectativa dela quando posiciono suas costas e a deixo curvada e fico surpresa com as ondulações macias de sua coluna, com a forma como seu corpo parece mutável, e sua idade é uma coisa vívida e invejável. Vejo que ela está comprometida quando ela fica na ponta dos pés, e escolhi uma pose difícil de propósito, mas quando pego minha paleta e me acomodo no meu lugar no chão, acho que a pose parece demais um castigo, e nem sei se depois de tudo isso vou conseguir fazer um retrato fiel dela. Mas então vejo sua seriedade, como ela fica na posição em que a coloquei, e o trabalho começa por conta própria, a nudez dela uma informação lindíssima que, quando traduzida, não parece obscena. Enquanto trabalhamos, a luz do quarto muda, e a pintura se torna uma mistura de sombras contraditórias. Quando viro a tela para mostrar para ela, ela apoia os calcanhares no chão e leva uma das mãos à boca. *Ah*, ela diz, e depois demora um pouco para se vestir. Eu desvio o olhar para não invadir a privacidade dela, mas também porque de repente ficou difícil olhar, porque o prazer é tão parecido com o resultado que observá-la amarrando os cadarços me parece indecente. Mas quando ela termina não há cerimônia. Não há palavras, e ela sai sozinha do apartamento.

Depois que ela vai embora, guardo a pintura num lugar em que provavelmente não vou olhar com frequência, e por um instante parece que desaprendi a ficar sozinha. Não é que eu queira companhia, mas é como se quisesse outro par de olhos para afirmar minha presença. O tempo em que eu podia ficar envergonhada pelo que disse para os médicos passou, mas mesmo assim passo semanas pensando nisso, no que eu quis dizer quando disse que era artista. Penso na pintura que tinha na clínica e nas fibras da tela retorcidas embaixo da tinta a óleo. Todos os materiais crus que são colhidos e processados até se transformarem em luz e sombra. Os pigmentos extraídos da areia e da flor-de-sino, o negro de fumo que vem do fogo e é espalhado pelas paredes lisas da caverna. Sempre há alguma forma de documentar como conseguimos sobreviver, ou, em alguns casos, como não sobrevivemos. Por isso tentei reproduzir algo insondável. Transformei a fome que eu sinto num hábito, sujeitei todas as pessoas que passam pela minha vida a uma leitura atenta e inadequada que de vez em quando resvala, muitas vezes de forma insuficiente, em tinta. E quando fico a sós comigo mesma, é isso que espero que alguém faça comigo, com mãos impiedosas e decididas, que me imprima na tela, porque assim, quando eu for embora, haverá um registro, uma prova de que estive aqui.

Agradecimentos

Este livro não seria possível sem o apoio da minha família e dos meus amigos. Agradeço à minha mãe, ao meu pai e ao Sam pela luz e pela torcida. Ao Doug, por ter me dado o primeiro livro que eu adorei. Ao Daimion, por ter me dado meu primeiro caderno de desenho. Ao Evan, por ser um parceiro e amigo incrível. Nunca deixo de me impressionar com a generosidade de vocês. Às publicações literárias que apoiaram meu trabalho quando eu estava começando a escrever. Ao programa de mestrado em belas-artes da New York University, onde encontrei amigos e mentores que me encorajaram e me ajudaram a continuar. Às pessoas do meu grupo que viraram parte da família e me fizeram ser uma pessoa melhor e uma escritora melhor. A Katie, Zadie, Jonathan, Deborah, Hannah e John, por me enxergarem e me estimularem. A Ellen e Martha, pelo cuidado e pela ajuda. À minha incrível editora, Jenna, que fez este livro tomar forma. A Na Kim por esta capa linda. A toda a equipe da FSG, pela inteligência e pelo entusiasmo. Obrigada a todos vocês por me ajudarem a transformar esse sonho em realidade.

1ª EDIÇÃO [2021] 2 reimpressões

ESTA OBRA FOI COMPOSTA EM ELECTRA PELO ESTÚDIO O.L.M./ FLAVIO PERALTA
E IMPRESSA EM OFSETE PELA GRÁFICA BARTIRA SOBRE PAPEL PÓLEN SOFT
DA SUZANO S.A. PARA A EDITORA SCHWARCZ EM JANEIRO DE 2022

A marca FSC® é a garantia de que a madeira utilizada na fabricação do papel deste livro provém de florestas que foram gerenciadas de maneira ambientalmente correta, socialmente justa e economicamente viável, além de outras fontes de origem controlada.